一途なスパダリ消防士の蜜愛に
カラダごと溺れそうです

目次

一途なスパダリ消防士の蜜愛に
カラダごと溺れそうです

プロローグ

四月一日。

私は新しい赴任地である市立光南《こうなん》幼稚園の職員室にいる。

先月下旬に人事異動内示を受け、この幼稚園へ赴任が決まった。

「先生方、今日から皆さんの仲間になる西川愛美《にしかわまなみ》先生をご紹介しますね」

光南幼稚園の園長、玉井洋子《たまいようこ》先生はそう言うと、私に挨拶を促した。

私は園長先生の言葉を受け、声を発する。

新しい職場での第一声だ。緊張しながらも、いつも園児たちと接しているようにはきはきと話すよう心掛けた。私は小柄なので、しっかり顔が見えるように目線を上げる。

「ただいま園長先生からご紹介いただきました、本日付けでお世話になる西川愛美です。精一杯頑張りますので、どうぞよろしくお願いします」

挨拶を済ませお辞儀をすると、在籍する職員から歓迎の拍手が上がった。

私の挨拶に続いて在籍する先生方が順に挨拶をし、最後に園長先生から、今年度新しく受け持つクラスを伝えられた。

この幼稚園は、年中さんと年長さんがそれぞれ二クラスあり、私は年中のばら組を受け持つこととなった。この幼稚園の幼稚園教諭は、園長先生を含め五人。今年度は支援員の必要な園児が在籍しておらず、このメンバーで一年を過ごすことになるようだ。

この中には、私が新規採用で初めて赴任した幼稚園の先輩がいる。知っている先生が一人いるだけでも、本当に心強い。

「愛美先生も、新入園児のみんなと一緒に頑張りましょう」

園長先生の言葉に、他の先生方からも「よろしくね」と声をかけてもらった。

春休み期間中につき、園内に園児はいない。子どもの声が聞こえない平日の幼稚園は、当たり前だけど本当に静かで、私は未だそれに慣れない。

「じゃあ、今年度の鍵当番について決めましょう。職員がちょうど五人だから、昨年度のように曜日で固定にしてもいいですか？」

園長先生の声に、他のメンバーが賛成の声をあげる。私も特に希望はないので、その声に賛成すると、すんなりと決定した。

「愛美先生には、和代《かずよ》先生が担当だった木曜日をお願いしていいかしら？」

和代先生とは、私と入れ替わりで異動になったベテランの幼稚園教諭で、今回の異動で違う幼稚園の園長に昇格した。

「はい、大丈夫です。あと、それから職員名簿に記載されている住所なんですが、今回の異動で実家から出て近くに引っ越す予定なので……」

「あら、そうなの？　……ああ、確かにここから自宅まで結構な距離があるわね。じゃあ、住民票を移したら、変更届の提出を忘れないでね」

「はい、わかりました」

私たちのやり取りを聞いたさつき先生こと吉野《よしの》さつきが私に声を掛ける。そう、さつき先生こそが私の新人時代の指導教諭なのだ。

今年度、さつき先生は年長のゆり組の担任だ。

「愛美先生、また一緒に働けて嬉しいわ。ここでもよろしくね」

「私もさつき先生がいらっしゃって心強いです。こちらこそよろしくお願いします」

「それはそうと、ついに一人暮らしを始めるのね」

さつき先生の声に、私は力強く頷いた。

就職した時から、一人暮らしへの憧れを抱いている話をしていたことを、どうやら覚えていてくれたらしい。

私の実家は、この幼稚園から車で約三十分以上かかる距離にある。

高校を卒業後、ずっと一人暮らしをしたかった私は、それまで短大に通学するのも就職が決まってからの通勤も、『自宅から通えるから』という理由で一人暮らしを許されなかった。けれど、今回の異動をきっかけに、念願の一人暮らしを始めることにしたのだ。

早起きが苦手な私にとって、車で通勤許容範囲の距離であっても、鍵当番に当たる日の遅刻は絶対に許されない。

園児たちの登園時間は、原則八時と決まっている。けれど、保護者の仕事の都合でそれより早く登園する園児もいるため、普通の日でも七時五十分までには出勤しなければならない。鍵当番の日は、それよりも早く出勤となるため、実家だと遅くとも朝六時に起きて準備をしないと間に合わないのだ。

主婦である母は、六時で早起きなんて言っているうちはまだ甘いと言うけれど、昔から早起きが苦手な私には充分早い時間だ。

話は戻り、鍵当番の日は開錠を済ませると、園児が登園してくるまでに朝の掃除がある。大体この時間帯に他の先生たちも出勤してくるので、それぞれ受け持っているクラスの園児を受け入れ、その時に保護者からの申し送りがあったりと、とにかく朝は忙しい。

自宅から通勤できない距離ではないけれど、通勤路は交通渋滞が起こることで地元では有名なうえに迂回路は道幅が狭く、小中学生の通学路として利用されている。そのため、貴重な朝の時間に余裕を持たせたいと、渋る両親を説得することに成功した。

引っ越しは週末。運よく幼稚園のそばにアパートの空室があり、そこへ家電量販店から購入した電気製品を搬入してもらうよう、手配もばっちりだ。

「入園式が終わるまでに、片付けを終わらせて落ち着けたらいいんですけど……」

「初めての一人暮らしでしょう？　防犯面に気を付けなきゃね。そうだ、今度男物の下着でもプレゼントしようか？　変な奴に目を付けられないようにね。愛美先生、とってもかわいいから、」

洗濯物の内容で、その部屋の住人が男性なのか女性なのか、一人暮らしかそうではないかを、空き巣は見極めると何かで聞いたことがある。だから引っ越しをする時に、父の服を数枚借りて、防犯対策に使おうと思っていたところだ。下着まではさすがに考えていなかったけれど、やはり用意していたほうがいいだろうか。

「あはは、そうですね。でも大丈夫ですよ。実家から父の服を持ってくる予定なので」

「そう？　……でも、やっぱり男性用下着は念のために用意しておくといいよ。愛美先生、さすがに男性用の下着を一人で買いに行くの恥ずかしいでしょう？　近いうち旦那の下着買い替える予定があるから、ついでに買っておくよ」

「いや、大丈夫ですよ。この前ドラッグストアで男性用の下着や肌着を販売しているのを見かけたんですけど、結構種類も豊富だったので……お気遣いありがとうございます」

ありがたい申し出だけど、物が物だけにプレゼントされるとなれば何だか気恥ずかしいため、やんわりとお断りをした。さつき先生も、そこまで深く突っ込んではこない。

「そう？　何か困ったことがあれば、誰でもいいから遠慮なく言うんだよ？」

「はい、その時はよろしくお願いします」

雑談が一通り落ち着いたところで、もう一人の年中クラス担当の沙織《さおり》先生こと谷岡《たにおか》沙織が口を開く。

「愛美先生、これがばら組さんの資料です」

そう言って私に差し出されたのは、入園前に保護者から提出された園児の家庭調査票だ。ここには園児の家庭環境に関する個人情報をはじめ、園児の持病やアレルギーに関することなどが記載されている。アレルギー物質に接触して身体に反応が出た場合、適切な処置を施さなければならないため、それらを未然に防ぐためにも事前にきちんと把握しておかなければ。

「ありがとうございます」

沙織先生からファイルを受け取ると、私は用意された自分の席に着き、早速目を通す。

入園式まであと一週間ちょっと、それまでに頭の中に叩き込まなくては。

第一章　出会い

入園式も無事に終わり、幼稚園生活が始まった平日の朝、八時前後から幼稚園は登園ラッシュに見舞われる。

入園式前に無事荷解《ほど》きも終わり、ようやく自分の城を手に入れた私は、この新しい環境を少しずつ楽しんでいる。

実家にいる時と比べ、朝もゆっくりと過ごせるせいか、以前より少しだけ気持ちに余裕が生まれた。

受け持つ園児の人数も少ないため、今のところ全員に目が行き届いている、と思う。

少子化が進んでいるせいで、公立でも幼稚園は毎年定員割れしており、それまで何とか二組ずつある学年も、今年は下手したらそれぞれ一組ずつになる危機に瀕していた。

一方で、近くにある公立保育所は毎年定員オーバーで激戦区。なので年中さんや年長さんの中には、保育所に入れなかった子が仕方なくこちらへ流れてくることもある。そのような問題を解決すべく、来年から認定こども園として保育所と幼稚園が合併することになっており、用地買収も無事に終わったところだ。年内にも施設建設に着工し、来年の春には完成予定とのことだ。そしてこの幼稚園と保育所は、取り壊されて駐車場や公園に生まれ変わる。

こども園になれば受け入れる園児の数も増えるし、保育所の子どもも見ることになるため、幼稚園教諭も保育士の資格を取得することが絶対条件となる。保育士もまた、幼稚園教諭の資格が必要だ。

今年度でこの幼稚園も長い歴史に幕を下ろし、新しく生まれ変わる。幼稚園、保育所ともに昭和の時代に建てられた趣のある建物だけど、老朽化も進んでおり、耐震面からも新しい建物に変わることが喜ばしい。

幼稚園という名前はなくなるけれど、これまで巣立っていった園児たちや在籍している園児や保護者たちに、この幼稚園に通わせてよかったと思ってもらえるよう、我々職員も最後まで頑張る気持ちに変わりない。

四月は慣らし保育期間で給食はなく、午前中降園のため、園児たち——特に年長クラスの園児たちは遊び足りない様子だ。小学一年生にお兄ちゃんやお姉ちゃんのいる家庭も、五月の連休前までは慣らし期間で下校も早く、保護者たちも大忙しだ。年度変わりのこの時期は、園児や保護者、そして我々職員もみんな忙しい。加えて来週、五月の連休前には家庭訪問もある。同じ校区にある小学校と地区割りを同じにしているため、保護者も一日で全てを終わらせることができるよう配慮はしているけれど、仕事の都合で日を入れ替えたり時間帯を調整したりと、こちらもスケジュールを組むのが難しい。

「愛美先生、おはようございます」

「まなみせんせー、おはようございます」

ばら組の園児、まみちゃんとまみちゃんのお母さんだ。まみちゃんは元気いっぱい挨拶をすると、私に飛びついてくる。小さい子でも、勢いがついていると私もよろけてしまう。

お母さんはお昼までのアルバイト勤務で、まみちゃんを幼稚園に預けて、その足で今から仕事に出掛ける。

「おはようございます。まみちゃん、今日も元気いっぱいだね、じゃあお靴を履き替えよう。——お母さん、特に変わったこととかはないですか？」

私はまみちゃんとお母さんに交互に声を掛けると、まみちゃんのお母さんが申し訳なさそうに口を開く。

「愛美先生、すみません。家庭訪問の時間変更って可能でしょうか？」

昨日、配布したプリントに、来週の家庭訪問の日時決定のお知らせを入れていた。それを見てのことだろう。

「今、プリント持って来ますね。少しだけお時間大丈夫ですか？」

まみちゃんのお母さんの了解を得て、私は教室のホワイトボードに貼り付けていた家庭訪問の予定表を手に取ると、ポケットに差し込んでいたペンを片手にまみちゃんのお母さんの元へと急ぐ。

「この時間、お兄ちゃんの家庭訪問と被ってたんですよ。前後に少しずらすことって可能ですか？」

見ると、この日は人数も少なく、余裕を持たせてスケジュールを組んでいる。でも私はこの幼稚園に赴任してまだ日が浅い上に、土地勘がない。

「大丈夫ですよ。何時に変更しましょうか？」

「小学校の家庭訪問が十四時からなんですけど、十四時二十分に変更してもらっても大丈夫でしょうか……？」

まみちゃんの当初の予定も十四時からになっている。まみちゃんの次に予定している龍之介《りゅうのすけ》くんのお宅まで、そう離れていなかったはずだ。最悪、龍之介くんとまみちゃんを入れ替えればいいだろう。

「大丈夫ですよ。では、十四時二十分に変更しますね」

私はそう言いながら、家庭訪問予定表にペン入れをする。

「よかった……じゃあ、今日も娘をよろしくお願いします」

「はい、お母さんも行ってらっしゃい」

まみちゃんのお母さんを見送ると、私はまみちゃんを教室へと連れて行く。園バッグをロッカーにしまうよう促すと、すでに登園している他のクラスのお友達がまみちゃんに声を掛ける。

「先生は他のお友達のお迎えがあるから、時間までみんなで仲良く遊んでいてね」

教室内にいる園児たちへ声を掛けると、元気のいい返事が返ってくる。この中には早い時間に登園している年長クラスのお友達もいて、新入園児たちのお世話を焼いてくれるのが頼もしい。目を見張る子どもの成長に、将来自分に子どもが生まれたら、きっとこんなふうになるんだろうなと、つい想像してしまう。

そうこうしていると、続々と園児が登園してくる。園庭へと面した廊下にそれぞれの靴箱を設置してあるため、他の先生たちも廊下で園児を待っている。みんな元気いっぱいで登園してくる姿を見ると、安心するのは私だけではないはずだ。

そろそろ始業時間の八時半が近づいている。この時点で、ばら組の園児は全員登園している。他のクラスも欠席連絡のあった園児以外、全員登園しているようだ。不審者対策のため、園長先生は職員室から外に出ると、道路に面する門扉を閉めた。

幼稚園生活が始まって最初の数日は、毎年恒例の各クラスを見学したり、園内探検と称して職員室や遊戯室の場所を確認する。新入園児たちが幼稚園に不安を持たないよう、我々職員は神経を尖らせている。年中クラスのみんなはスタートが同じだけど、中には年長クラスでも家庭の事情で途中から転園してくる子もいる。だから、年齢に関係なく、全員同じように接する必要があるのだ。

今は午前中保育で短時間の登園でも、子どもたちが少しでも幼稚園を好きになってくれたら嬉しく思う。

そして今日もあっという間に降園時間を迎え、園児たちが保護者に連れられて帰宅する。お迎えにくる保護者の中には、おじいちゃんやおばあちゃん、お父さんやお母さんもいるので、園児たちだけでなく保護者の顔を覚えるのも仕事の一つだ。

お迎えがくると、すんなり帰宅する子がいれば、遊び足りないと園庭で遊んで帰る子もいる。

慣らし保育期間中の降園は十一時半。もうすぐお昼ごはんの時間帯なので、今はみんなすんなりと帰宅するけれど、これが五月の連休が明けて本格的な保育になると、降園時間は十五時にまで延びる。

お迎えの大半が帰宅して、まだお迎えが来ない園児たちの中には不安そうな表情を浮かべる子も少なくない。一人、また一人とお迎えが来て、残る園児はただ一人となった。

「おむかえ、おそいね。もしかしたらママ、おむかえのじかんをまちがえてつたえてるかも」

言葉を発した子は、さつき先生が受け持つゆり組の沢田美波《さわだみなみ》ちゃんだ。

さつき先生も時間を気にしている。時計の針は、もうすぐ十一時五十分を指そうとしていた。

「そうだね、ちょっとおうちに電話してみようか。あ、愛美先生、悪いけど美波ちゃんのそばについていてくれますか？」

電話連絡は、担任であるさつき先生からのほうがいいだろう。

「はい、わかりました。じゃあ美波ちゃん、先生と一緒にここでおうちの人がお迎え来るの待とうね」

職員室へと向かうさつき先生の後ろ姿を見つめる美波ちゃんの顔は今にも泣きそうだ。そんな美波ちゃんを元気づけようと、私は必死に頭の中で考える。今どきの幼稚園児の関心があるものって、何だろう。

「もうお昼ごはんの時間帯だからお腹すくよね。美波ちゃんは、食べ物は何が好き？」

無難な食べ物ネタを振ってみると、美波ちゃんも答えてくれる。

「みなみはね、オムライスがすき。まなみせんせいはなにがすき？」

「先生はね、んー、何だろう。……唐揚げかな」

「わあ、せいちゃんといっしょだ！」

美波ちゃんがはしゃいだ声をあげた。よかった、とりあえずこれでしばらく間が持ちそうだ。その一方で、頭の中では美波ちゃんの言う『せいちゃん』とはいったい誰だろうという疑問が浮かぶ。美波ちゃんの兄弟だろうか。私が質問をする前に、美波ちゃんが言葉を発した。

「みなみのおうちにね、マロンってなまえのワンちゃんがいるの」

とりあえず、会話の主導権を美波ちゃんに譲ると、美波ちゃんはお喋りを続ける。

「マロンはせいちゃんのことがだいすきでね、みなみのいうことはぜんぜんきかないくせに、せいちゃんのいうことはよくきくの」

犬の世界は縦社会。自分より上の者、すなわちボスと認める人には忠実だと聞いたことがある。

「でね、せいちゃんがときどき、マロンにからあげをたべさせてるの。ママやおばあちゃんは、『にんげんがたべるものをあげちゃダメ』っておこるけど、それでもこっそりあげていてね」

たしかに人間が食べるものと動物の食べ物を同じにしないほうがいいというのは聞いたことがある。人間の食べ物の味を覚えてしまうと、ペットフードを食べなくなってしまうことがあるためだ。マロンの犬種がわからないけれど、美波ちゃんが噛みつかれたら大怪我の元だ。小型犬だったとしても、自分の主人だと認めない人間が触れようとすれば、警戒心の強い子は威嚇して吠えるだろう。

「だから、ばんごはんがからあげのひは、マロンがせいちゃんのそばからはなれないの」

分け前をもらえるとわかれば、当然のことながらそうなるのが目に浮かぶ。

「マロンってワンちゃんは、男の子？　それとも女の子？」

私の質問に、美波ちゃんが笑顔で答える。

「マロンはね、ゴールデンレトリバーのおんなのこだよ。せいちゃんがマロンのおせわをしているから、マロンもせいちゃんのことがだいすきなんだよ」

『せいちゃん』という人がお世話をしてるとのことなら、恐らく美波ちゃんと同居されているご家族の誰かのことだろう。

「ゴールデンレトリバー！　もしかしてマロンってお名前は毛の色から付けられたのかな？」

私の質問に、美波ちゃんがそうだと答える。

それからしばらくの間マロンの話で盛り上がり、話が一区切りついたところで、固定電話の子機を片手にさつき先生が戻って来た。

「美波ちゃんごめんね。今お家に電話したんだけど、誰も出られなくて。お母さんの職場に連絡したら、どうやらお家の人に時間を十二時と間違えて伝えていたらしくって、もうすぐお迎えが来るからね！」

さつき先生の声に、美波ちゃんは安堵の表情を見せた。

「よかったね、美波ちゃん」

私の声に、美波ちゃんは元気よくお返事をしてくれる。

「うん、まなみせんせい、ありがとう！」

さっきの泣きそうな表情は跡形もない。よかった、ご家族のほうもこれで一安心だろう。

後のことは、さつき先生へバトンタッチすることにした。

「じゃあ、先生は教室のお掃除しようかな。さつき先生、後をお願いしますね」

園児が帰宅した後の教室は、床に埃やその日はさみで工作をした紙の残りが落ちている。ハウスダストアレルギーの疾患を持つ園児も少なくはない。そのため、園児たちが帰宅した後と登園前の一日二回、徹底的に床掃除をしている。掃除をしていると、たまに園児のヘアゴムやボタンなどの落とし物も出てくるので、手は抜けない。

教室の後ろに動かしていた作業用のテーブルを元の位置へ戻していると、廊下から美波ちゃんの挨拶する声が聞こえる。どうやらお迎えが来たようだ。テーブルの移動が終わってから、私も廊下でお見送りをしようと思っていたけれど、思いの外二人の歩くスピードは速い。私が教室を出ると、ちょうど二人が門の外に出たところだった。

後ろ姿しか見えなかったけれど、もしかして美波ちゃんのお父さんかな？　背の高い、がっしりとした体形の男性と美波ちゃんが手を繋いで門を出ていく姿が目に入った。

後ろ姿だけの情報なのに、長身な上に広い肩幅、股下から伸びる長い脚など、スタイルの良さに驚いた。

今どきの保護者って、見た目もかっこいいよな……

そう思った瞬間、美波ちゃんの保護者の横顔が見え、一瞬視線が合ったような気がした。

本当に一瞬だったので、きちんとお顔が見えたわけではない。けれど、まさしく私のタイプの顔立ちに、ドキッとした。

保護者だから、当然既婚者だよね……

職場が職場だけに、独身男性との接点は皆無に等しい。なので保護者にときめいても仕方ない。

私は軽く溜め息をついた。

「ああ、いつ見てもイケメンっていいわあ」

さつき先生はそう言いながら私のほうへ駆け寄ってきた。心なしか、いつもより足取りが軽いように見える。さつき先生は旦那さんとラブラブで、以前一緒に仕事をしていた時はいつも職員室で惚気ていたのに、旦那さん以外の男性でこんなふうに乙女のような表情を見せるなんて、よっぽどのことだ。

「誰がそんなにイケメンなんですか？」

私は、美波ちゃんの保護者に一瞬でもときめいた自分を戒めるよう、敢《あ》えて普通に振る舞った。ほんの一瞬、横顔を見ただけだ。正面からお顔を見たわけではない。そんな私の声に、さつき先生は首を横に振る。

「え、もしかして愛美先生、今のイケメンのお顔、見てない!?」

珍しくさつき先生が興奮している。

「掃除中で作業テーブルを移動させていた時に、お迎えに来られたみたいなので、お顔はきちんと見ていないんですよ」

私の返事にさつき先生はひたすら残念がりながら言葉を続けた。

「うわあ、本当にもったいない！　イケメンは目の保養よ。美波ちゃん、朝はお母さんが幼稚園に連れて来るんだけど、日中はお仕事されてるからお迎えは基本的におじいちゃんやおばあちゃんなんだけど、たまにあの人がお迎えに来られるのよ。今度はいつお迎えに来るかわからないけど、絶対見て！　顔だけでなく身体もめっちゃすごいんだから」

「身体もすごいって……先生、どこ見てるんですか？」

『身体もすごい』の発言に、内心同意しながら、それを悟られないよう返事をする私に、さつき先生は笑いながら言葉を続ける。

「どこって、以前半袖Tシャツとジーンズってラフな格好でお迎えに来たことがあるんだけど、胸板がぶ厚いし二の腕の筋肉もすごくってね。めっちゃ筋肉質！　学生の頃スポーツをしていたんだろうと思うけど、あれは絶対鍛えてるわよ。何をすればあんなに筋肉が付くのかしらって、私だけでなくって周りの保護者たちも見る目がすごかったのよ。それこそ他の先生たちにも聞いてみて。みんな私と同意見だから」

　さつき先生がそこまで言うのだからきっとそうなのだろう。

「先生が嘘をついているとは思ってませんよ。私もそのイケメンな保護者のお顔を見たかったなあ……。それよりさつき先生、早くゆり組のお掃除終わらせてお昼にしましょう。私ももうすぐ掃除終わりますよ」

「あ、そうだね。まだ慣らし期間だから、給食がないのはつらいわ……誰か私にお弁当作ってくれないかな」

「本当に。一人暮らしを始めたら、誰もごはんを作ってくれないって当たり前の事実に打ちひしがれてます」

「あはは、その話、お昼の時間にゆっくり聞かせてもらうわよ。でもその前に掃除しなきゃね！」

さつき先生はそう言うと、ゆり組の教室に戻って行った。その後姿を見送ると、私も掃除の続きを始めた。

教室の掃除が終わり、廊下に設置してある子ども用の手洗い場で手を洗うと、私たちは職員室へと向かった。

私は身長が百五十四センチと、成人女性としては少し背が低い。

美波ちゃんの保護者と並んだら、きっと頭一つ以上の身長差があるだろう。

給食が始まれば園児たちと昼食をとるので、こうして職員だけで食事をするのは、四月の慣らし期間や夏休みの間くらいだけだろう。

さつき先生と揃って職員室に戻ると、もう一つある年中クラスのもも組担任である安藤《あんどう》里佳《りか》先生が急須にお湯を入れ、お茶の用意をしているところだった。

「さつき先生、愛美先生、お疲れさまでした」

里佳先生はそう言うと、各自の湯呑み茶碗を机の上に配った。

「じゃあ、いただきましょうか」

みんなが集まるのを待ってくれていた園長先生の声に、職員みんながいただきますの声をあげ、持参したお弁当を机の上に広げた。

湯呑み茶碗はそれぞれ自分が使うものを家から持参しており、私は幼稚園勤務が決まった時に子どもから大人まで人気がある二匹のくまと黄色い鳥が描かれているキャラクターのものを購入し、以降ずっとそれを使っている。私は湯呑みを手に取り、口をつけた。玄米茶の芳しい香りが職員室の中に広がるようだ。

お弁当を包んでいる大判のハンカチを解《ほど》き、お弁当箱の蓋を開けた。私のお弁当は二段重ねのものなので、一段にごはんを敷き詰めふりかけをまぶしている。そしてもう一段におかずを入れているのだけど、今日のおかずはほとんどが冷凍食品である。昨日は前の日に作ったカレーの残りを食べたので、おかずとして流用が難しかったのだ。

一人暮らしを始めて思ったのは、料理のレシピ本やインターネット上に溢れるレシピなど、そのほとんどが二人分の材料で、一人暮らしの私にはその日のうちに食べきれる量ではない。翌日のお弁当に流用して消化できるならまだしも、食べ切るまではそれが続くという罰ゲーム的展開に陥ることもあることに、ようやく気付いたところだ。

「そういえば、さっき美波ちゃんのお迎え、例のイケメンだったんですよ」

食事をしながら唐突にさつき先生が口を開くと、即座にみんなが反応する。

「え？　うそ、見たかったなあ。さつき先生、今年は担任だから役得ですね」

そう言葉を発したのは、沙織先生だ。

「さつき先生、あの保護者に粗相があってはダメですよ」

なんと、園長先生までがこの調子で私はびっくりの連続だ。

ちなみにこの幼稚園の職員は、私以外みんな既婚者である。けれどこれは、いわゆる芸能人やアイドル並みに観賞用のいい男を遠くから眺めてキャーキャー言っているノリに近い。

「はい、それはご心配なく。ってか、聞いてください。愛美先生、あのイケメンの顔を見てなかったんですって」

さつき先生の言葉に、一同が驚きの声をあげる。

「えーっ、そうなの？　それはもったいない！　あの人の顔は目の保養だから、次のお迎えの時は絶対に見るべきよ」

「そうよ、私たちだけでなく、他の保護者も、彼を見る目が全然違うもん」

里佳先生と沙織先生も、みんなに同調している。どうやら美波ちゃんのお父さんは、幼稚園の保護者たちからも憧れ的な存在のようだ。

「そういえば、前に美波ちゃんから聞いたんだけど、お迎えに来るあの彼は消防士さんらしいよ。だからあんなに逞しい体型をしてるんだね」

さつき先生の言葉に、ふと疑問を覚えた。『あの彼』という発言……

そういえば、他の先生たちも、先ほど美波ちゃんをお迎えに来た彼のことを『お父さん』や『パパさん』などと呼んでいない。それどころか、『イケメン』や『あの人』、『あの保護者』と呼んでいる。

私は無意識にそのことを口にした。

「あの……先ほどの方は、美波ちゃんのお父さんではないんですか？」

私の質問に答えをくれたのは、里佳先生とさつき先生だ。

「あ、うん。実は美波ちゃん、昨年の九月に大阪からこっちに転園してきたの。美波ちゃんのお父さんがお仕事で海外に単身赴任中でね、その間、お母さんが美波ちゃんを連れて実家に戻ってるそうなの」

「で、あの人はね、美波ちゃんのお母さんの弟さんなんだって。年齢とか他に詳しいことは聞いてないんだけど、美波ちゃんは彼のことを『せいちゃん』って呼んでるみたい。今度家庭訪問もあることだし、その時にさりげなく聞いてみるね」

その言葉に、先ほど美波ちゃんとの会話の中で生まれた疑問が解決した。

美波ちゃんの家で飼育されているゴールデンレトリバー、マロンの飼い主『せいちゃん』というのは、叔父である彼だということだ。

「それはそうと、本当の名前、何て言うんでしょうね？」

「それより、彼、独身かな？　年はいくつくらいなんだろう？」

「彼が美波ちゃんのお迎えに来ると、他の保護者も浮き足立ってますよね。もう、本当に目の保養。イケメンは正義って、本当だね」

私が先ほどのことを思い返している間、他の先生たちは『せいちゃん』の話で盛り上がっている。

そっか……。あの人は、美波ちゃんのお父さんじゃないんだ。

まさか、あんな私のタイプど真ん中の人が身近にいるなんて。美波ちゃんとの会話で、美波ちゃん親子と同居しているふうだったし、独身かな？　いやいや、相手は園児の保護者なんだから、そんなこと軽率に考えちゃダメだ。

私は頭を振ると、お弁当に集中することにした。

みんな食べながら会話をしているのに、食べるスピードが速い。私一人だけがまだ半分も食べきれていない。美波ちゃんの叔父さんの話で盛り上がっている中、話題についていけない私は、みんなの話を聞きながら黙々とお弁当を食べることにした。

ようやく最後のおかず、ちくわの磯辺揚げを食べ終えると、里佳先生がみんなの湯呑みにお茶を注ぎ足してくれた。

「今から三十分休憩して、午後からは来週の準備をしましょう」

園長先生はそう言うと、自分のお弁当箱を洗うために席を外した。給食の出ないお弁当を持参する日は、みんなこうやって少しでも家での家事を減らすため、お弁当箱を洗って帰る。私も就職した時にお弁当箱を洗って帰ったら、母が喜んでくれたことを思い出した。今、自分が自炊でお弁当を用意しているけれど、食後にこうしてきちんと洗っておくだけで、帰宅後の憂鬱が解消されることに感動している。

これが夏場だと、お弁当箱を持って帰ってから洗うのは苦行だと改めて思う。

里佳先生が淹れてくれたお茶を飲み干すと、湯呑み茶碗とお弁当箱を持って給湯室へと向かった。洗い物を終わらせて、スマホをチェックする。特に急ぎの連絡などはない。実家からも、週末家に戻ってくるかと問うメッセージが届いている以外は、どこでメールアドレスをゲットするのか迷惑メールを数件受信していたくらいだ。迷惑メールはメールを開かずそのままゴミ箱へ移し、母には土曜日の夕方顔を出すと返した。

午後からは、来月のこどもの日に向けて、子どもたちとこいのぼりの飾りを作る。こいのぼりと目玉、うろこを色画用紙で切り貼りするのだ。今回子どもたちははさみを使わずのりとペンだけを使わせる予定だ。なのでスムーズにこいのぼりができるよう、こいのぼりの型と目玉、うろこを準備する。

こいのぼりの歌にならって真鯉と緋鯉の二種類、これを人数分用意するのだ。年中、年長、学年問わず同じ物を作るので、分担して作業すれば準備はすぐに終わる。私は目玉の部分の担当となり、黒色の画用紙をひたすら丸く切り抜きしていた。

カットできたものをクラスの人数分まとめ、箱の中にまとめて入れる。全部が揃えば、各教室へと運び入れるだけだ。のりは幼稚園入園前に準備物として各家庭で用意してもらっているので、こちらが準備する必要はない。大人五人で取りかかれば、一時間もかからないうちに準備は終わる。残りの時間は、来週子どもたちが作った作品と一緒に教室内を五月の仕様に変えるための作品を作ることに充てられた。

今月はまだ慣らし期間で、園児たちが早帰りだからこうして時間に余裕があるけれど、来月からはそうもいかない。園児たちが降園してからが、時間との戦いだ。先生たちと相談しながら、各教室と飾りとレイアウトが重ならないよう気を付けながら、作業を進めた。

家庭訪問も無事に終わり、五月の連休も明け、いよいよ本格的な幼稚園生活が始まった。

木曜日の鍵当番の日は、寝坊しないようスマホのアラームもスヌーズ機能に加え、数分置きにアラームが鳴るようセットして、早起きしている。そして週末は、土曜の夕飯の時間を狙って帰宅しては食材やおかずをもらって帰る生活だ。

毎日体力が有り余る子どもたち相手の仕事なので、平日は手抜きこそあれ頑張って料理をして食事をとっているけれど、一人暮らし生活一か月が経つか経たないかのうちからもうすでに音をあげている。今でこそこの状態なので、もし就職したばかりの時に一人暮らしを始めていたら、もっと荒んだ生活をしていたに違いない。

今日も十五時の降園時間を回り、お迎えに来る保護者を尻目に園庭で遊ぶ園児たちを見て、ここまで遊びに集中できて羨ましく思う。

例の彼も、あれから時々美波ちゃんのお迎えにやってくる。園庭で遊びたい美波ちゃんを優しく見守る日もあれば、肩車をして園児みんなから羨望の眼差しを浴びて、しまいにはみんなを順番に肩車してあげたりと、子どもたちにも大人気だ。

時々視線が合うこともあるけれど、私は美波ちゃんのクラス担任ではないため話をすることもなく、お互い会釈を交わす程度だ。

でも、彼と視線が合うたびに、私は一人内心ではドキドキしていた。

今日は美波ちゃんのお母さんがお迎えにやってきたので、美波ちゃんもすんなりと降園した。

園庭開放は十五時三十分までなので、時間がくれば強制的にみんな帰宅するけれど、我々職員たちは園児が帰宅するまで他の仕事が手につかない。

ようやくみんなが降園し、幼稚園に静寂が戻ると、担任はそれぞれ自分のクラスと園庭に面する廊下を掃除する。

ようやく掃除が終わり、手を洗ってから職員室へと戻ると、連休中にさつき先生が家族旅行で温泉に行ったとかで、そのお土産のお饅頭が配られた。

「三時のおやつには間に合わなかったけど、お茶にしましょう」

疲れている時に甘い和菓子はとても嬉しい。

「じゃあ、お茶淹れますね」

さつき先生の声に、この中で最年少である私は、ポットを持って給湯室へと向かった。

給湯室にある流し台の蛇口をひねり、ポットの中に水を入れると、それを持って職員室へと戻る。

職員室に戻ると、食器棚からそれぞれの湯呑みを取り出して、お湯が沸いたらお茶を注ぎ入れた。

「熱いですから気を付けてくださいね」

先生方の机の上に湯呑みを配り終えると、私も湯呑みを持って自分の席に着く。

「愛美先生、お茶ありがとう。じゃあみんなでいただきましょう」

園長先生の声に、みんながいただきますの声をあげて、お土産のお饅頭に手を伸ばす。

「わぁ、このお饅頭美味しい。このお茶によく合いますね」

沙織先生がお饅頭をひと口頬張り、幸せそうな表情を浮かべた。

「でしょう？　お土産って何を買おうって毎回悩むんだけど、これ、ものすごく売れていたから家用にも買ってみたんですよ。昨日食べたんだけど、すっごく美味しかったから、みんなもここに観光行くならおすすめですよ」

二人の会話を聞きながら、私もお饅頭の包装を剥《は》がして口へと運ぶ。しっとりとした口触りと、甘さ控えめのあんこが口の中いっぱいに広がった。沙織先生が幸せそうな表情になるのも納得する。これはいくらでも食べられそうだ。

お饅頭とお茶を味わいながら食べ終えると、各自が自分の湯呑みを給湯室へ持って行き、それを洗って食器棚の中へと戻す。私は湯呑みと急須を給湯室で洗い、片付けを済ませると、明日の準備に取り掛かった。


翌日は、遊戯室でダンスの時間を設けていた。

この光南幼稚園は昭和の時代に建てられたもので、老朽化が進んでいる。数年前に床を張り替えてもらっているけれど、学習発表会や卒園式などで使う舞台も劣化が進んでいる。遊戯室は園児も出入りを自由にしているけれど、舞台は上がらないよう注意しており、両サイドにある階段には、勝手にステージに上がれないようパーテーションを立ててガードしている。

明日のダンスの時間は、みんなが遊戯室内を走り回るから、いつも以上に埃も立つだろう。ばら組の園児の中にも、軽度のハウスダストアレルギーを発症している園児がいる。他のクラスの園児も、ハウスダストアレルギーを発症している子が数人いる。そのため遊戯室の掃除は念入りに行わなければ。

五月とはいえ汗ばむ陽気が続いているため、登園時に着用しているスモッグも、午後には脱いでいる園児も少なくはない。汗が冷えたら風邪を引くもとだから、着替えと汗拭き用のタオルを持参するよう事前に文書を出しているけれど、毎回数人は忘れてくる。幼稚園にも予備の服は数枚あるので、いざとなればそれを貸し出せばいい。

掃除を終えて、遊戯室の施錠を行った。明日使用予定の教材を運び入れ、教室を施錠していると、十七時を知らせるメロディーが流れた。

職員室へ戻ると、みんなが帰宅する準備をしている。

「愛美先生、施錠ありがとう。じゃあ、帰りましょう」

教室の鍵を定位置に戻すと、私もエプロンを外してロッカーの中にしまい、鞄を取り出した。

園長先生の声に促され、みんな一斉に幼稚園を後にする。

正面玄関前で解散すると、私は夕食の買い物に行くためスーパーへと向かった。

スーパーは幼稚園の徒歩圏内にあり、この時間だとお惣菜も割引シールが貼られていたりするので、疲れている時は躊躇なくそれらを購入する。けれど、この時間の割引シールの付いた商品は、争奪戦が繰り広げられており、なかなか欲しい商品を手にすることは難しい。特に唐揚げやコロッケなど人気のお惣菜などは、みんなが狙っているのだ。以前、夕飯と翌日のお弁当のおかずに使おうとして、横入りしてきた主婦に素早く奪われて以来、私は恐ろしくて手が出せないでいる。

野菜売り場でカット野菜と豆腐も使いきりサイズに手を伸ばす。割高だけど、一人暮らしだと食材を無駄にしてしまいそうで、キャベツもひと玉買う勇気はない。

今日もお総菜コーナーは、値引きシールの貼られたお惣菜やお弁当を手に取る主婦で溢れている。

人だかりが落ち着くまで少し離れた場所で様子を見ていると、背後から聞いたことのある声が聞こえた。それは……

「ママー、きょうはからあげがたべたいって、あさせいちゃんがいってたよ」

さつき先生のクラスの美波ちゃんだ。どうやらお母さんと一緒のようだ。

「え？　そうなの？　今日はお魚の煮つけにする予定なんだけど」

「えー、おさかな？」

「うん、お魚を食べると頭が良くなるって、お魚売り場の前で曲が流れてるでしょう？」

おさかなの歌は幼稚園でも歌っているので、美波ちゃんも知っている曲だ。

「せいちゃんがね、さっきもからあげをかってきてっていってたよ。……あれ？　まなみせんせい？」

どうやら気付かれてしまったようだ。私は今気が付いたようにゆっくりと振り返る。

「あら、美波ちゃん、こんにちは。お母さんと一緒にお買い物？」

美波ちゃんに声を掛けながら、美波ちゃんのお母さんに会釈をすると、お母さんも会釈を返す。

美波ちゃんのお母さんのお顔をじっくり見るのは今日が初めてだけど、ナチュラルなメイクなのに、目鼻立ちがはっきりとしたとても美人さんだ。

「うん。まなみせんせいもおかいもの？」

「そうだよ。先生、一人暮らしだから自分でごはんの用意をしなきゃなんだ」

そう言って私は自分の買い物かごの中を美波ちゃんに見せると、納得したのか頷いている。

「失礼ですが、愛美先生のご実家は……」

「実家は市内なんですけど、ここからだと車で三十分はかかる距離にありまして、この春から一人暮らしを始めたところなんです」

　実家のある地区名を言うと、美波ちゃんのお母さんも納得の表情だ。

「ああ……あそこからだと通勤は大変ですよね。朝も通勤ラッシュに巻き込まれたら車の逃げ道がないですからね」

　美波ちゃんは昨年途中こちらに編入してきたとのことで、それまでは大阪に住んでいたせいかまだ地元の話題についていけなくて、一人きょとんとした表情を浮かべている。

「せんせいは、きょうはなにたべるの？」

「そうだねえ、どうしようかな。お惣菜で何かいいのが残っていたら、それで済ませようかな。……でも、あの人だかりの中に入っていく度胸はないなあ」

　お総菜売り場には、お店の人が割引シールを貼るため売り場に出てきており、それを狙っている買い物客がそれとなく距離を詰めて、商品を狙っている。その中に、ひと際目を惹く男の人がいた。

　その姿に、私の視線は一瞬釘付けとなった。

　まるでそこだけ世界に色が付いたような、テレビドラマや映画などでエフェクト加工がされたように、キラキラと輝いて見えた。

　そんなことって実際にあるんだ……

　美波ちゃん親子の会話で、私は現実に引き戻される。

「あ、せいちゃんだ！　ママ、あそこにせいちゃんがいるよ」

「ホントだ。あいつってば私が今日、唐揚げ作らないってわかって、お惣菜の唐揚げ買いに来たのね」

周囲の人と比べて頭一つ分高いので、恐らく身長は百八十センチ以上あるだろう。身長の割に小顔で、肩幅もがっしりとしている。遠目でもはっきりとわかる顔立ちは、とても整っており、美波ちゃんのお母さんとよく似ている。さつき先生たちが話していたように、ものすごくイケメンだ。

消防士という事前情報があるから、身体つきがしっかりしているのも納得がいくけれど、何も知らなければ芸能人かスポーツ選手などの有名人なのかと勘違いしてしまいそうだ。

周囲の女性たちも、彼を見る目が違うのがわかる。

人だかりの中で、彼にぶつかった女性に対して大丈夫かと気遣って声を掛けている。見た目だけでなく、他人を気遣う優しさにも目が行った。彼に声を掛けられた女性の目は、キラキラと輝いている。

その時だった。『せいちゃん』がこちらに顔を向けた。美波ちゃんが手を振ると彼も手を振り返し、美波ちゃんのそばにいた私と視線が合った。私が会釈をすると、『せいちゃん』も会釈を返してくれた。

そのうち総菜売り場で値引きのアナウンスが始まり、それを目当てにやってきた人たちでごった返し始めた。

今、あの界隈に近寄るのは危険だ。とりあえずあの人だかりがなくなってから、改めてお惣菜コーナーはチャレンジしよう。そう思った私は、美波ちゃんたちに挨拶をしてその場を離れた。

精肉や鮮魚コーナーを回って、再びお惣菜コーナーに戻ると、案の定揚げ物などは綺麗になくなっていた。その代わり高野豆腐やひじきの煮物など、日頃自分一人では作らないものが残っていたので、私はそれを手に取ると、買い物かごの中に入れてレジへと向かう。

レジ待ちの列に並んでいると、先に買い物を済ませた美波ちゃんたちが、お店の外に出ていく姿が見えた。そこには、『せいちゃん』の姿も一緒にあった。手には大きな買い物袋を提げている。きっと美波ちゃんのお母さんの荷物持ちをしているのだろう。

そういえば、お惣菜の唐揚げは無事に購入できただろうか。先ほどの美波ちゃんの言葉で、私も急に唐揚げが食べたくなり、鶏肉を購入した。揚げ物は面倒だけど、纏めて揚げて、冷凍保存することにしよう。

レジで会計を済ませると、私はまっすぐ家路についた。


毎日が慌ただしく過ぎていき、あっという間に六月になった。

天気予報では、梅雨入り宣言がされて、毎日じめじめとした天気が続いている。

あの日スーパーで美波ちゃん親子に遭遇後、何度か彼が美波ちゃんのお迎えに来ていたようだけど、タイミング悪く私は他の保護者とその日あった出来事を話していたりしていて、じっくりと顔を合わせる機会はなかった。向こうも私と面識があるとはいえ、ジロジロ見られたら不快に思うだろう。だから、幼稚園教諭と保護者の距離感はこのくらいがちょうどいい。

六月に入ってからは、仕事が忙しいのか用事があるのか、お迎えは美波ちゃんのおばあちゃんがほとんどで、彼の姿を見ることは滅多になかった。

ちょうど今、教育実習生を受け入れており、一人はさつき先生のクラスに、そしてもう一人は沙織先生のクラスで実習を受けている。

きっと彼がお迎えに来ていたら、実習生たちも色めき立って騒いでいたことだろう。

園児たちに加え、教育実習生の指導で忙しい時期に、私の色恋ごとなんて考えるのはよそう。そう思っていた。

でも、そんなことを言っていられなくなったのは、六月の賞与が出た週末の夜のことだ。

金曜日の夜、私はアパートで食事を済ませた後、クローゼットの中を整理していた。冬物のコートなど、クリーニングに出していた衣類のビニール袋を外して衣装ケースの中にしまっていた時、スマホが鳴った。それは電話ではなく、無料通話アプリのメッセージ受信の音だった。衣装ケースの中にしまい終え、防虫剤を入れて作業が終了すると、ビニール袋をゴミ箱の中に捨て、スマホを手に取った。そこには高校時代の同級生で、現在市立病院で看護師をしている山岡《やまおか》小春《こはる》の名前があった。

小春とは偶然にも高校三年間同じクラスだった縁で何となく仲良くなり、卒業後もこうしてたまに近況をやり取りしている。前回やり取りをしたのは、今年の二月。小春が外来から病棟勤務に異動となったと報告があった時だから、四か月ぶりだ。直接会って話をしたのは、一体いつだっただろう。随分前のことで記憶が曖昧だ。

スマホのロックを解除してトーク画面を開き、メッセージに目を通す。それは食事のお誘いだった。

『愛美、久しぶり！　新しい職場にはもう慣れた？　出会いのない職場だからって、女磨きに手を抜いてない？　突然だけど月末の土曜日、久しぶりに色々話もしたいし、一緒に食事でもどう？』

お互い公務員なので、賞与支給日は同じ日だ。久しぶりのお誘いに、思わずＯＫのスタンプを押した。

お茶を飲もうとスマホをテーブルの上に置いた途端、既読マークがついた。と同時に、小春からの着信が入った。

私は再びスマホを手に取ると、通話ボタンをタッチした。

「もしもし？」

『もしもし？　愛美？　今、通話大丈夫？』

「うん、大丈夫だよ」

病棟勤務に変わってから、日勤、準夜勤、夜勤の三勤務体制となり、夜勤明けの日は睡眠で休みが終わると本人から聞いていた。なのでこちらから連絡をするのを躊躇《ためら》っていたけれど、こうして向こうから連絡があるのは、今日が休みか仕事終わりで時間に余裕があるという証拠だ。

『よかった。メッセージ見てくれたよね？　月末の週の土曜日、絶対に他の予定を入れないでね』

有無を言わせない勢いに、ピンときた。これは絶対に合コンの誘いだと。

「まさかと思うけど……これって合コン？」

念のため、確認を入れてみたら、案の定だ。

『合コンって、そんな大袈裟なものじゃないよ。職場の仲いいメンバーとの飲み会なんだけど、女の子連れてきてほしいってリクエストがあってね。ほら、看護師も幼稚園教諭同様に出会いがないじゃない？　ぶっちゃけ家と職場の往復だけだと出会いもなくてさあ。とりあえず、公務員同士の異業種交流会をしようって話になったのよ。あ、肝心なこと聞くの忘れてた。愛美、今彼氏いないよね？』

小春は『出会いがない』と言うけれど、看護師のほうが幼稚園教諭よりも独身男性と接する機会は圧倒的に多いのだから、同レベルで話をするのはやめてほしい。こっちは園児の保護者との接点だけだから、ほとんどが既婚者だ。

「彼氏なんて、まず出会いがないんだもん、いるわけないわよ。ってか、看護師のほうが独身男性と接する機会が多いじゃない。私なんて、成人男性と接するのは保護者ばかりだもん、既婚者以外で話をする機会なんてほぼないんだし」

『高校時代、日浦《ひうら》に告白されたじゃない』

日浦くんとは、高校時代の同級生だ。

高校三年の文化祭の時、向こうから告白されたのだ。当時は日浦くんに対して特に恋愛感情はなかったから一度は断ったけど、友達からでいいからと言われ、それならと承諾したのだ。

日浦くん本人も『友達でいい』と言っていたし、私もそのつもりだった。だからみんなと一緒に遊んだりして、一対一のお付き合いはしなかった。

一緒にいれば、日浦くんのいいところも見えて好きになれるかもと思ったけれど、口数が少なく何を考えているかわからなくて、正直気味が悪いとさえ思ったこともある。

高校卒業を機に日浦くんは東京の大学に進学して疎遠となり、それっきりだった。

「あれが私の唯一のモテ期だったかもしれない。幼稚園で出会いなんてないし、それこそ園児から告白されても大人になるまで十何年も待てないわ」

私の言葉に小春が電話口で笑っている。

『あはは！　確かに園児にお手付きしたら犯罪よ。しかも二十歳以上年の差あるんだから、成人した時には相手にされないわよね』

「本当それよ。園児たちはこれから成長していくじゃない？　そのうち私たちなんて相手にされなくなるもんね。その点、患者さんなら年齢差を気にすることないんじゃないの？」

私の問いに、小春は即答した。

『患者なんて論外よ。病院内ではたしかに看護師に色目を使ってくる人は多いけど、病院から一歩外に出たら、他の女性にみんな目がいくんだもん。そんな相手なんて、こっちからお断りよ』

後半部分、珍しく小春が熱弁をふるっている。これは過去に何かあったようだ。詳しい話を聞きたいところだけど、語り始めると長くなりそうなので、話を逸らすことにした。

「そうなんだ……で、公務員同士の異業種交流会って、他にどんな職種の人が来るの？　病院関係者以外に誰かいるの？」

『うん、今のところ、病院関係者は私と、同僚の看護師と、理学療法士が参加予定。病院関係者以外は、愛美とあとは公民館の学芸員と、消防士と市役所職員、他にも誰かいたかな……』

聞けば、地方公務員が勢ぞろいだ。

「それこそ職場に若いドクターはいないの？」

市立病院の医師に、若い人っていただろうか。ふと気になって聞いてみた。

『ドクターね……。何人かいるにはいるんだけど、研修医時代から付き合ってる彼女がいたりとか、いずれ地元に帰ったらお見合いで結婚相手を決められるから、別れなきゃならない不毛な恋愛をしたくないんだってさ』

小春の話を聞いて驚きを隠せない。今どき結婚相手を自分の意思で決められないこともあるんだ……。

『というわけで、愛美もしっかり頭数に入れてるんだから、よろしくね！』

「え、ちょっと待ってよ。異業種交流会って言っても、実質合コンでしょ？　私、園児以外、本当に限られた人としか接していないから無理だって」

久しぶりの合コンのお誘いは、正直言ってとても嬉しい。けれど、仕事柄同世代の男性と接する機会がないだけに、話題に困る。

『愛美、あなたは毎日幼稚園児というピッチピチの若者と触れ合っているでしょう？　私、病棟に異動してから、入院している患者さんのほとんどが年金生活をしている、いつあちらの世界からお迎えが来るかわからないご老人ばかりなの。ナースコールが鳴るたび、毎回これが患者さんとの最期になるかもしれないって思いながら駆けつけるの。これって私、可哀想だと思わない？』

それを言われると、返す言葉がない。

『だから、新しい出会いを求める私に付き合って、愛美も新しい出会いを見つけよう、ね。決まり！　ということでよろしくね』

結局小春の一方的な押しに圧倒され、言い返す間もなく通話が終わった。

スマホの画面が暗くなり、私はスマホを机の上に置いた。同世代の人たちと集まることに緊張するけれど、知り合いを増やす機会になればいいだろう。あまり気が進まないけれど、そんなことを言っていたら、いつまで経っても彼氏なんてできる気がしない。小春が言うように、学生時代ならまだしも、大人になってから同世代の人と接する機会がなくなり、職場の人と接するだけで自分の世界が狭まった感は否めない。

せっかくのお誘いだ、もしかしたら本当に素敵な人との出会いがあるかもしれない。

私は立ち上がるとクローゼットを開けて、月末の異業種交流会に着ていく服を選び始めた。

数日後、小春から月末の異業種交流会の時間と場所を知らせるメッセージを受信した。

場所は、駅の近くにあるダイニングバー『彩《いろどり》』。ここは創作料理が美味しいと評判のお店だった。ランチタイムも営業をしており、特に限定メニューのオムライスが有名らしい。

私は昔からお酒を美味しいと思えないため、この日も飲酒するつもりはなく、お店まで車で向かうことにした。

そして迎えた当日、日中のうちに実家へ顔を出した。帰省のたびに、母がおかずを持たせてくれるので、タッパーウェアを洗って返すと、母がまた作り置きのおかずを持たせてくれる。実家を出て一人暮らしを始めて、母のありがたみが身に沁みる。

いつもなら土曜日は実家にお泊まりして翌日帰宅するけれど、今日は用事があるからと、夕方には実家を後にした。

一度アパートに戻っておかずを冷蔵庫に入れると、着替えを済ませて、ダイニングバーへと向かった。


お店に到着したのは、十八時五十分。予約時間の十分前だ。

駐車場に車を停めると、車内で小春にメッセージを送信する。

『お店の前に到着したよ』

メッセージを送信と同時に既読マークがついたので驚いていると、ちょっとしてメッセージを受信した。

『お店の中にいるからね』

小春はもう到着しているようだ。私は車から降りると、車に鍵をかけてお店に向かった。

彩は、雑居ビルの二階にある。階段を上り店のドアを開けると、店員さんが「いらっしゃいませ」と声をあげる。

私は今日、団体の予約が入っていると思うんですがと声をかけると、奥の席へと案内された。そこはボックス席になっており、背の高い観葉植物がカウンター席からの視線を遮ってくれている。

「こんばんは……」

声をかけて顔を覗かせると、小春と他に数名がすでに着席していた。

「愛美！　待ってたよ」

小春の声に安堵していると、小春が自分の隣に座るように促してくれたので、私はそれに従った。

とりあえず、小春以外のメンバーははじめましての人ばかりなので、今日はよろしくお願いしますと声をかけて席に着く。

「自己紹介はみんなが揃ってからするんだけど、残念ながら予定していたメンバーのドタキャンがあってね、今日は六人だけになったの」

そう言われて見渡すと、私を除き、現在四人が席に着いている。ということは、あと一人……

小春の奥側に座っている女性は、目の前に座る男性と話をしている。どうやら二人は顔見知りのようだから、小春と同じ病院に勤務している人だろう。小春の目の前に座る男性は、医療従事者ではないのか無言のままだ。最後の一人も、この並びだと男の人だろう。

一番奥に座る男性が、胸ポケットの中からスマホを取り出した。どうやら最後に一人から連絡があったのだろう。画面をタッチして操作をしている。その画面に目を通し、メッセージを確認すると再びスマホを胸ポケットへとしまった。

「最後の一人も、もう着くってさ」

その男性の声に、小春の左側に座る女性が声をあげる。

「じゃあ、そろそろ始める？」

メニュー表を手に取ると、一部を男性側に、もう一部を小春に手渡した。このお店に来るのは初めてで、何がおすすめなのかわからない私は小春におすすめのメニューを聞いた。

「私、ここに来るの初めてなんだ。何がおすすめ？」

私の言葉に、奥に座る女性が答えてくれる。

「ここのメニュー、全部おすすめだよ。このお店、藤本《ふじもと》先生の知り合いが厨房にいるんですって」

彼女の声に、一番奥に座る男性が口を開いた。恐らくこの人が藤本先生と呼ばれる人だろう。

「知り合いって言うか、中学時代の同級生だな」

「ここ、なかなか団体席って空けてくれないのに、翔太《しょうた》のおかげだな」

小春の前に座る男性が口を開く。下の名前で呼んでいるので、どうやら藤本さんの友人のようだ。

「ここだけの話だけど、灯里《あかり》が言うには、ここのオーナーが単に酔っ払いの団体が嫌いなだけらしいぞ」

「灯里さんの料理、本当に美味しいですよね。今度ランチの時間帯に、オムライス食べに来なくちゃ！　あれって平日だけの数量限定メニューだから、早い時間に来ないと食べられないんだよ」

小春がお店の料理が美味しいことを熱く語るのを、藤本さんがなぜか誇らしげに頷いている。

「それ、本人に直接言ってやってくれる？　喜ぶと思うから」

きっと、同級生の料理が美味しいと褒められて嬉しいのだろう。

「そこまで小春が絶賛するなら、お料理めっちゃ楽しみ」

私の言葉に、その場の全員が頷いた。

「……え、もしかして、このお店、みんな一度は来たことがあるの？」

「うん。このお店はよくローカル番組の取材が来るし、タウン情報誌にも掲載されてるから、人気あるんだよ」

小春の言葉に、私は固まった。

普段園児と保護者と職員しか話さないため、そのような情報に私が一番疎いかもしれない。

「先月、日曜お昼のテレビで放送されていたの観てない？」

小春の奥に座っている子がテレビ番組名を告げ、私に問いかけた。

「あー……、その時間はいつも、裏番組がついてるから……」

日曜日のその時間帯は、父がお気に入りの番組をつけているので、残念ながらみんなが言う番組は観たことがない。

「そうなんだ。お出掛けスポットとかの紹介もしているから、ネットよりも情報が新しいし、チェックしてみるといいよ」

彼女の言葉に頷いていると、お店に誰か入って来たようだ。店員さんの「いらっしゃいませ」の声がして、少しして、人の気配を感じた。そこには――

「悪い、もしかして俺が最後？」

私は驚きを隠せない。

そこにいたのは、美波ちゃんの叔父である『せいちゃん』だったのだ。

第二章　ロマンスのはじまり

「ああ、お前が最後。でも、時間ピッタリだから遅刻ではないぞ。じゃあ、全員揃ったことだし始めようぜ」

藤本さんの声に、せいちゃんが私の席の前に座る。正面からイケメンにじっと見つめられるものだから、何だか居心地が悪い。

「あの……、美波の通う幼稚園の先生ですよね？」

唐突に質問されて、私は驚いた。

会話こそ交わしたことはないけれど、幼稚園で顔を合わせるのと園外で顔を合わせるのとでは、印象がまるで違うこともあるので、きちんと私のことを認識してくれていたことに驚いたとともに内心ドキドキしている。

驚きのあまり、咄嗟に返事ができない私に、藤本さんが口を開く。

「誠司《せいじ》、知り合いか？」

「人違いだったらすみません。でも、そうですよね……？」

眩しいくらいの笑顔で問われた私は、頷くしかない。

「えっと……、はい。そうです」

まさかこの場で会うことになると思ってもみなかった私は、動揺して声がうわずってしまった。

「やっぱりそうですよね？　よかった、これで違ってたら恥かくところだった。で、みんなは飲み物もう頼んだ？　俺、今日非番だから酒は飲めないんだけどいい？」

『せいちゃん』こと誠司さんは藤本さんにそう言うと、藤本さんがわかったと言い、呼び出しボタンを押した。

ほどなくして、店員の女性が現れた。明るい髪色の、長い髪を後ろで一つに括ったかわいらしい人だ。

「飲み物頼む。俺と中井《なかい》は生、誠司はウーロン茶でいいか？　……で、女性陣は？」

藤本さんがこの場を仕切ってくれ、こちらにドリンクをどうするか問いかける。すると小春が口を開いた。

「じゃあ、私はカシスオレンジと千紘《ちひろ》はモスコミュール、愛美はどうする？」

「それじゃあ……、私もウーロン茶でお願いします」

私だけソフトドリンクを頼んだことで、場の空気を悪くしたりしないか心配だったけれど、小春には事前に車で来ることを伝えていたし、誠司さんもソフトドリンクだし大丈夫だよね……？

そう思っていたら、オーダーを取りに来た女性が注文を復唱した。

「では、生が二つとウーロン茶が二つ、カシスオレンジとモスコミュール、以上でお間違いないですか？」

「おい灯里、その話し方、何か気持ち悪い」

女性がオーダーの確認を終えた途端、藤本さんが口を開く。

灯里と呼ばれた女性は、笑いながら「だって仕事中だもん」と返した。

小春と奥に座る女性は、二人のやり取りを羨ましそうに見ている。すると藤本さんがニヤリと笑いながら再び口を開いた。

「灯里、さっきみんなが灯里の料理が美味いって褒めてたぞ」

その途端、小春も奥に座る女性も大絶賛した。

「私たち、灯里さんのお料理のファンなんです。でも、ランチメニューのオムライスは、いつ来てもすぐ売り切れるからなかなか出合えなくて……。今度、ランチタイム開始前に並びます！」

そんな二人の言葉を聞いて、灯里さんは嬉しそうに微笑んだ。

「ありがとうございます。藤本くんのお友達なら、こっそりサービスしちゃう。で、お料理は決まった？」

二人に返事をした後、灯里さんは藤本さんに問いかけた。

「いや、まだ。飲み物持ってきてくれる時に声かけるよ」

「了解。では、少しお待ちくださいね」

そう言って、灯里さんはカウンターへと向かって行った。藤本さんは、そんな灯里さんの後ろ姿を見つめている。藤本さん、もしかして……

「色々食べてみたいし、とりあえずここに書いてあるメニュー、ここからここまで頼んでみる？」

小春のとても豪快な提案に、今日は驚かされてばかりだ。どのくらいの量が出てくるかわからないけれど、色々なものがちょこちょこと摘まめるのと、六人もいれば食べきれるだろうという安心感から、みんなも賛成した。

少しして、灯里さんが注文した飲み物を運んできた。私たちはメニュー表を見せながら、先ほどみんなが承諾した端から端までを注文すると、灯里さんは目を丸くする。

「お店的にはとってもありがたいんだけど……、それって結構割高になっちゃうけど大丈夫？」

ここまで話すと、灯里さんは声のトーンを落とし、内緒話をするように小声で言葉を続けた。

「……一人分の予算決めてくれたら、その予算内で色々作るよ？　その代わり、ドリンク代は別になるのと、メニューはこちらのお任せになるのと、これは本来、事前予約がないとできないことだからみんなには内緒ね？」

灯里さんからのありがたい申し出に、私たちは甘えることにした。みんなで相談した結果、ドリンク代は別にして一人当たり四千円の予算で、色々作ってくれることとなった。

「多分裏メニューが出てくるから、楽しみだな」

藤本さんがぼそりと呟くと、それを聞いた小春たちが歓喜の声をあげた。

「飲み物も揃ったことだし、乾杯した後に自己紹介しましょう？」

千紘さんの言葉に、みんながグラスを持つ。藤本さんが乾杯の音頭を取り、乾杯を済ませると、藤本さんから時計回りに簡単な自己紹介が始まった。

「藤本翔太です。二十八歳で、市立病院で理学療法士と作業療法士をしてます。……じゃあ、次は中井」

そう言って隣の席に座る中井さんに自己紹介を促した。

「えーっと、中井健《たける》、二十八歳です。市役所勤務で、この四月に税務課から市民課に異動となりました。こう見えて俺、柔道有段者だから、何かあったら頼ってね！」

中井さんの挨拶が終わり、藤本さんが誠司さんに挨拶を促す。

「じゃあ、次は誠司」

藤本さんに促されて、誠司さんが口を開いた。

「大塚《おおつか》誠司です。消防士やってます」

誠司さんの言葉を継いで、中井さんが口を開く。

「こいつ、実は消防士の中でも、花形のレスキュー隊員なんだ」

中井さんの言葉に、小春と千紘さんが感嘆の声をあげた。

レスキュー隊って、何？　消防士の中にも何か違いがあるの？

私ひとり、話題についていけなくて黙っていると、それに気付いた小春が横で説明をしてくれた。

それによると、レスキュー隊とは一般消防隊員の中から志願者や辞令により試験を受け、その中から選び抜かれた人員で構成された精鋭部隊とのことで、中井さんが花形だと言った理由がようやく理解できた。

一般の消防士と違って人命救助が主な任務と聞き、誠司さんが逞しい体格をしている理由にも納得がいく。

誠司さんって、そんな凄い人だったんだ……

驚きで声が出ない私の前で、誠司さんがちょっと照れたようにはにかむと、他の話題に変えようと口を開く。

「男メンバーは全員高校時代の同級生です。……これって、今日は何、男側はみんな公務員？」

誠司さんの言葉に、何も聞かされていなかったのかと思ったけれど、黙っていると藤本さんが答えた。

「いや、女性もみんな公務員って聞いてるけど……」

そう言って、みんなの視線が私に集まった。順番から言えば、次の自己紹介は私の番だろう。

「えっと……、西川愛美です。四月の異動で光南幼稚園勤務になり、今年は年中クラスの担任をしてます。次、小春の番ね」

簡単な自己紹介を終えると、小春にバトンタッチした。小春は合コン慣れしているのか、全然物怖じする様子はない。

「山岡小春です。市立病院の看護師をしています。今は病棟に勤務しています」

そして最後に千紘さんが口を開く。

「長野《ながの》千紘です。小春と同じく市立病院で、私も病棟勤務の看護師をしてます」

千紘さんは小春の同僚で、藤本さんと三人は同じ職場ということがわかった。

「あ、ちなみに私と愛美は高校時代の同級生なんです」

小春が私との関係性を説明したので、これで誰がどう繋がっているかがわかった。

「愛美ちゃん、幼稚園の先生なんだね。そんな雰囲気だわー」

真ん中に座る中井さんがそう言うと、千紘さんも頷いている。

「うんうん、ほんわかしていてかわいい。あ、ちなみに私も小春と同い年だから敬語抜きで話そうね」

千紘さんの年齢がわかりホッとしたのも束の間、まさかの同い年とは思ってもみなかっただけに、今日も驚きの連続だ。なぜなら千紘さんは、お化粧や髪型もバッチリで、見た目にしっかり時間とお金がかかっていることがよくわかる。それに比べて私ときたら、メイクはファンデーションとチーク、薄い色のリップと申し訳程度にしかしておらず、メイクを落とせば中学生と間違えられても仕方ないくらいの童顔だ。

髪の毛も、仕事の邪魔になるからといつも後ろで一つに結んでいるせいで生え際に変なくせがついてしまっている。だから今日も、仕事の時と同じように結んでいる。服も、こういった場でどんなものを着用すればいいかわからなくて、とりあえずミモレ丈のワンピースに、体温調整のため薄手の上着を羽織っている。日々園児を追いかけ回して運動靴が通常仕様なので、ヒールのある靴は履く機会がほとんどない。今日は頑張ってかかとの低いパンプスを履いているけれど、履きなれない上に私の身長が百五十四センチしかないせいで、どんなに背伸びしても子どものようにしか見られない。

自己嫌悪に陥りながらも表情には出すまいと、作り笑いでやり過ごしていると、目の前に座る誠司さんが私に笑顔で話しかけた。

「その節は、お迎えの件でご迷惑をおかけしてすみませんでした。あの後、美波から散々叱られました」

四月のお迎え遅延のことだろう。

他のクラスの保護者と会話をする機会なんて滅多にない上に、幼稚園以外の場所で、ましてやプライベートでこうして会うなんて考えてもみなかった。

思っていたよりも誠司さんはフレンドリーで、話しやすい。

けれど、その笑顔は反則級だ。相手が園児の保護者だとわかっていても、先輩教諭たちが言うように、うっかりときめいてしまう。

「いえいえ、そんなお気になさらないでください。その後すぐにお迎えに来られたことですし、全然大丈夫ですよ」

私の言葉に、誠司さんは「そう言っていただけてありがたい」と前置きをした上で、言葉を続ける。

「愛美先生とは、幼稚園以外でも、お会いしているような気がするんですが……。光南に来られる前に、消防署へ見学に来られたことありましたか？」

誠司さんの問いに、私はしばし考える。

「光南へ来る前はさくら幼稚園に在籍していたんですが……、そういえばさくらにいた頃、消防署へ見学に行かせてもらったことがありました。もしかして、その時でしょうか？」

私の返答に、「ああ！」と納得したようだ。

「どこかで見かけたことがあるのは多分それだ。その時もかわいらしい人だなって思っていたので、もしかしたらこれは運命かもしれませんね。あれから美波は家でも『まなみせんせい』の話をよくするので、尚更知らない人とは思えなくて……」

前半の言葉で、当時のことをなんとなく思い出した。園児たちを一人ずつ、順番に消防車の運転席に乗せてもらって、大喜びだった。

後半の言葉は誠司さんのリップサービスだと思うけれど、『かわいらしい』だなんて、気恥ずかしい半面でそれでもちょっと嬉しく思う。気恥ずかしさのあまり、後半の『運命かもしれません』の言葉はスルーさせてもらうことにした。

「そうなんですね、ありがとうございます。……そういえばあの日、美波ちゃんからワンちゃんのお話を伺いました。ゴールデンレトリバー、飼われているんですね」

名前や唐揚げの話を聞いたことは黙ったままで、当たり障りのない話題を投げかけると、誠司さんもそれに続く。

「そうなんです。マロンって名前のメスなんですけどね」

そこまで話をしたところで、四人の視線が私たち二人に向いていることに、ようやく気付く。

「なんか俺ら、二人の会話に入る隙がないな。今日はもう二人はカップル成立ってことで帰っていいぞ」

藤本さんがそう言って誠司さんを揶揄うと、誠司さんはそれを真に受けたように席を立つ。

「そうか？　じゃあお言葉に甘えて愛美先生、行きましょうか」

誠司さんの反応に、私を含むみんなが驚く。もちろん一番びっくりしたのは私だ。

「え……、ちょ、ちょっと待って下さい！　お誘いはとっても嬉しいです。でも今日は私、ここのお料理、すっごく楽しみにしてたんですけど!?　まだ一口もお料理を食べてないのに……」

平日のランチはもちろんのこと、一人で外食なんてしたこともないし、ましてや今、地元で評判のお店の料理を一口も味わえずに店を出るだなんて、そんなもったいないことできるわけがない。

本気でそう思っているのに、みんなの反応は、私の予想と反して何だか微妙だ。

「あーあ、誠司、振られたな」

「ご愁傷さま、骨は拾ってやるよ」

「じゃあ、私と抜けましょう？　……ってやだ、そんな怖い顔しないでくださいよ。冗談ですから」

「愛美、あんたも罪なオンナね」

藤本さん、中井さん、千紘さん、小春の順番で口々に言われる言葉の意味を考えると、どうやら私が誠司さんの誘いを断ったがために、私が誠司さんを振ったことにされているようだ。

「そ、そんな……っ、大塚さんみたいに素敵な方を振るだなんて滅相もないです！」

必死になって弁解する私に、みんなが俯いている。これは一体……？

少しして、みんなが肩を震わせて笑いを堪《こら》えていることにようやく気付いた。

「愛美ちゃん、最高！　いやー、いいわ。見た目もかわいらしいけど、中身も純粋でいい！」

「色気よりも食い気ってとこが愛美よね」

中井さんと小春は、笑いすぎて目に涙を浮かべている。

「もうっ、みんなしてひどい！　だってここのごはん、美味しいんでしょう？　お腹も空いてるし、すっごく楽しみにしてるんだからね」

むきになって言い返す私を、誠司さんも笑いながら見つめている。園児の保護者に、こんな失態を見られたくなかった。

「すみません。愛美先生があまりにもかわいくて、つい翔太の冗談に便乗してしまいました」

真正面からこんなイケメンにお世辞でもかわいいなどと言われて、私は今日、もしかして死んでしまうのではないだろうかと思うくらい舞い上がっている。それを表に出すまいと必死に堪《こら》えているると、どうやら私が怒っていると思ったのだろう。

「愛美、ごめんね。愛美の反応がかわいいからみんな調子に乗っちゃって、気分悪くさせちゃったね」

小春が代表して私に謝罪の言葉を述べると、他のみんなも調子に乗ってごめんねと謝罪の言葉を口にした。

みんなが謝罪をしてくれても、私の発言が原因だから、何だか居心地が悪い。どうにかして場の空気を変えようと、私は話題を振った。

「いや、謝らないでください。場の空気を悪くしたのは私のキャパの狭さが原因ですから。……せっかくの異業種交流会ですし、皆さんのお仕事の話を聞かせてください」

それぞれが職場の話をすれば、そっちに集中するから流れも変わるだろう。

私の目論見は見事に当たり、まずは千紘さんがその口火を切った。

千紘さんが職場の話をし始めると、ところどころで小春に同意を求めてくる。二人は同僚だから、話題も共通だ。患者さんの名前など個人が特定できることは口にしないけれど、患者さんとの日々のやり取りを面白おかしく語ってくれた。

途中で料理が運ばれてきたので、食事をしながら話は続く。みんなが絶賛するだけありお料理はどれも美味しく、味覚だけではなく、視覚も楽しませてくれる盛り付けや器にも感動を覚えた。

「本当に美味しいね……」

私の呟きに、小春が大きく頷いた。

「でしょう？　お料理はどれも美味しいし、盛り付けも綺麗で見た目が映えるし、いつ来ても飽きないのよね」

小春の言葉に千紘さんや中井さんも頷いている。誠司さんは、料理に感動している私をにこにこしながら見つめている。そんな中、中井さんが爆弾発言を口にした。

「こんなに料理上手な彼女がいて、翔太も鼻が高いな」

一瞬この場に沈黙が流れたけれど、次の瞬間、私を含む女性陣が驚きの声をあげる。

「「「ええ――――っ‼」」」

私たちの驚きに反して、男性陣は最初から知っていたのか、こちらの反応を見て面白がっているようだ。

初対面の私が驚くくらいだから、同じ職場の二人はもっと驚いている。千紘さんに関しては目を見開いたまま、言葉が出ないようだ。

「藤本先生、彼女いるって噂は聞いてたけど、まさか灯里さんとは……」

小春の言葉に、ひたすら小刻みに頷くくらいの反応しかできないようで、本当に驚いているのが私にも伝わった。

もしかして、千紘さんは藤本さんのことが好きなんだろうか。そう思っていると、藤本さんが申し訳なさそうに口を開いた。

「今回の飲み会を企画してくれって言った張本人が、熱が出たってドタキャンしたから、頭数的には俺も入ってるけど……。元々俺はお世話係的な立ち位置のつもりだから。こういう飲み会も灯里に心配かけたくなくて、参加する時は灯里の目の届くところでやらせてもらってる」

ダメ押しのように、自分は対象外であることを口にした。ここまではっきり宣言してくれると、私たちとは間違いは起こらないし、灯里さんも安心だろう。

「今日来る予定だった奴は、たしか山岡さんたちと同い年だったはず。同い年のメンバーがいれば、話題も多いし盛り上がるだろう。また今度、そいつの都合のいい時に改めてセッティングするよ」

藤本さんのその言葉に、小春が即座に反応した。

「あ、言いましたね？　ちゃんと言質《げんち》取りましたよ？　その時は千紘も強制参加だからね」

小春はそう言って、千紘さんに声を掛けた。小春の声に千紘さんも頷いたその時……

「あのっ！　……その飲み会、愛美先生は誘わないでくださいね」

何と、誠司さんが口を開いて爆弾を投下した。その言葉に、私以外のメンバーが反応する。

「誠司……。お前、愛美ちゃん連れてもう帰れ」

「いやーん、愛美、よかったね！　おめでとう！」

「後で逃げられないよう、今ここで連絡先交換しておけよ」

「愛美ちゃん、私とも連絡先交換しよう！　後日女子会するわよ」

中井さん、小春、藤本さん、千紘さんの順にこんなことを言われ、恥ずかしさのあまり、私の顔は熱くなる。それ以上に、まさかそんなふうに言ってもらえるだなんて……。もしかして、私、今日が人生最大の幸運日で、明日には死ぬの？　そう思うくらい、今日一番で驚いた。

「おう。翔太、たまにはいいこと言うな。ということで愛美先生、連絡先、教えてもらえますか？」

誠司さんはそう言うと、ポケットの中からスマホを取り出すと、通話アプリを起動させた。

「ほら、愛美もスマホ出して」

隣に座る小春からも促され、私はバッグの中からスマホを取り出すと、通話アプリを開いた。誠司さんがスマホ画面に自分のＱＲコードを出しているので、私がそれを読み込むとともだち追加のボタンを押してスタンプを送る。誠司さんのアイコンは、笑顔のかわいいゴールデンレトリバーだ。きっとこの子がマロンだろう。

スタンプを押すとすぐに既読マークが付き、すぐにスタンプが送られてきた。そしてその後に『大塚です』と、ただそれだけの短い文章が送られてきた。

「よし、連絡先ゲット！」

そう言いながら微笑む誠司さんの表情に、思わず見とれてしまう。小春はそんな私を見て、よかったねと耳元で囁いた。

私の顔は、お酒を飲んでいないのに、まるで飲酒をしたかのように熱いままだ。これ、本当に現実なの？　私が自分に都合のいい夢を見てるとかではないの？　今でも信じられずに茫然とする私に、誠司さんが話題を振った。

「幼稚園の先生って、園児が帰った後は何をしてるんですか？」

「そうですねぇ……」

誠司さんの質問に答えようとした時、小春が口を挟んだ。

「あの……っ！　私たち藤本先生より年下だから、こちらが皆さんに敬語を使うのは当然なんですけど、大塚さん、愛美に対して敬語になってますよ？」

小春に言われて初めて気付いた。言われてみれば、誠司さんは私に対して敬語を使っている。その疑問に誠司さんは当たり前のように答えた。

「ああ、愛美先生は姪が通う幼稚園の先生だからね。幼稚園にはこれからも姪のお迎えに行くから、その時担任でもないのに馴れ馴れしく話しかけてしまったら、色々と困るだろうと思って……」

誠司さんはそう言って、私に微笑みかける。

この人、気遣いができる上に優しいんだ……

この瞬間、私の心は誠司さんに鷲掴みされていた。

小春の問いに答えているけれど、視線は終始、私を捕らえて離さない。私はどう反応すればいいかわからず、誠司さんには申し訳ないけれど視線をテーブルの上に落とした。

そんな私たちの様子に、小春は千紘さんと見つめ合い、深く頷いた。そして誠司さんに向かって言葉を発した。

「大塚さん、愛美のことめっちゃお気に入りじゃないですか。この場だけでなく、幼稚園でのお迎えのこともきちんと考えているんですね」

小春の言葉に、誠司さんは当然のように返事をする。

「姪のお迎えの時に見かけて、姪からもよく話を聞くようになってから、どんな人なんだろうってずっと気になってたんだ。だから、まさかここで会えると思ってなくて。愛美先生にご迷惑をかけるわけにはいかないだろう？　これから姪ともどもよろしくお願いします」

「もう、お前らこのまま帰れ」

藤本さんは、終始この調子だ。中井さんはニヤニヤしながら一連のやり取りを眺めている。思いの外グイグイと迫ってくる誠司さんに対して私はいたたまれなくなり、ウーロン茶を飲み干す。お茶が気管に入って私は盛大にむせ返り、隣に座る小春に背中をさすってもらうありさまだった。

その後も終始和やかな交流会となり、みんながドリンクのお代わりを注文した際、そろそろ締めのメニューが運ばれると聞かされた。

ドリンクと一緒に最後の品が運ばれてきたけれど、それはなんと、ランチタイム限定メニューのオムライスだった。それまで散々色々なものを食しているので量は控え目だったけれど、それでもこのサプライズには藤本さんも驚いている。

「最初に言ったでしょう？　『こっそりサービスしちゃう』って。この後デザートがあるからね」

灯里さんのいたずらっぽい微笑みに、みんなが歓喜の声をあげた。このオムライスは、夜の時間どんなにオーダーしても『ランチメニュー限定だから』と断られるのだそうだ。それだけに、みんな大喜びだ。藤本さんは咳ばらいを一つして、灯里さんにお礼を告げた。

「ありがとな」

藤本さんの言葉に灯里さんが笑顔で応えると、空いた器を片付けてキッチンへと下がって行く。

私と誠司さん以外の四人はアルコールが程よく回って、いい感じに打ち解けている。

テーブルに運ばれたオムライスを、スプーンですくい、一口食べてみた。口の中で卵がとろけ、しっかりと味つけされたケチャップライスと絡み合う。卵にかけられたデミグラスソースが、卵とケチャップライスに交わり絶妙な美味しさだ。この場にいる全員が、美味しいと絶賛し、舌鼓を打つ。これが、ランチタイム限定の人気メニューになるのも納得の美味しさだった。

オムライスも残さず綺麗に平らげ、その後運ばれてきたデザートのシャーベットも完食し、これ以上何も食べられないくらいにお腹が満たされた。

お会計を済ませお店を後にして、二次会をどうするかという話になった時、誠司さんが申し訳なさそうに口を開いた。

「俺、今日は酒が飲めないから、もう帰るよ」

「非番って、休みじゃねえの？」

誠司さんの言葉に反応したのは、中井さんだ。

「消防士の勤務形態って、看護師みたいに三部制じゃないんですか？」

千紘さんが誠司さんに質問した。

「うちの消防署は、二部制なんだ。二部制のほうが、休みを交代しやすいからって理由らしい」

会話についていけない私は、一人取り残されている。それに気付いた誠司さんが、私に向かって微笑んだ。

「愛美先生には、また今度じっくり説明しますよ」

他の人に見せる表情とは違い、色香を含んでいるようにも見えるその表情に、私の心臓が早鐘を打つ。そんな私たちを、再び中井さんが誠司さんを冷かしにかかる。

「お前なあ、そこまで露骨にアピールしても、愛美ちゃんが嫌がったらそこで終わりだぞ？　愛美ちゃんも、こいつが園児の身内だからって遠慮しなくていいよ。嫌なら嫌って言ってくれたら、その時は俺が間に入るから」

「お前、またそんなこと言って……。愛美先生、こいつのことは話半分で聞いていたらいいですからね」

そんな二人のやり取りに、藤本さんは終始呆れ顔だ。小春と千紘さんについてはもう、生温かい目で私たちを見ている。

「あ、そうだ。愛美ちゃん、連絡先交換しよう」

「あ、俺も！　愛美ちゃん、俺にも連絡先教えて！」

思い出したかのように、千紘さんが私に声を掛けた。すると中井さんもその声に便乗し、スマホをポケットから取り出した。先ほど千紘さんと連絡先を交換しようと約束をしていたので、私はバッグの中からスマホを取り出した。千紘さんがスマホのカメラを起動させたので、私はアプリを起動させ、ＱＲコードを画面に表示させる。千紘さんがそれを読み取り、スタンプを送ってくれる。

中井さんも同様に、カメラを起動させて私のＱＲコードを読み取ると、スタンプを送ってくれた。

私は、すぐに友達登録をして二人にスタンプを送り、連絡先交換が無事に終わった。

誠司さんは「中井の連絡先は、ブロックでいいから」などと不穏な発言をするものだから、中井さんは拗ねてしまったけれど、それだけ気心が知れた間柄の軽口だろう。

店の外でしばらく話し込んでいたけれど、結局二次会は行われることなく、私たちはそれぞれ帰宅の途についた。

自宅に戻ると、二十二時が近い時間になっていた。

部屋に入ってすぐにエアコンのスイッチを入れ、冷蔵庫の中からお茶を取り出すと、グラスに注ぎ入れる。そして、それを一気に飲み干した。

美波ちゃんの叔父である『せいちゃん』こと誠司さんと、あの場できちんと顔を合わせて会話をした上に、連絡先を交換することになるとは夢にも思わなかった。

それまで遠目にしか見たことがなかったけれど、じっくりと姿を見ると、先生や保護者たちがイケメンだと騒ぐ理由も納得だった。整った顔立ちな上に鍛えられた体型は、まるで別世界の人だ。遠くから見ているだけで充分だと思う保護者や先生たちの気持ちがよくわかる。

幼稚園では美波ちゃんのお迎えに来るけれど、会話なんて交わしたことないし、担任ではない私の顔を覚えていてくれるとは思ってもみなかった。そんな素敵な人からアプローチされるだなんて、これは自分に都合のいい夢を見ているのではないかと、今でも信じられない。

スマホをバッグの中から取り出しテーブルの上に置くと、入浴するために浴室へと向かった。

シャワーを済ませ、化粧も落とし、浴室から出ると部屋着へと着替えた。全身が映る鏡を見ると、素顔の私は童顔すぎて、相変わらずの中学生だ。化粧にもそんなに興味がないせいで、小学生の頃から顔にほとんど成長がない。

洗面台に置いているオールインワンタイプのジェルを手に取ると顔に塗り、簡単にスキンケアを済ませると、ドライヤーで髪の毛を乾かした。ある程度乾いたところでドライヤーのスイッチを止め、コンセントを抜いて櫛で髪を梳《と》かす。浴室からの湿度で、洗面所も湿気が籠っており、早く部屋に戻りたい。

ある程度の身支度が整うと、部屋へと戻った。部屋はエアコンが効いていて、風呂上がりの火照った肌にひんやりとした冷気が心地よい。

再び水分補給のため冷蔵庫からお茶を取り出すと、グラスに注いで飲み干した。程よく冷えたお茶が喉を通過して、身体の熱を冷ましてくれるようだ。ようやく喉の渇きも落ち着いたので、テーブルの上に置いたスマホを手に、ラグの上に腰を下ろしたその時だった。

スマホに、一通のメッセージを知らせる通知が表示された。

こんな時間に誰だろう。

私はスマホのロックを解除すると、メッセージを開いた。

メッセージは、今日連絡先を交換した千紘さんと小春、そして、誠司さんからも届いていた。

とりあえず、千紘さんからのメッセージを先に開くと、近いうちに女子会をやろうねとあった。

続いて小春からのメッセージを開いてみた。すると、こちらも千紘さんと同じく、女子会をしようと書かれてある。どうやら二人とも、私と誠司さんのその後の話で集まりたいということがよくわかった。女子会に参加すれば、二人からその後を根掘り葉掘り聞かれるに違いない。いや、これはそれ目的で召集をかけているというのがひと目で理解できる流れだ。

ひとまず二人への返信は保留にして、誠司さんからのメッセージを開いてみることにした。告白こそされていないけれど、先ほどあれだけアプローチされた手前、メッセージを開くという行為にすら緊張が走る。

ドキドキしながらメッセージを開くと……

『大塚です。こんばんは。今日はお疲れさまでした。今日はこうして愛美先生と個人的に知り合いになれてよかったです』

メッセージも、私と個人的な知り合いになれてよかったと、好意的な内容だ。

返事をどうしようと考えていると、再びメッセージを受信した。

『よかったら、二人で今度どこかにお出掛けしてみませんか？　消防士という仕事柄、勤務中はスマホが触れないため、返信に時差があることもありますが、必ずご連絡します』

画面を開いたままだったから、既読マークがついてしまった。どうしよう、なんて返信すればいい？　私の頭の中は真っ白だ。

既読スルーするわけにもいかず、かといって小春や千紘さんに相談すれば、きっと面白がってデートの約束を取り付けるように言うだろう。でも、今日のお礼は伝えるべきだと思った私は、意を決して入力画面に文章を打ち込む。

『こんばんは、西川です。今日はお疲れさまでした。まさか今日の飲み会に大塚さんがいらっしゃるとは思っていなくて驚きました。幼稚園のお迎え時は、自分のクラスの園児や保護者と話をしているため、他のクラスの保護者までなかなか目が行き届かず、失礼があったらすみません』

絵文字も交え、ここまで打ち込んで一旦手を止める。……なんか文章が硬いかな。

いや、プライベートとはいえ、相手は園児の保護者だ。一定の距離感は必要だから、このくらいでちょうどいいだろう。

そして、その後に続く文章について頭を悩ませる。

これって、どう見てもデートのお誘いだよね……？

後半の文面に触れず、このまま返事を送ってもいいかな。それとも、いくら誠司さんが独身とはいえ保護者との個人的な交流は、誰がどこで何を見ているかわからないから、遠慮したいと伝えたほうがいいのかな……

先ほどの飲み会で、私の正面に座る誠司さんの顔をまじまじと見た。それまでは遠目でしか見たことなかっただけに、こんな間近で顔を突き合わせること自体、自分でも信じられなかった。

間近で見る誠司さんの顔は、正直言ってやはり私の好みだった。先生方や保護者が素敵だと騒ぐのを横目に、それまで表には出さなかったけれど、今日改めて納得せざるを得なかった。

そんな誠司さんからデートのお誘い、本当にどうすればいい？

とりあえず、デートの日時はまだ提示されていない。私は幼稚園の行事予定表を取り出した。

夏の教育実習は先週終了したから、それを理由に断るには無理がある。

来月の予定表に目を通すと、ある行事が目に飛び込んできた。――夏祭りか。

夏祭りはＰＴＡの役員さんを中心に、園内で縁日を行う。さすがに二人でお出掛けとかはハードルが高いので、これに参加できないか誘ってみてもいいかな。

一旦先ほどの文章を送信すると、すぐに既読マークがついた。それを確認すると、再びメッセージを入力する。

『行事予定表をお配りしていますが、来月幼稚園で夏祭りが開催されます。この日はＰＴＡの役員さんを中心とした子どもたちのお店やさんごっこやちょっとした屋台もあって、園内も保護者に開放しておりますので、よろしければ大塚さんも参加されませんか？　美波ちゃんもきっと喜ぶと思います』

これなら他の人の目もある中、一対一になることなく、幼稚園教諭と保護者として普通に接することができる。私はまだ誠司さんの人柄についてほとんど知らないし、誠司さんにしたって私のことは美波ちゃんから話を聞かされただけで、実際にどんな人間なのか知らないはずだ。幼稚園で過ごす普段の私を見てもらって、その上でまた一緒に出掛けようと誘ってくれるなら、その時は、喜んでそのお誘いを受けよう。

入力を終えると、文章を読み直し、誤字がないことを確認して送信ボタンを押した。

メッセージを送信すると、一仕事終えたような疲労感が襲ってきた。

今日は実家に車で日帰りした上に、夜はお出掛けをして、肉体的よりも精神的な疲労がすごい。

スマホの充電も減っていたので、充電器を差し込むと、部屋の電気を消してベッドに潜り込んだ。

翌日は日曜日、いつもより少し遅く目覚めた私は、布団から出ると部屋のカーテンを開けた。外はもう、すっかり夏の陽射しだ。テレビをつけて現在時刻を確認すると、八時二十分を少し回ったところだった。

寝起きでぼんやりしている頭がしっかり働くまで、少し時間がかかりそうだ。

私は、洗面所へ向かうと洗濯機を回した。洗濯が完了するまでの間に、身支度を整え朝食の準備を始める。昨日、実家からもらったおかずを冷蔵庫から取り出し、冷凍していたおにぎりを電子レンジで解凍した。

一人暮らしを始めて、基本的に自炊を心掛けているけれど、どうしても忙しい日や疲れている日はスーパーのお惣菜を買って手抜きする日もある。けれど、お米だけは毎日きちんと炊いている。だからその日に食べきれなかった白米を、おにぎりにして冷凍保存しているのだ。

おにぎりの解凍が終わると、おかずを食べる分だけお皿に盛り、それも電子レンジで温め終える。おかずを載せたお皿の上に、ラップを剥《は》がしたおにぎりを並べると、ワンプレート朝食の完成だ。これなら洗い物も少なく済む。グラスにお茶を注いでテーブルの上に運び、昨日充電器を差しっぱなしの状態で放置していたスマホを手に取ると、一件のメッセージを受信していた。

そういえば昨日、小春と千紘さんに返信していなかったことを思い出し、私は充電が完了したスマホからコードを抜き、スマホのロックを解除した。

メッセージは誠司さんからで、昨日私が来月の夏祭りの案内をしたことに対する返信だった。

『夏祭り、いいですね！　美波がこの日、浴衣を着るんだと張り切ってました。先生方……、愛美先生も浴衣を着用されるのかな？　夏祭りの日は休みを取って幼稚園に伺います。それではおやすみなさい』

送られたメッセージを読み、顔から血の気が引いた。我々職員は保護者の手伝いをしなければならず、この日もいつもと同じ格好をするつもりだったのだ。でも先生たちは、「せっかくの夏祭りだし、みんなで浴衣を着ましょう。園長先生が着付けして下さるそうだから、心配いらないよ」とノリノリだった。

浴衣を持っていないわけではない。けれど、こう暑いと浴衣も汗だくになるだろう。それに加えて、帯を締めた部分にあせもができそうだ。でも……

でも、せっかく誠司さんも来てくれるなら、浴衣姿も見てもらいたいな。

浴衣を着たら、誠司さん、ほめてくれるかな……

昨日、誠司さんが私に向けてくれた笑顔を思い出し、いつの間にか顔が熱くなっていた。

ふと我に返った私は、誠司さんのメッセージにスタンプを押して返信し、同様に小春と千紘さんにもスタンプで返信を済ませると、用意した朝食に手をつけた。

食事を済ませて食器を洗い、片付けを終えしばらくすると、洗濯終了を知らせるアラームが鳴った。私は急いで洗面所へ向かい、洗濯物をかごの中に移し、ベランダに洗濯物を干した。

以前、さつき先生から助言をもらったように、洗濯物の中に男性ものの服や下着も織り交ぜ外干ししている。アパートも、防犯のことを考えて二階の部屋を契約した。男の人の一人暮らしならこういった心配もないんだろうなと思うけど、私は男性ではないのだから仕方ない。

洗濯物を干し終えると、すでに暑さで汗だくだ。私はエアコンの効いた部屋でひと息ついた。テレビはいつの間にか幼児向けのアニメも終わり、週末の情報番組が始まっている。私はぼんやりとその番組を眺めていた。当然のことながら、放送内容は全然頭の中に入っていない。そして気が付けば、十二時を知らせるチャイムが街中に鳴り響いた。

昨夜お店でたくさん食べたのと、今朝も朝食をしっかりととり、食後もそんなに動いていないせいで、まだ空腹を感じない。私は重い腰を上げて、床に掃除機をかけ、終わってやることがなくなると、ベッドの上に横たわった。そしていつの間にか眠ってしまっていた。

再び目が覚めると、空がどんよりと曇っていた。ぶ厚い雲が空一面を覆っていて、今にも雨が降りそうだ。私は急いで洗濯物を取り込んだ。日中の陽射しの強さと、若干風が吹いていたおかげで、洗濯物はよく乾いている。

ベランダのサッシの鍵をかけ、陽射しの強さでエアコンの効きが悪くなっていたのでカーテンを閉めた。一気に部屋は暗くなるので、電気をつけると、取り込んだ洗濯物を畳んで引き出しの中へと片付ける。

乾いた男性物の下着は、再び洗濯機の中へと放り込む。Tシャツは何枚か用意しているので、それをローテーションで洗濯しては、外干ししている。今のところ、これといった被害はないけれど、用心するに越したことはない。

そういえば最近、隣の部屋に誰か引っ越して来たようで、先週末挨拶文がポストに投函されていたことを思い出した。挨拶状の書面に『隣に越してきました』と記載されていたけれど、名前までは書かれておらず、男性なのか女性なのかもわからない。今日はたまたまアパートにいるけれど、私が毎週末実家に戻っているため、なかなか顔を合わせる機会がない。私の生活音が聞こえていれば、あちらから挨拶に来られるだろうと呑気に構えているけれど、今のところそのような気配はない。それどころか、この一週間でお隣から生活音が聞こえたことはない。もしかしたら、仕事が忙しくて、寝るだけのためにアパートを借りた人なのかもしれない。それか夜の時間のお仕事で、私が仕事に出ている時間帯に活動し、私の帰宅時間以降は不在なのか……

そう思っていると、玄関のチャイムが鳴った。

日曜日にいったい誰だろう。

来客や、宅配の荷物が届く予定はなかった。

女性の一人暮らしだから用心するに越したことはない。インターホンの画像で、来訪者の顔を確認することにした。一人暮らしをするに当たり、ドアスコープではなく、部屋の中から外の様子がわかるカメラの設置してある物件を探していたのだ。動画も記録されるので、いつ、誰が来たのかを後から確認ができるのがありがたい。

もしかしたら、引っ越してきたというお隣さんかな。

私はインターホンの画像を確認した。

するると、そこには……

「うそ……、何で？」

そこには、高校の同級生である日浦くんが写っていた。

高校時代、私に告白してくれた人だ。日浦くんは口数の少ない男子で、何を考えているかわからないところがあり、できれば関わりを持ちたくないタイプの男子だった。何で私のことが好きなのか理由も分からず、口には出さなかったけれど気味が悪く思うこともあった。

ひと目で日浦くんだとわかるくらいだから、見た目は高校時代とそんなに変わりがないように思う。見た目だけで言えば特におかしなところはなく、普通の成人男性だ。

当時、付き合ってほしいと告白をされたけど、私は日浦くんに対して恋愛感情はなく、ちょうど高校三年で受験を理由に断った経緯がある。その時日浦くんは、友達としてでいいから仲良くしてほしいと言い、それならと、他の友達と同じように接していた。

高校を卒業後疎遠になっていただけに、今さら会うのは何だか気まずい。

どうしよう、出たほうがいいのかな……

生活音を立てずに生活するなんて、無理がある。先ほど洗濯物を取り込んだりしているので、在宅なのはきっとバレているだろう。

部屋着ではあるけれど、見られてヤバい格好ではない。応対のためにわざわざ着替える必要はないと考えた私は、意を決して玄関へと向かった。まずは、インターホン越しに応対する。顔を合わさなくていいなら、それが一番だ。

「はい」

通話ボタンを押し、外と音声が繋がると、日浦くんがモニターに向かって話し始めた。

『はじめまして、私、先日お隣に引っ越してきました日浦と申します。今日は引っ越しのご挨拶に伺いました。玄関口までお越しいただけますか？』

日浦くんが、私を玄関口へと誘導する。やっぱりお隣に住む住人なら、お互いの顔を知っていたほうが安心だと思うのだろう。私もその気持ちを理解するけれど、やっぱり気まずい。

日浦くんが既婚者なら、安心して応対できるけれど、今、ドアの外に立つのは日浦くん一人だけ。隣に立つ女性もいないから、独身である可能性は高い。

私は恐る恐る玄関へと向かった。

ドアチェーンをかけたままドアの隙間から応対できれば一番だけど、最初からそんな態度を取れば日浦くんじゃなくても気分が悪いだろう。意を決してドアチェーンを外し、開錠してドアを開けた。

ドアの隙間から覗かせる私の顔を見て、日浦くんは驚きの表情を見せる。

「え……西川さん……？」

「やっぱり、日浦くん……？」

思いがけない再会に、お互いが絶句している。

「卒業以来だから、何年振りだ……？　七、八年振りになるのか」

日浦くんが独り言のように呟いた。その声は少し上ずっており、頬も少し上気しているように見える。日浦くんが口にした年数を、もうそのくらい経つんだと、私は他人事のように聞いている。

「あ、俺、今フリーランスで翻訳の仕事してるんだ」

そう言ってポケットの中から名刺を取り出した。そういえば高校時代、いつか海外で仕事をしたいと語っていたな。

私は名刺を受け取ると、それに目を通す。名刺の肩書には翻訳家とある。フリーランスというだけあり、連絡先の住所はこのアパートが記載されていた。

高校時代、外国語を学べる大学を受験したいと東京の大学へと進学し、地元を離れたのだ。当時、将来なりたいと言っていた夢とは違うけれど、それでも翻訳の仕事は誰もができるものではない。今はフリーランスということは、以前はどこかの会社に勤務していたのだろうか。

外国語を直訳したり翻訳アプリを使ったことがあるけれど、日本語的に意味不明な訳が表示されたりする。海賊版の海外映画などもそうだ。商業化されている海外映画や海外著書の翻訳などと比較すれば一目瞭然で、ニュアンスは違えどＴＰＯに合わせた翻訳が適用されている。

フリーランスで独立するだけの実力があるなら、きっと日浦くんも相当の努力をしているのだろう。

「西川さんは今、何の仕事してるの？」

日浦くんの問いに、私は幼稚園教諭をしていることを話した。

学生時代、放課後の教室でみんなと進路の話になり、私は地元の短大へと進学することを話していた。将来は保育士か幼稚園教諭になりたいとみんなに話していたのを思い出す。

自分の夢を叶えるべく短大在学中に幼稚園教諭と保育士の資格を取得し、運よく地方公務員採用試験に合格し公立幼稚園教諭として勤務しているけれど、来年からは近隣の保育所と合併して認定こども園に形態が変わる。

さすがにここまで詳しく話す必要はないので、こども園になる件は黙っているけれど、市の広報誌などを見ればいずれ知られることだろう。

「幼稚園の先生か……、夢を叶えたんだな。おめでとう。……俺、今は昼夜逆転の生活してるから、アパートの壁が薄かったらこっちの生活音が筒抜けになるかもしれない。夜は西川さんの睡眠を邪魔しないよう、極力気を付けるよ」

日浦くんはそう言うと、自室へと戻って行った。

その後姿を見送ると、私は玄関のドアを閉めて施錠する。

日浦くんとまさかの再会に、緊張の糸が解《ほど》けた私はその場にへたり込んだ。

さっきのやり取りは、ごく普通のたわいない会話だった。

とりあえずは普通に会話ができたけど、当時の気味が悪いと思っていた感覚は今でも忘れられない。

高校卒業から月日は経つ。けれど何だろう、日浦くんの見た目は普通なんだけど、私を見る目つきが、どうしても生理的に受け付けない。

同じアパートに住む以上、しかも隣人だ。接点がないなんてあり得ない。

私は座り込んだまま頭を抱えた。

第三章　夏祭り

週が明け、いつもと同じ生活が始まった。

隣に住む日浦くんは私が出勤後に就寝し、夕方帰宅する時間帯に起きる昼夜逆転の生活のようだ。生活音を立てないよう気を付けていた。彼の睡眠を妨げないように……というのは建前で、こちらの生活音を聞かれたくないと思い、静かに過ごした。

日浦くんとは廊下で顔を合わせると挨拶をし、少しだけ世間話をすることもあるけれど、その都度、私が買い込んでいる食材をチェックしては「お互い一人暮らしだし、手料理を振る舞って」と冗談めかして言われることも少なくない。

その逆も然りで、手料理を押し付けられそうになることもあった。その時は前日に作ったおかずの残りがあるからと断っていたけれど、その頻度は高く、顔を合わせるのがちょっとしんどく思えてきた。

私が日浦くんの同級生とはいえ、彼女でもないのに、この距離感はちょっとどうかと思う。当時も今も、私は日浦くんに対して恋愛感情は持っていない。そのことは口にせずとも私の態度でわかっているはずだ。

恋愛感情がない以上、お隣さんという関係を崩す気はないし、それ以上の関係になりたいとも思わない。だからこうして日浦くんが私に対して気があるような態度を取っても、下手に拗《こじ》れるとご近所さんに何を言われるかわからないのでとぼけるしかない。

今日も廊下で日浦くんと会い、一度くらい私の手料理が食べたいと言われた。最近はそれが少し苦痛に感じ始めたところだ。一度だけ彼の言う通りに手料理を振る舞えば、それで日浦くんの気が済むだろうか。それとももっとエスカレートするかもしれないと思うと、迂闊に返事ができないでいる。

自意識過剰だと思われるのも嫌で、そのことについて触れることはないけれど、もしそのことについてあちらが一歩でも踏み込んでくれば、はっきりと断るつもりだ。

それよりも、私に恋人ができればこういうふうに交流することもなくなるだろう。

誠司さんとメッセージのやり取りを始めて、誠司さんが恋人だったらいいなと思うこともある。けれど、きちんと告白されたわけでもないし、園児の保護者をこの件に巻き込むのも迷惑をかけてしまいそうで、誰にも相談できなかった。

日浦くんとのやり取りをのらりくらりとかわし続け、いつの間にか七月になった。

今月は幼稚園の夏祭りがある。先月末から園児たちは夏祭りを楽しみにしており、私も月末の日に教室の後ろの壁を七夕仕様に飾り付けたところだ。

幼稚園は毎月参観日があり、保護者が後ろの壁に飾られた我が子の作品を見てくれるので、毎回私も気合を入れている。今月の参観日が夏祭りなので、尚更だ。

六月末に掲示した作品は、今月の七夕を意識したもので、私が竹の形に切った色画用紙に、お願いごとの短冊や飾りを作って掲示した。園児たちの中には、もう文字の読み書きができる子もいる。ひらがなも、まだちょっと暗号みたいな怪しい文字で書かれているものもあるけど、一生懸命書いているのが伝わる。

ＰＴＡの役員さんたちが、月末からほぼ毎日夏祭りの打ち合わせで幼稚園に足を運んでくれる。園児たちの降園時間まで、遊戯室や職員室を使って夏祭りの飾りを作ったり、お店屋さんごっこで使う景品を用意したりと、大忙しだ。景品は、家庭で使わなくなったおもちゃや未使用の日用品など、親も子も喜ぶような品物を園に寄付という形で募ったものだ。

保護者も子どもたちのお迎えがあるので、降園時間を過ぎてまで準備に時間は費やせない。保護者が準備してくれた飾りや景品などを、夏祭り前日の園児たちが降園後、私たちが飾り付ける。園児が喜んでくれたらという思いは、我々職員や保護者も一緒だ。

あれから、美波ちゃんのお迎えに誠司さんのやってくる機会が増えたのは、言うまでもない。

さすがに幼稚園のお迎え時に話をすることはないけれど、視線が合えばお互い意識して会釈をするようになった。他の保護者に対しても会釈はしているので、特別なことではないけれど、それでもやっぱり緊張する。今のところ、他の先生たちから怪しまれることもない。

そして、その誠司さんとは、誠司さんの勤務日を除き毎日のようにメッセージのやり取りが続いている。

そのやり取りの中で、誠司さんは常に私に好意を示してくれる。まだきちんと告白をされたわけではないけれど、そのように取れる文面が送られてくるたび返信に困る。

決して嫌なわけではない。いや、むしろとても嬉しいのだ。でも、保護者と幼稚園教諭という立場上、もし告白をされたらどうすればいいか悩ましい。

誠司さんが独身であることは、恐らく大半の保護者が知っているだろう。私も独身なので、倫理的に問題はない。けれど、園児の通う幼稚園の職員とその保護者という立場上、事情を知らない人がこのことを知れば、どう思うだろう。思うだけならまだしも、陰で何を言われるか、そこが一番の悩みの種だ。

やり取りは楽しいけれど、どこまで踏み込んでいいか、躊躇してしまう。

先日の交流会の時に聞いた消防署の勤務体系は二部制で、一日二十四時間勤務すれば、翌日は非番となる。非番とはいえ、緊急招集がかかれば出勤も余儀なくされるため、行動に制限がかかる。勤務、非番を繰り返して非番の翌日に休日、また同じく勤務、非番を繰り返して公休日が二日ある。非番を含めると三連休となるそうだ。

二十四時間勤務とはいえ、出動要請がなければ仮眠も取れる。それでも命懸けの仕事だけに、日々の訓練は欠かせない。あの逞しい体型も、訓練の賜物だ。

夏祭りをいよいよ明日に控え、園児たちを預かっている間に、役員さんたちが遊戯室で明日の最終打ち合わせを行っている。園長先生が保護者との打ち合わせに参加しており、園児たちが降園後、我々に指示が下りる。

「まなみせんせー、あしたはせんせいもゆかたきるの？」

給食が終わり、遊戯室は使えないので教室でみんなが遊んでいるところ、まみちゃんに声を掛けられた。

「うん。夏祭りだから、先生たちもみんな浴衣を着るよ。まみちゃんも浴衣？　それとも甚平《じんべい》さんかな？」

浴衣は当日持ってくるのを忘れたら大変だからと、事前に持ってきて職員室のロッカー内で保管している。浴衣を着るのはいいけれど、履きものは仕事で履いているいつもの上靴なのがサマにならない。

「えっとね、まみはじんべいさんきるの！　おうちでもじんべいさんきてるんだよ」

梅雨入りしている上に、ここ数年の夏は尋常じゃない暑さだ。浴衣でお腹周りを締め付けるとあせもができるかもしれない。甚平ならその心配がないし、今どきの子供用甚平は可愛い柄のものが多い。華やかな夏祭りになりそうだ。

「そっか、甚平さん着るんだね。明日のお祭りが楽しみだね」

私の言葉に、まみちゃんは嬉しそうに頷いた。

私たちの会話を聞いた他の園児も、明日着る予定の服装を教えてくれた。

男の子たちは、甚平を着る子もいれば、普段着のまま登園する子もいるという。女の子たちはお洒落したいとほとんどの子が浴衣か甚平を着るそうだ。それに合わせて髪型もお母さんに色々リクエストしているとのことで、みんな夏祭りを心待ちにしている様子が伝わった。

年中さんは幼稚園の夏祭りは初めての体験であるとともに、この幼稚園で行う夏祭りは最後となる。来年はこども園でもっとたくさんのお友達と夏祭りを経験するだろうから、楽しんでくれたらそれでいい。

午後からの時間は、みんなで明日の出し物の最終練習だ。明日は時期的にはちょっと早い盆踊りと、もう一つの年中クラス、きく組さんと合同でダンスを踊る。それらを保護者たちの前で披露するので、みんなも気合が入っている。

お迎えの時間が近付き、そろそろ園庭にも保護者たちが集まって来た。私はみんなに明日はいつも通りに登園することと、給食がなく午前中で降園になることを改めて念押しをすると、みんなもいつもより早い降園に大喜びで、私の伝達事項を聞いている。

教室内の時計に目をやると、降園時間五分前だ。今日くらい少し早く終わらせてもいいだろう。私はみんなにさようならの挨拶をして、園児たちに帰りの支度を促した。入園から三か月も経つと、みんなも慣れた様子で後ろに設置されたロッカーから園バッグを取りに行き、そのまま園庭に面した廊下へ出てお迎えの保護者を待つ。

私はそんな園児たちの後ろ姿を見ながら、子どもたちの成長に目を細めた。入園当時は荷物を取りに行くだけで団子状態になり、衝突してはよくケンカをしていた子たちが、譲り合いの心を持って仲良く過ごしているのだ。やはり集団生活でしか得られないものがあるのだと改めて思った。

お迎えに来た保護者へ園児を引き渡す際、翌日の予定を聞かれることがある。園児の中には上手に伝えられない子もいるのと、お子さんがたくさんいる家庭だと、行事を都度確認しなければ忘れてしまうという保護者もいるからだ。もちろん重要なことは、行事予定と別に都度文書を出しているけれど、保護者に渡し忘れる園児も中にはいる。それについて、同じことを何度も繰り返して説明するのは正直疲れるけれど、それも私たちの仕事だ。

お迎えの保護者をみんなと一緒に待っていると、園庭に誠司さんの姿があった。今日は非番で明日はお休みなのだと先日メッセージを受信した。年齢を重ねていくと、保護者の中には学生時代の先輩や昔からの個人的な知り合いもいるので、個人的な保護者とのやり取りを禁止されているわけではない。けれど、それでもやっぱり誠司さんと園内で顔を合わせたりすると緊張する。

一人、また一人とお迎えがやってきて、ばら組さんは思いの外早く全員が降園した。他のクラスの園児も、今日は夏祭りの準備のため、園庭開放がないのでそのまま降園している。

園児が全員帰ったのを確認すると、園長先生が倉庫から大きな脚立を運んできた。夏祭りなので、提灯を園庭に吊るすのだ。私は身長が百五十四センチと小さく、このように高い位置で行う作業は足手まといになるため、別の作業を充てられている。

私と沙織先生は、まずバザーのジュースを冷やすためのビニールプールを膨らませると、今度はヨーヨー釣り用のビニール風船を膨らませることにした。一つひとつ空気が抜けないようしっかりと栓をして、最後に数を確認した。

後は、各教室で行う催し物の準備をする。遊戯室に飲食スペースを確保しているので、今一度改めて床掃除を念入りに行い、来園するみんなが直で座れるように、ござを敷いた。

乳幼児連れの保護者が安心して授乳やおむつ替えができるよう、教室の一つを専用スペースとして開放するのでパーテーションを運び入れたり、おむつ台を設置したりと、大忙しだ。

役員さんたちが大まかな飾りつけやバザーの準備をしてくれていたので、思っていたよりも準備に時間はかからない。後は明日の朝、鍵当番の時間に合わせて登園してビニールプールに水を張り、屋台の準備を手伝い、園長先生に浴衣の着付けをしてもらうだけだ。

定時を迎え、園長先生がみんなに声を掛ける。

「明日は朝からお天気もいいみたいだから、熱中症にならないよう、水分補給をしっかりして頑張りましょう」

明日は朝一番で園児のお父さんたちに手伝ってもらい、やぐらを園庭中央に設置するとのことで、園庭の隅に綺麗に飾り付けの施されたやぐらが用意されている。

ある程度の準備も整ったので、私たちも後片付けをして幼稚園を後にした。

昨日買い出しを済ませているので、今日は寄り道をすることなくまっすぐアパートに戻るだけ。でも、その足取りは重い。日浦くんとまた鉢合わせたら嫌だなと思うようになったからだ。

特別何かをされるわけでもないし、日浦くんからすれば、日常のコミュニケーションのつもりかもしれない。けれど、それを苦痛に思う私がおかしいのかな。自意識過剰だと思われるのも嫌で黙っているけれど、そろそろ我慢も限界が近付いてきた。

ちょっと小春に相談してみよう。

アパートが目の前に見えたその時、ちょうど部屋から出てくる日浦くんの姿が見えた。私は咄嗟に物陰へと隠れ、日浦くんが買い物へと出かけるのを待った。駐輪場に停めている自転車に乗り、出掛けていく日浦くんの後ろ姿を見送ると、私は駆け足でアパートへ戻った。

玄関に鍵をかけてドアチェーンもしっかりとかけると、部屋中のカーテンを閉めた。エアコンのボタンを押して、部屋が冷えるまでにシャワーを浴びる。化粧も落とし、部屋着に着替えてオフモードだ。冷蔵庫の中から昨日余分に茹でていたそうめんを取り出し、夕食をとる。歯磨きも済ませ、もう寝るだけの体制になったのは十九時すぎ。さすがに今から寝るには早すぎる。

私はバッグの中からスマホを取り出すと、小春あてにメッセージを作成した。

『お仕事お疲れさま。ちょっと相談したいことがあるので、よかったら連絡ください』

小春のシフトがわからないので、連絡がくるのは小春がいつこのメッセージを見るかによる。準夜勤だったら今の時間は勤務中だ。日勤もしくは夜勤なら、起きていればそのうちメッセージを見てくれるはず。

私はスマホを机の上に置き、テレビをつけた。

日浦くんが隣に引っ越してきて、案外生活音が聞こえることに気付いた。テレビの音も結構聞こえるため、もし通話などしていれば、こちらの声が筒抜けだ。日浦くんのことについて相談したいだけに、本人に聞かれるのは避けたいところだ。

テレビをぼんやり眺めながらお茶を飲んでいると、スマホがメッセージを受信した。送信相手は小春だ。

『お疲れさま！　やっと連絡くれたね。相談って、この前の消防士さんの件だよね？　話聞くよ！』

メッセージを見て、そういえば飲み会の後に女子会開催するとの連絡があり、スタンプを押したままスルーしてしまっていたことを思い出す。申し訳ないと思いながらも、スマホにメッセージを打ち込んだ。

『いや、大塚さんの件ではなくて。実は最近、日浦くんが隣に引っ越してきたの。ここ、壁が薄くて生活音が丸わかりだから、通話に切り替えずこのままメッセージでのやり取りでよろしく！』

本当は通話するほうが早いけど、壁が薄いので話の内容を聞かれたくない。小春も就職してから一人暮らしをしているけれど、自分が不規則な時間の仕事をしているから隣近所に誰が住んでいるか未だ知らないという。何かあった時に、ご近所トラブルになるようなことは避けたいと常々話をしていたので、私のメッセージを見てわざわざ通話することはないだろう。

すぐに既読マークがついた。と同時に、了解のスタンプも表示される。

小春の配慮に安堵の息をつくと、早速メッセージを受信した。

『マジで？　日浦、どんな感じだった？　今だから言うけど、あいつって何考えてるかわかんないところあって、ちょっと気持ち悪いなって思ってたんだ……。学生の頃からちょっとヤバそうな感じだったよね？』

そう、当時日浦くんに告白された時、私は日浦くんに対して恋愛感情がないことをきちんと伝えた。けれど、友達として仲良くしてほしいと言われ、それなら……と、あくまで友達として接してきた。そのような経緯を小春も知っている。だからこそ、高校を卒業後は疎遠になって安心していたのに、妙な距離感に気味が悪く感じているのだ。

『うん。今も昔も変わってない。日浦くん、何を考えてるかわかんないから、ちょっと気持ち悪くて……。高校卒業後、疎遠になって安心してたんだけどね。再会してからやたら距離が近い気がして困ってる』

自分が思っていることを、率直に打ち込むと、すぐに既読がついた。

『え、それヤバくない？』

そして、続けざまに次々と短いメッセージが画面に表示される。

『もしかして、日浦って脳内で愛美と付き合ってるつもりなんじゃ……？』

『一歩間違えたらストーカーになるかも』

『早急に何か手を打たなきゃ』

小春のメッセージが私の不安を掻き立てる。けれど、内心もしかしたらそうじゃないかと思っていた内容だけに、小春もそう思うということは……

少なからず、危機感を持って行動をしなければと改めて思った。そこへ再びメッセージが表示された。

『あいつ、昔から何考えてるかわかんない奴だったじゃない？　もしかしたら運命の再会って勘違いしてるかもよ？』

小春からのメッセージに、鳥肌が立った。

まさかと笑い飛ばす余裕すらない。廊下ですれ違う時に挨拶はするけれど、時々会話がちょっとおかしく思うこともあるし、もし小春の言っていることが正しければ……

『この際、このことを大塚さんに相談してみたら？　大塚さん、この前の飲み会の時愛美のこと気に入ってたみたいだし。それに愛美の幼稚園の保護者の身内でしょ？　何なら、彼氏役をお願いしてみたら？』

衝撃的な文章に、私はギョッとして思わずスマホを握る手に力がこもる。

『そんな、園児の保護者にそんなことお願いできないよ』

小春のメッセージに動揺してしまい、入力時に何度も誤字していたけれど、何とかそれを修正して送信した。すると、即座に返信がある。

『そんなこと言ってる場合じゃないよ！　愛美に何かあってからじゃ遅いんだからね、マジで。でも彼氏役うんぬんはさておき、相談だけでもしてみたら？　大塚さんって消防士だからガタイもいいし、日浦も見た目に圧倒されてあっさり引き下がるかもしれないよ？』

たしかにそれは一理あるかもしれない。知り合ってまだ日は浅いから、こんな話をするのは正直躊躇《ためら》うけれど、ちょっと相談してみようかな。私は素直にその提案を受け入れた。

小春とのやり取りを終え、私は誠司さんとのメッセージ画面を開いた。

明日の夏祭りに参加しますというメッセージが最後に表示された画面を眺めながら、文章を考える。

どう伝えたらいいかな……

自意識過剰って思われたりしないかな。

散々悩んで、最終的に用件を伝えるだけのシンプルな文章となった。

『こんばんは。明日の幼稚園の夏祭り、お越しをお待ちしております。話は変わりますが、折り入ってご相談したいことがあるので、明日の夕方、お時間をいただけないでしょうか？』

何度も読み返し、おかしなところはないか確認すると、意を決して送信ボタンを押す。思えば、私からメッセージを送信するのは初めてだ。しかも日浦くんの件で相談という名の呼び出しは、もしかしたらデートの誘いと勘違いされていたらどうしよう。

ドキドキしながらスマホの画面を眺めていると、すぐに既読マークがついた。そして、しばらくするとメッセージを受信した。

『愛美先生、こんばんは。明日のお誘い、ありがとうございます！　俺で良ければ遠慮なく頼ってください。明日は夏祭りが終わった後もお仕事ですか？』

こうやってすぐに連絡が来ることに安堵する気持ちと、もしかしたら誠司さんを面倒なことに巻きこんでしまうのではという不安や、迷惑をかけてしまうかもしれない罪悪感、色んな感情が交錯する。でも、こうして私がメッセージを送信した以上、今さらやっぱりいいですと取り消したところで後に引いてくれるような人ではない。

私は深呼吸を一つつくと、再び文章を入力する。

『明日の夏祭りは午前中で終わりますが、後片付けや翌日の準備などもあるため、職員は通常勤務なんです。退勤したらご連絡しますので、よろしければどこかでお会いできませんか？』

誤字がないかチェックして送信ボタンを押すと、了解とかわいらしいスタンプが画面に表示された。そしてその後に、『連絡を待ってます』とあった。私もスタンプを押してやり取りを終了させると、メッセージ画面を閉じた。

日浦くんのことを、まずは小春へ相談できたことにホッとした。成り行きとはいえ、誠司さんにも相談することになるとは思わなかったけれど、男性が味方についてくれることになれば、これほど心強いことはない。

色々と気疲れしてしまい、いつの間にかテレビや電気もつけたまま、ソファーで寝落ちしてしまっていた。

翌朝、目が覚めると背中が痛かった。ソファーで寝てしまったせいで、寝返りが打てなかったから、身体が固まっているのだろう。身体を起こし、うーんと声を出しながら伸びをすると、ちょっとだけ痛みが緩和した。その後身体のこりを解《ほぐ》そうと、腰を左右にひねると関節がパキパキと鳴る。身体が解《ほぐ》れたところで時計を見ると……、まずい。今日は鍵当番の時と同じ時間に出勤しなければならなかったことを思い出し、私は大急ぎで支度を始めた。

何とか準備を終えて消灯、戸締りを確認して部屋から出ると、そこに日浦くんの姿があった。

「おはよう。今日はいつもより早いんだな？」

今日は燃えないゴミの回収日だったようで、手には空き缶の入った行政指定のゴミ袋がある。普通に会話をしているけれど、その表情は前にも増して作り物のように見えてしまい、彼が何を考えているかさっぱりわからない。

「おはよう。うん、今日はちょっと早出出勤しなきゃならなくて。じゃあね」

挨拶もそこそこに、私は足早にその場を去った。

同級生とはいえ、やっぱり日浦くんのことは苦手だ。

背後に視線を感じるけれど、それよりも今はこの場から早く離れたい一心だった。私は速足で幼稚園へと向かった。

幼稚園へ到着するまでに汗だくになってしまい、バッグの中からタオルを取り出して拭《ぬぐ》いとる。汗で化粧も流れ落ちてしまいそうだ。

幼稚園の門扉は開いている。今日の鍵当番はさつき先生だ。さつき先生はいつもより早く登園されたようだ。

「おはようございます」

職員室に入ると、沙織先生がロッカーに荷物を入れているところだった。私の声に、沙織先生が振り返る。

「ああ、愛美先生おはようございます。今日の夏祭り、頑張りましょうね！」

今から最終準備が待っている。浴衣へと着替える前に、最後の仕上げをしなければ。

「はいっ、沙織先生、頑張りましょう！」

私も自分のロッカーに荷物を入れると、首にタオルをかけて園庭へと向かった。

園庭の隅に寄せていたやぐらを園庭の中央に移動させると、昨日膨らませたビニールプールに水を入れる。ヨーヨー釣りは、保護者が番をしてくれるので、どれくらいの量をビニールプールの中に入れておくか、お任せすることにした。

飲み物用に膨らませていたビニールプールにホースで水を入れると、ジュースやお茶を入れる。登園して来る園児から、事前にお願いしていたペットボトルの中に水を入れ、凍らせたものを預かると、その中に入れて飲み物を冷やす。

屋台については、今年は外部から機材を借りて、園庭の隅でフライドポテトやフランクフルトを作成することとなった。これは油を大量に使うので、取り扱いについては特に気を付けなければならない。ちょっとした油断が大事故に繋がるため、園児が容易にフライヤーへ近寄れないよう、厳重に立ち入りを制限しなければ。

ある程度の準備が整ったところで、役員の保護者と園児たちが登園してきた。後の準備は役員さんたちにお任せして、我々は一人ずつ、園長先生に浴衣を着せてもらうため、園庭を後にして職員室へと向かった。

着付けの順番は事前にじゃんけんで決めており、さつき先生、里佳先生、沙織先生、最後に私となった。

さつき先生と園長先生が職員室で着付けをしている間、ゆり組の園児の受け入れを我々が自分の受け持ちの園児の受け入れをしながら手分けして行う。ちょうど私の手が空いている時に、美波ちゃんがお母さんと誠司さんに連れられて登園してきた。

「まなみせんせい、おはようございます」

美波ちゃんの元気な声に、私も笑顔で挨拶を交わすと、美波ちゃんの背後でお母さんと誠司さんが挨拶をする。

「愛美先生、おはようございます。さつき先生は……」

「さつき先生は今、園長先生に浴衣を着付けしてもらってるんです。私たちも順番で着付けをしてもらうので、今日は私がお出迎えさせていただいてます」

美波ちゃんのお母さんの疑問に私が答えると、その背後で誠司さんが柔らかく微笑んだ。イケメンの微笑みは眼福だけど、仕事中は集中力が途切れてしまうので目の毒である。

教室は夏祭りの出しものがあるため、今日はいつもと勝手が違う。園児たちは荷物をロッカーの中に片づけると保護者と一緒に教室で待機してもらうことになっていた。美波ちゃんたちをゆり組の教室に誘導すると、ちょうどそのタイミングでさつき先生が浴衣姿で戻ってきた。

さつき先生と入れ替わりで、今度は里佳先生が職員室へと向かっていく。

私はさつき先生が戻ってきたのでばら組へと戻り、園児と保護者たちの出迎えをした。

その後も入れ違いで園長先生に浴衣を着付けしてもらった里佳先生、沙織先生が戻ってきて、いよいよ私の番だ。

ばら組は園児も全員登園を済ませており、教室内で待機してもらっている。私は戻ってきたばかりの沙織先生に、後を任せて職員室へと向かった。

職員室の中は、空調がよく効いている。さっきまでエアコンのない廊下を行ったり来たりしていたため、汗が滝のように流れてTシャツや下着はすでに汗だくになっている。

「すみません、お待たせしました。着付け、よろしくお願いします」

園長先生に声をかけると、園長先生は冷蔵庫の中から冷えた二リットルサイズの麦茶のペットボトルを出すと、それをグラスに注ぎ、私の机の上に置く。

「愛美先生、先に水分補給して、汗が少し引いてから着付けしましょう」

「ありがとうございます。朝から汗だくなので、遠慮なくいただきます」

私はありがたく麦茶をいただいた。喉が渇いていていたせいで、一気に飲み干した。麦茶はよく冷えており、おかわりが欲しくなる。加えて水分補給のせいか、再び全身に汗が噴き出てきた。

顔の汗を拭き取ると、案の定タオルにファンデーションが付着する。化粧をしても汗で流れてしまっているので、これは後で化粧直しをしなければ……

「うわぁ……、汗ヤバすぎる。キャミの替え、一枚しか持ってきてないけど大丈夫かな……」

自分の汗がTシャツの下に着用しているキャミソールを濡らしていく。キャミソールが肌に張り付く感触がわかるだけに、相当の汗をかいているから、これを放置すれば浴衣を着れば余計に汗臭くなるだろう。

そもそもキャミソールとTシャツの替えは、浴衣を脱いだ時に着用する予定だっただけに、これ以上の替えがない。

「じゃあ、ここでキャミソール洗濯する？　これからタオルを洗うついでもあるし、今日の天気なら、お昼までに余裕で乾くわよ」

園長先生が私に提案した。園で使うタオルや、園児たちの予備服を洗うために、幼稚園には洗濯機が設置されている。洗濯物干し場は日当たりもよく、でも周囲は道路に面していないため人目につくことはない。そうさせてもらえるなら非常に助かるけど、私用で使ってもいいのか悩んでいると……

「これは業務命令です。キャミソールを着用しなかったら、男性たちが視線のやり場に困ります。場合によっては愛美先生がセクハラで訴えられますよ？」

園長先生は冗談めかしてそう言うけれど、セクハラの前に帰宅時に誠司さんと約束があることを思い出した。たしかにそのような目で見られたらと思うと、恥ずかしさのあまり顔が熱くなる。

「わかりました……では、お言葉に甘えて、キャミソールを洗濯させてください」

私の返事に、園長先生はにっこり微笑んで承諾してくれた。

「決まりね。実は他の先生たちも同じく肌着の替えを持ってこられてなかったから、みんなの分も一緒に洗うのよ。それなら愛美先生も安心でしょう？」

園長先生の気遣いがありがたい。園長先生の言葉に頷き、ロッカーから浴衣一式を取り出して園長先生に渡した。

「素敵な浴衣ね、愛美先生のイメージピッタリ。着付けが終わったら、髪の毛も軽く結い上げましょうね」

私の浴衣は、白地に水色の朝顔が散りばめられたものだ。紺地のほうが、汚れが目立たないと思うけれど、一目惚れしたこの浴衣がどうしても欲しくて購入したのだ。お気に入りのものを褒めてもらえると、とても嬉しい。

髪の毛は、結い上げていると着替えるときに引っかかるから着付けの後で何とかしようと思っていたけれど、もしかしてこの流れは、園長先生が髪もセットしてくれる……？

「落ち着いたら着付けを始めましょう。園児たちもお待ちかねよ」

園長先生の声に、私は頷くと席を立ち、服を脱いだ。キャミソールを着替え、浴衣に袖を通すと、後は園長先生にお任せだ。裾の長さを揃えて、背中の縫い目が中央になるよう手で押さえて腰紐を絞める。園長先生は手慣れたもので、腰紐を絞めた後も浴衣の長さを調整したり、合わせの部分を綺麗に揃えたり、襟元も綺麗に見えるよう整えてくれる。帯を絞めて、蝶結びになっている作りつけの部分を背中に差し込むと、着付けの完成だ。

「愛美先生、ここに座ってください。髪の毛触りますよ」

園長先生に促され、私は椅子に座ると園長先生が私の髪の毛に触れた。後ろで一つに結んでいるヘアゴムを外すと、園長先生は自身の机の上からブラシを手に取り、私の髪を梳《す》き始めた。園長先生は慣れた手つきで髪を括り、ヘアゴムを少しずらして髪をねじり、毛先を見えないように纏めるとそこに簪《かんざし》を差した。簪《かんざし》なんて私は持っておらず、それは園長先生の私物だった。

「園長先生、これ……」

私の戸惑う声に、子どもを諭すような声で私に話しかけた。

「着付けをさせてくれたお礼よ。それ、愛美先生にあげる。よかったらこれから浴衣を着る時に使ってね」

そう言って返品不可を言い渡した。園長先生はご結婚されているけれど、子どもは男の子しかいない。しかもその息子さんはすでに成人して遠方に住んでいる。そのため、息子に彼女ができたらこうやって色々やってあげたいのだと常々口にしていた。そんな矢先、夏休みに彼女を連れて帰省が決まったとのことで、今回我々はその練習台として着付けをしてもらうこととなったのだ。

「他の先生たちにも、ヘアピンやヘアゴムとか、ちょっとしたものを渡してるのよ。愛美先生だけじゃないいから、遠慮しないで」

そこまで言われたら、もうこちらからは何も言えない。ありがとうございますとお礼を言い、簪《かんざし》は遠慮なくいただくことにした。

園長先生も満足げな表情だ。私は脱いだ服をロッカーにしまい、キャミソールを洗濯機へ入れると、洗剤と柔軟剤を入れて洗濯機を回した。

急いで化粧直しをした後で教室に戻ると、始業時間を回ったところで、沙織先生が自分のクラスと行ったり来たりで対応してくれていた。私は沙織先生にお礼を言って、今日の出欠を取った。

今日は夏祭りだから全員元気に出席していた。クラスのみんなが揃っていると嬉しく思う。

今年の年中さんは二クラス併せて三十六人。年長さんは三十七人だ。幼稚園は一クラスの幼児数が三十五人を原則としており、本来なら年中、年長さんも定員七十名、合計百四十名まで受け入れが可能だ。今年の年中さんは定員こそ割れたけれど、ギリギリ三十五人以上入園してくれたので、一クラス十八人ずつの受け持ちだ。

人数が少ないから、一人一人にきちんと目を配ることもできるけれど、それでもやっぱり毎年園児数は減り続けている現状に寂しさを覚える。今日は保護者も一緒だからいつも以上に賑わいを見せているけれど、普段は園児だけだと教室も広く感じてしまう。

今日のスケジュールを説明し、保護者には当番でそれぞれの持ち場に交代でついてもらうため、その間の園児や未就学のお子さんをお預かりすることも伝えた。今日の夏祭りの主役は園児だけど、それを支える保護者の協力がないと、夏祭りは成り立たない。

夏祭りの開始は九時。園庭でやぐらを囲んで踊りを披露し、それを保護者が観覧する。踊りが終わると夏祭りが始まるのだ。

司会進行は園長先生が、やぐらの上で踊りを踊るのは年長クラス担任のさつき先生と里佳先生だ。私と沙織先生はやぐらの下で、園児たちと一緒に踊りを踊る。保護者たちは、我が子の踊る姿を写真や動画に収めようと、カメラを構えている。撮影の邪魔にならないよう、踊りながら子どもたちが私の影に入らないよう少しだけ円の外側にずれようと顔を上げたその時、誠司さんと目が合った。手にはスマホが握られている。きっと美波ちゃんを撮影しているのだろう。

今日の美波ちゃんは浴衣姿に、髪の毛もお母さんに可愛らしく結い上げてもらっている。美波ちゃん以外の女の子たちも、今日はみんなお祭り仕様でかわいらしく着飾っている。誠司さん、ベストショットを収められたかな。

踊りが終わると、保護者たち観客からの盛大な拍手が湧き、無事に踊り終えた子どもたちの表情には笑顔が浮かんだ。

「さあ、これから自由にご観覧ください。保護者の皆さまは、恐れ入りますが当番の時間になりましたら各自交代で持ち場での担当をよろしくお願いします」

園長先生の声で、子どもたちが一斉に保護者の元へと向かい、それぞれが楽しみにしている屋台へと向かった。屋台の当番は園児とその保護者が担当するので、我々職員は声がかかるまでは手を貸さないこととなっている。なので、声がかかればすぐに動けるようお祭りを楽しみながら巡回することになっている。

巡回中、園児たちからひっきりなしに声がかかる。

「せんせー、みて！　これ、わなげでとった！」

「せんせい、わたしのうちわ、かわいいでしょう？　さっきつくったの」

「せんせいもポテトたべよう！　あげたてでおいしいよ」

受け持っているばら組以外の園児からも、視線が合えば、こうして声がかかる。みんな楽しんでくれているようだ。

そんな園児たちを、保護者たちも嬉しそうな表情で見つめている。役員さんを中心に、準備のために毎日お迎えの一時間前に遊戯室で準備を進めてくれていたから、今日の子どもたちの笑顔に満足そうだ。

園児たちと一緒にうちわ作りのブースへと向かうと、子どもたちはみんな真剣な表情で段ボールと割り箸と色画用紙とで作ったうちわに、絵を描いたり色々な形をくりぬいた色画用紙を貼り付けたりと、思い思いのデコレーションを施していた。

事前にバザー券を購入しているので、担当の保護者に手渡して無地のうちわと引き換えた。浴衣の裾が広がらないよう気を付けながら空いた席に座り、どんなふうにデコろうかと考えているところに、美波ちゃんと誠司さんがやってきた。バザー券とうちわを引き換えて、空席を探していると……

「あ、まなみせんせいだ！　せいちゃん、ここあいてるよ」

美波ちゃんのその手には、ピンク色の画用紙を貼ったうちわが握られている。私の座ったテーブルは、先ほどうちわを作り終えた園児たちが去ったところで、今は私以外誰も座っていない。

美波ちゃんと誠司さんがまっすぐに私の座っているテーブルへと向かってくる。避ける理由もないので、私はどうぞと着席を促した。美波ちゃんのお母さんが一緒にいないので、この時間どこかの当番をしているのだろう。

私の正面に美波ちゃんが、美波ちゃんの隣に誠司さんが着席した。

このテーブルと椅子は園児が日頃使うものだから、大人が着席すると足がどうしても余ってしまう。私はまだ身長が低いだけにそうでもないけれど、百八十センチ以上あると思われる誠司さんは、席に着くなり「ちっさ！」と声を漏らした。目の前に座る二人を見比べて、私は思わず吹き出してしまった。そんな私を見て、誠司さんが頬を赤らめる。

「これ、思ってたより小さいですね。俺も幼稚園時代、これ使ってたはずなんだけどな……」

保護者としてお迎えには来るけれど、教室に入る機会など滅多にない誠司さんは、教室内をきょろきょろと見渡している。

「大塚さんはこちらの卒園生ですか？　職員室に歴代の卒園アルバムが保管されているので、よろしければ、今度ご覧になられますか？」

美波ちゃんは現在、お家の都合でお母さんの実家住まいだ。この幼稚園のエリア内に住んでいるなら、誠司さんがこの幼稚園の卒園生である可能性は高い。年齢から逆算すれば、卒園した年はすぐにわかるだろう。

私の提案に、誠司さんは笑顔で首を横に振った。

「そうなんです。自宅の場所は昔から変わってないので、姉も俺もここの幼稚園出身です。美波もここへ通うことになった時は、感慨深かったですね。あ、アルバムは多分自宅にあると思いますので、大丈夫ですよ」

幼稚園時代の誠司さんか……どんな園児だったんだろう。大人になった誠司さんを見ていると、幼少時代の誠司さんが全然想像つかない。

「そうですか、卒園生なんですね。建物の中も、多分昔と変わりないと思いますので、今日はじっくりと園内をご覧になってくださいね。ご存知かと思いますが、来年ここは閉園となりますので……」

私の言葉に、誠司さんも少し寂しそうな表情を浮かべる。

「ああ、そうらしいですね。……まあ、これだけおんぼろな建物だから、仕方ないって言えばそれまでなんですけど。耐震面でも、昔の建物だから、今の基準に合わないでしょうし」

数年前に耐震補強工事は行われているはずだけど、私がここに赴任する前の話だし、詳しいことはわからない。でも外観などは昔のままらしいので、ほとんどの人は建物を見て「本当に大丈夫？」と心配の声をあげる。

誠司さんの反応はごもっともだ。私も頷いて肯定すると、少ししんみりとした空気が流れる。それを壊すのは、美波ちゃんだ。

「ねえ、まなみせんせい。せんせいはどんなふうにうちわのかざりをつけるの？」

テーブルの上には、マジックや色々な形に切り抜いた色画用紙や折り紙、のりなどが用意されている。これを好きに使ってオリジナルのうちわを作るのだ。

「そうだねえ、七夕が近いし、天の川っぽいのがいいかな」

「わあ、みなみもそれ、まねしていい？」

「もちろんいいよ。じゃあ、一緒にやろう」

私の声に、美波ちゃんは大満足していた。私がうちわに描く絵を真似して、うちわに絵を描き始めた。

私は笹の絵を描き、短冊や浴衣を着た女の子を描いた。すると美波ちゃんも負けじと浴衣を着た小さな女の子と大きな女の子、男の子の絵を描き始める。大きな犬らしき絵も描き加えている。きっと美波ちゃんのお父さんとお母さん、マロンと美波ちゃんを描いたのだろう。

空に月とたくさんの星を貼り付けてうちわを完成させると、美波ちゃんは大満足していた。

「わーい、うちわができた！　せいちゃんみて！　ママとせいちゃんとみなみとマロンだよ」

完成したうちわを誠司さんに見せると、誠司さんは驚いた表情を見せる。まさか自分を描いてくれていると思わなかったのだろう。

「え……、これ、俺？　パパじゃないのか？」

「うん。だってパパはもっとかっこいいもん」

美波ちゃんの言葉に、誠司さんはガックリと肩を落とす。そんな二人のやり取りを、私は笑いを堪《こら》えながら眺めていた。

「ひでえな、その言い草……」

「美波ちゃん、叔父さんもかっこいいでしょ？」

見かねた私が口を挟むと、誠司さんはもっと言ってやってくれとばかりに頷いている。

「せいちゃんもかっこいいけど、パパはもっとかっこいいの！」

自分の両親が一番なのは誰もがそうだろう。私は美波ちゃんの言葉に頷きながら、どうフォローしようかと考えていると、そこに夏祭りの写真を撮影している園長先生がやって来た。

「あら、美波ちゃん、上手に作ったわね。せっかくだし、写真撮ってもいいかしら？　愛美先生も一緒に」

園長先生の言葉に、愛美ちゃんと誠司さんも反応した。

「わあ、まなみせんせいとせいちゃんといっしょだー！」

美波ちゃんの声に、周りの人たちの視線が集まる。誠司さんと一緒に写真を撮るなんて恥ずかしいと思う反面で、少女みたいにときめいている自分がいる。

どうかこの気持ちが誠司さんにバレませんように。そしてこの場にいる保護者たちに怪しまれませんように。

私は自分にそう言い聞かせながら美波ちゃんを中心に、右側は誠司さんが、左側に私が座ると、園長先生がシャッターを切った。

「美波ちゃんも愛美先生も、かわいく撮れたわ。ありがとう」

園長先生はそう言うと、みんなを満遍なく撮影するため、他の場所へと移動した。この場に残された私たちはというと、誠司さんがポケットからスマホを取り出し、私たちへとカメラを向けて写真を撮ろうとしたので、私は思わず作ったうちわで顔を隠した。

「愛美先生、顔を隠さないでください」

誠司さんの声に、美波ちゃんが私のほうを見る。

「もしかして、みなみとうつるの、いや……？」

「そんなことないよ！　誤解させるようなことしてごめんね。先生、声をかけられずにカメラを向けられたから、びっくりしちゃって」

私の言葉に、美波ちゃんがようやく納得すると、何と誠司さんに抗議した。

「せいちゃん！　レディにたいするマナーがなってないよ？　おんなのこは、こころのじゅんびがひつようなんだよ？」

美波ちゃんの言葉が六歳の女の子の発言とは思えず、私も誠司さんも驚くばかりだ。

「ご、ごめん」

「あやまるのは、みなみにじゃなくて、まなみせんせいにでしょ？」

美波ちゃんに対して、誠司さんがタジタジになっている。

「そうだな。……愛美先生、すみません。よかったら、美波と一緒に写真撮らせてもらっていいですか？」

誠司さんの声に、私もドキドキしながら頷くと、美波ちゃんの目線の高さに私も誠司さんも合わせて腰を落とした。

誠司さんが何枚かシャッターを切った後で、美波ちゃんがとんでもないことを口にした。

「はい、じゃあこんどはまなみせんせいとせいちゃんのばんね」

私と誠司さんは、驚きの余り絶句すると、美波ちゃんはお構いなしで誠司さんの手からスマホを奪い、私の隣へ移動するよう促した。誠司さんも美波ちゃんの声に反応し、私の隣へとやって来る。

「何かすみません。後で画像、送りますね」

誠司さんが私にこっそり耳打ちすると、その声の近さに思わず顔が熱くなった。そんな私を見ていた役員さんと視線が合うと、何も言わず微笑んでいる。でもその表情に、私は肝を冷やした。

……あ、やばい。これは後で保護者の間で噂になるやつだ。

子どもたちの手前、表立って何か言われることはない。けれど、保護者たちは子どものことで色々なやり取りがあるからと、メッセージアプリ内でグループを作って、情報を共有していると聞いたことがある。もしそこで、今回のことを拡散されたら……、そう考えただけで恐ろしくなる。

保護者はみんな既婚者だから、このような身近にある娯楽的恋バナに飢えている。それだけに、今回私は彼女たちに、恰好のネタを与えてしまったことになるのだ。

きっと誠司さんは、そんなことを何も考えていないだろう。保護者たちが作ったメッセージアプリのグループがあることすら知らないはずだ。

ゆり組さんのグループメッセージでこの話題が上がれば、美波ちゃんのお母さんの目にも留まることとなる。そんなことになると、担任ではないとはいえ私も幼稚園教諭という立場上、非常に気まずい。

表情には出さないように気を付けているけれど、内心ではヒヤヒヤしている。誠司さんが私と噂になれば、もしかしたら美波ちゃんにも迷惑をかけてしまうかもしれない。一番の心配はそこだ。

ちょうど他の園児たちがうちわ作りにやって来たので、私は席を譲ることを口実にさりげなさを装いながら、仕上がったうちわを背中の帯に差し込み席を立った。

「じゃあ、先生は他のところも見てくるね。美波ちゃん、大塚さん、ごゆっくり」

椅子に座ったことで浴衣が着崩れしていないか気になるけれど、今は早くこの場を離れたい。私はうちわ作りのブースから離れると、沙織先生と交代で授乳室の番をするため、授乳室を設置したばら組へと向かった。

授乳室やおむつ替えに利用する保護者が、安心して利用できるよう、人の出入りに細心の注意を払わなければならない。それだけに、このスペースに関しては、職員が交代で受け持つことにしていたのだ。

ここは他の教室と比べてひと気が少ないせいで、エアコンとサーキュレーターがよく効いており、とても快適だ。乳幼児がいるからと念のため空気清浄機も出力を高く設定しているので、他の教室に比べたら空気も綺麗なはずだ。

しばらくここで番をしながら涼んでいれば、汗も引くだろう。

私は教室でいつも自分が使っている椅子に腰掛けると、手にしている巾着の中からハンカチと手鏡を取り出した。案の定、汗をかいたせいで、先ほど直した化粧が崩れている。こんな顔で写真を撮られてしまったんだ……。そのことに、ショックを隠せない。

幸いなことに、今ここに人は誰もいない。私は軽く汗を拭き、手早く化粧を直した。夏場は汗で化粧が取れるから、日焼け止めだけでもいい気がするけど、やはりそうも言ってはいられない。巾着袋の中に化粧道具をしまうと、私は教室の中からぼんやりと外の様子を眺めていた。

私が当番中、二組の家族が授乳とおむつ替えにやって来た。なので私は、赤ちゃんが落ち着いて授乳できるよう、園児の相手をする。せっかく汗が引いて涼しくなっていたけれど、園児を退屈させないよう一緒に遊んでいると、再び汗が吹き出してきた。

ああ、これは浴衣もきっと汗だくだろうな……。帯で絞めつけている腹部はもう、キャミソールが汗で肌に貼り付いている。これは早く洗わないと、汗臭くなってしまう。洗濯機で丸洗いＯＫの安い浴衣なので、帰ったら他の衣類と一緒に洗濯しよう。

園児を見ると、私以上に汗をかいている。子どもは大人以上に新陳代謝が活発だから、私が思っている以上に暑さを感じているだろう。

あっという間に時間が経ち、次の時間当番に当たっている里佳先生がやって来た。里佳先生と交代すると、私は食べ物のバザー券の引き換えに行くこととした。

事前に購入したバザー券は、お茶とフランクフルトにフライドポテト、後は外部から数量限定で注文した菓子パンや総菜パンだ。今日は午前中で降園なので、給食がない。これらを私のお昼ごはんに充てるつもりだったのだ。

揚げ物は最後に引き換えようと、先にお茶とパンを引き換えて、職員室へと運んだ。職員室も冷房が効いているので、お茶を冷蔵庫に入れる必要はない。結露で濡れないよう、家から持参したタオルの上にペットボトルを置くと、再びバザー会場へと向かう。

そしてその時、事件は起こった。

揚げ物のブースは、油跳ねで教室内を汚さないため、園庭の一角にコーナーが設けられている。ちょうど建物の影になる場所を確保しているけれど、屋外で火を使うから、暑さも尋常じゃない。揚げ物担当の保護者は、首にタオルを掛け、みんな汗だくになって作業をしている。交代の時に、園長先生が担当してくれた保護者を労って塩分補給の飴やタブレット、キンキンに冷えたスポーツドリンクを配っている。それくらいやらないと、熱中症で倒れてしまいそうだ。

私は巾着の中からバザー券を取り出すと、担当の保護者にそれを手渡そうとした。今の時間の担当は、里佳先生のクラスに在籍するひまりちゃんのお母さんと、同じく里佳先生のクラスの智樹《ともき》くんのお母さんだ。二人とも汗だくになって揚げ物と奮闘している。

揚げ物をしているからと引換券を受け取ってくれたのは、ひまりちゃんだ。どうやらひまりちゃんと智樹くんが引換券を受け取るお手伝いをしているようだ。フライヤーから離れた場所でのお手伝いとはいえ、高温に熱せられた油を近くで使っているだけに、心配が絶えない。この時間、たしか他にも当番の保護者がいたはずだ。

「暑い中、お疲れさまです。この時間、お二人だけなんですか?」

忙しさのピークは過ぎているとはいえ、やはり二人で担当するには無理があるだろう。ましてや火の近くに園児がいるなんて、何かあった時が大変だ。

私の問いに、智樹くんのお母さんが答えた。

「あ、愛美先生！　聞いてくださいよ、本当はこの時間、あと二人いるはずなんですけど、一人は授乳室に行ってて、もう一人は……」

智樹くんのお母さんは、そこで言葉を濁す。どうやら話の内容を子どもたちに聞かせたくないようだ。

状況から察するに、もう一人の当番の人は当番を忘れているか、忘れたと称してサボっているかのどちらかだろう。

「じゃあ、引き換えたら、一旦職員室に持って行くので、それから私もお手伝いしますね。近くで油を使ってるから、子どもたちだけだと危ないし……」

揚がったばかりのフライドポテトとフランクフルトを受け取り、それを持って小走りで職員室へ運ぶと、職員室から戻る途中授乳室になっているばら組を覗いた。

ばら組の教室で、里佳先生が晴斗《はると》くんを相手に遊んでいた。恐らく本来の当番は、晴斗くんのお母さんだろう。

パーテーションで仕切られた授乳室では、赤ちゃんがギャン泣きしている。晴斗くんにはまだ一歳に満たない弟がおり、今日は朝から抱っこ紐でお母さんが抱っこしていたので、多分この暑さに赤ちゃんが参ってしまったのだろう。

あと一人のことが気になるけれど、今はそれどころではない。私は、急いで揚げ物のブースへと戻り、お手伝いをした。

智樹くんとひまりちゃんが火元に近付かないよう、引換券の授受に専念してもらい、品物の受け渡しを私が受け持つこととなり、残り時間みんなで協力して当番をやり切った。

夏祭り終了の時間も残すところ十分となったところで、ようやくもう一人の当番である亜沙子《あさこ》ちゃん親子が顔を出す。

「ごめんなさい。私、当番だったのすっかり忘れてて……」

亜沙子ちゃんは輪投げをしていたのか、その手には景品のおもちゃが握られていて、まだ遊びたそうな表情だった。亜沙子ちゃんのお母さんは謝罪の言葉を口にしたけれど、亜沙子ちゃんは、何でママが謝るの？　と納得いかないようだ。

当番の二人は、この親子に今さら何を言っても無駄だと諦めているようで、謝罪の言葉を聞いてもスルーしている。

実は亜沙子ちゃん親子は毎回このような当番ごとを、さっきみたいに『忘れていた』で済ませることがあると、里佳先生や昨年度担任だった沙織先生から事前に話を聞いており、正直やっぱりかという思いだった。恐らくみんなもそう思っている。これはお母さんに何を言っても無駄な気がするけれど、亜沙子ちゃんに関しては、集団生活をする中で当番制度は大切なことだと理解してもらわなければ。

私は亜沙子ちゃんの目線に合わせて腰を落とすと、できるだけ穏やかな口調で話を始めた。

「亜沙子ちゃん。あのね、幼稚園の夏祭りはね、みんなの協力がないとできないことなんだ」

亜沙子ちゃんが私に目を合わせてくれたので、言葉を続ける。

「お祭りをみんなに楽しんでもらえるように、亜沙子ちゃんもいっぱい準備を手伝ってくれたよね？　そのおかげで、今日はみんな楽しんでくれたと思うよ。亜沙子ちゃんも楽しかったよね？」

私の問いに、亜沙子ちゃんは頷いた。その頷きを確認して、私はさらに言葉を続ける。

「幼稚園のお祭りは、みんなが楽しむために順番で当番を決めたよね？　当番さんは、その時間遊べないからつまらないよね。でも、その当番さんのおかげで、他の人もお祭りを楽しむことができるんだよ」

私の言葉に、亜沙子ちゃんは黙ったまま下を向いた。

ここでようやく、今日の行動がみんなに迷惑をかけていたと亜沙子ちゃん自身も気付いたようだ。

私の背後に立つ亜沙子ちゃんのお母さんが、この時どのような表情をしていたかわからない。けれど、亜沙子ちゃんのお母さんも私の言葉を聞いて、当番の保護者たちに心のこもった謝罪をした。

その声を聞いた亜沙子ちゃんも、俯いたままだけど小さな声で「ごめんなさい」と呟いた。

私たちの思いが伝わったのだから、これ以上、追い打ちをかけることは言わないほうがいいだろう。

「次からは、みんなと一緒に当番さんできるかな？」

私の問いに、亜沙子ちゃんが頷いた。そのやり取りを智樹くんとひまりちゃんも見ていたので、これで二人が亜沙子ちゃんを責めることはないだろう。

「よし！　じゃあ、残り少ない時間、みんなで仲良く当番しようね」

私は元気よくみんなに声をかけて、その場の空気を変えた。当番をサボっていたことは、見ている人がいるから言い訳したところで余計に心証が悪くなる。それを挽回するには、この後の行動で示すしかないのだ。

と言っても、もうこの時間はみんな揚げ物の引き換えが終わっており、後は片付けをするだけだ。

先ほどフライヤーと鉄板のスイッチを切って、使用した油やプレートを冷ましている。

高熱の状態で放置するのは危ないので、智樹くんのお母さんにそれらの番をしてもらい、子どもたちは回収したバザー券の枚数を数え始めた。ひまりちゃんと亜沙子ちゃんのお母さんは、三人が数えたバザー券を再度数えて間違いがないかを確認する。

他の教室でもすでに片付けが始まっており、ここと同じよう子どもたちがバザー券の枚数を数え、大人たちが後片付けをしている。

園長先生が見回りに来たので回収したバザー券を渡し、私も後片付けを手伝うことにした。

ＰＴＡの役員さんが智樹くんのお母さんに、フライヤーと鉄板を移動させるよう指示を出したので、私はそれの手伝いをしようと近付いたその時――

「危ない！」

背後から大きな声が聞こえたと同時に、背後に激痛が走った。園児たちが作った提灯を飾った支柱が、私たちの方向に倒れてきたのだ。その衝撃で、私が倒れた先に先ほどまでフランクフルトを焼いていた鉄板があり、左腕がその鉄板に触れてしまった。

「熱っ……！」

「愛美先生っ！」

私の声に、目の前にいた智樹くんのお母さんが大声で叫び、みんなの手が止まる。

そこにいち早く駆け寄る大きな影があった。

「愛美先生！」

誠司さんが私の背中に当たった支柱をどかし、私を抱き上げると、大きな声でみんなに指示を出す。

「水！　そこどいて‼」

誠司さんはそう言って周囲を見渡すと、園児たちが使う手洗い場へと運び、蛇口を捻るとそこに私の腕を突っ込んだ。冷水ではないけれど、水をかけることで痛みが少しだけ引いた。

視線の先には、まだ水の抜かれていないビニールプールがある。冷水のほうが肌もひんやりとするのに、敢《あ》えて流水を選んだのには理由があるようだ。

「ビニールプールの水は、今は冷たくてもすぐにぬるく感じるから、火傷の時は水道水で洗い流してやるのが一番いい。それからそこの先生は救急車を呼んで！」

誠司さんの声に反応したのは、沙織先生と園長先生だ。二人は急いで職員室へと走っていく。

誠司さんは私の腕を流水へ浸したままにすると、ジュースを冷やしていたビニールプールに向かった。ビニールプールの中に手を突っ込むと、ペットボトルを全て取り出し中身を確認した。各家庭で用意してもらったペットボトルの氷も、この時間になると氷はさすがに溶けて液状化している。

「うん、氷は溶けてるけど、水道水より冷たいだろう」

そう言うと手に持てるだけのペットボトルを持ち、私の側へと駆け寄り、蓋を外すと私の腕にその水を流し掛けた。水道水より冷たい水が、心地よい。

少しして、沙織先生がビニール袋の中にありったけの氷を入れて持って来てくれた。

「愛美先生、救急車すぐ来ますからね！」

誠司さんは沙織先生から氷を受け取った。左腕は、救急車が到着するまで水道水で洗い流すように指示されて、私はその言いつけを守りじっとしている。氷は、救急車内での保冷用に作ってくれたようだ。

「さっき、支柱が倒れて愛美先生の背中に当たってたから、それも病院で一緒に診てもらいましょう」

私は言われた通りに頷くしかない。今は火傷の痛みのほうに気を取られているけれど、倒れた支柱がまともに背中を直撃したものだから、どうしても痛みが走る。骨にひびが入ってなければいいけど、これ、診察を受ける時に浴衣を脱いだら、自分で着付けなんてできないし、どうしよう……

「浴衣、濡れちゃいましたね……すみません」

誠司さんは濡れた浴衣の裾を絞りながら、謝罪の言葉を口にする。

「そんな……っ、私だけだったら、ここまで迅速に処置できてないです。むしろ大塚さんがそばにいてくれて助かりました」

私の浴衣の左側は、袖や身頃もびちょびちょに濡れてしまっている。

「救急車が到着するまで、腕はこの状態で。氷を長時間患部に当てていると凍傷になる恐れもあるから、このビニール袋の氷は、浴衣の上から当てて肌に触れさせないように気を付けて。じゃないと痕が残るかもしれないです」

誠司さんの冷静な言葉に、私は頷いて火傷で痛む左腕をひたすら冷やすことに集中した。

私と誠司さんの周りには私の怪我を心配する人だかりができている。

救急車が到着する少し前に、園長先生がバスタオルと私の荷物をまとめて持って来てくれた。

「今日は病院が終わったら、愛美先生はそのまま帰宅していいからね」

園長先生の声に、私が頷くと、誠司さんも同調した。

誠司さんがバスタオルと荷物を受け取り、バスタオルを広げると、濡れた私の浴衣の上に被せた。

そこで初めて、浴衣が水に濡れて、下着が透けていることに気付く。園長先生もそれに気付いたからこそ、バスタオルを用意してくれたのだ。

紙袋の中には、私が今日幼稚園に着用してきた服とバッグ、バザーで引き換えた食べ物が入れられているという。夏だし濡れた浴衣もすぐに乾くとはいえ、救急隊員は男性が多くを占める。バスタオルは、異性の視線を避けるためにも賢明な考えだった。

「火傷が治るまでこの腕では、幼稚園の仕事は難しいと思います。背中も支柱が当たって怪我をしているので、医師の診断書を取って、今週いっぱいは静養に充てられたほうがいいかと……」

誠司さんの言葉に、保護者や園児たちがざわついている。

「そうですね、まずは病院で先生によく診てもらって。愛美先生、労災申請の手続きをするので、受診したら必ず診断書を取ってくださいね」

園長先生がそう言うと、誠司さんが代わりに返事をしてくれた。すると少しして、救急車のサイレンが耳に届いた。

第四章　怪我と告白と

最寄りの消防署はこの幼稚園から車で約十分くらいの場所にある。幼稚園の正門前に救急車が到着し、サイレンが止まると、担架を持った救急隊員さんが駆け寄って来た。

「怪我人はこちらですね、ちょっとすみません、お名前を確認します」

そう言って、私の名前を確認する。私は素直に名前を告げると、救急隊員さんが処置を始める。

「痛むと思いますが、患部を拝見しますね」

隊員の一人が私に近寄り、私の火傷を診ている間、もう一人の隊員が誠司さんと話をしている。

救急隊員は消防署勤務で、誠司さんと同じ職場だ。それもあり、管轄内の消防士はみな知り合いが多いのだ。

「あ、大塚さん！　何でこちらに？」

「たまたま姪が通う幼稚園の夏祭りに、姉と一緒に来ていたんだ。支柱が倒れて彼女の背中に当たった拍子に、出店で使っていた鉄板が手に当たって火傷してる。背中は打撲があるから、担架で運ぶのは背中が当たって痛いと思う」

二人のやり取りを、私と私の怪我を診てくれている隊員さんが聞いている。

「大塚さんがそばにいてくれてよかったです。火傷については最初の処置が適切だから、そこまで酷くならずに済んでますね。状況もわかりましたし、病院に向かいましょう」

その言葉を聞いた誠司さんは、そのまま私を抱き上げた。園児はもちろんのこと保護者や先生、そしてこの場に駆けつけた隊員さんたち、そして何より私が一番驚いた。

私の身長は標準的な成人女性よりも小さいけれど、子どもたちとの体力勝負で、そこそこ体重もある。そんな私を軽々と抱き上げる誠司さんの腕力はもちろんのこと、逞しい上腕や分厚い胸板、そして何より物理的な距離の近さに、私の口からは驚きの声しか出てこない。

「え、……ええっ⁉」

「バスタオル、ずれたら下着が透けて見えるでしょ？」

慌てる私に、誠司さんの冷静な声が頭上から聞こえた。

そうか、誠司さんは隊員さんたちに私の下着が見えないよう配慮してくれたんだ。

ようやく状況を理解した私は、おとなしくされるがままで救急車の中に運び込まれた。

「……抱き上げたのは、愛美先生の姿を必要以上に見せたくなかったのと、あいつらに触れさせたくなかったんです」

救急車の後部に座った私の隣で、誠司さんは私にしか聞こえない小さな声で耳打ちした。

救急車が向かった病院は、小春たちが勤務する市立病院だった。

病院に到着し、誠司さんに抱きかかえられたまま救急車から降りると、幼稚園の上履きを履いたままだったことに気付いた。けれど、もう今さらだ。

私の表情に気付いた誠司さんが、心配そうに私の顔を覗き込む。

「腕と背中、さっきより痛むんじゃないですか？」

腕の火傷は、救急車の中で大きな保冷剤を用意してもらっており、今も浴衣の上から患部に当てて固定しているので痛みはそこまでではない。背中の痛みもじっとしている分には問題ないけれど、歩いたりして振動を感じるとやはり疼《うず》くみたいだ。

「いえ……、大丈夫です」

誠司さんは、私が痩せ我慢をしていることを見抜いているだろう。でも、それ以外に発する言葉は浮かばなかった。

私と誠司さんは、急患の連絡を受けて待機していた外来の看護師さんに誘導され、救急搬送口から病院内に入った。

病院へ向かう救急車の中で、隊員さんが私の症状を病院とやり取りをしており、私はすぐに処置室へと通された。

誠司さんの処置が的確だったおかげで、火傷は悪化することなくこのまま患部を冷やしていれば、肌に痕は残らずに済むとの診断を受けた。けれど、自宅にそんな大量の氷や保冷剤がないため、診察が終わったらすぐに使える携帯用のアイスノンや氷を購入して帰らなければならない。

火傷の処置が終わると、今度は背中の怪我の診察で、骨に異常がないか確認するためレントゲン撮影をした。幸いにも背中は打撲だけで済み、湿布薬と鎮痛剤を処方してもらえることとなった。

腕の火傷には、軟膏を処方してもらった。

今回の診察は、労災申請をすることを伝えた上で診断書を書いてもらい、診察が無事に終了した。

会計を済ませ、時計を見ると、とうに十三時半を回っている。朝食をとった後何も食べていない私は、ここでやっと空腹を感じた。お腹の虫がキュルルと鳴り、恥ずかしくて思わず俯くと、誠司さんが口を開く。

「愛美先生、ちょっと移動しましょうか」

誠司さんの言葉に従い、私たちはカフェへと移動した。

テラス席は、カフェ以外の利用者も利用が自由なので、私たちは空席に座ると、誠司さんが私の荷物の中からバザーで引き換えたパンなどを取り出した。

「今日はお疲れさまでした」

誠司さんが私を労ってくれる。私はこれを昼食にするつもりでいたけれど、誠司さんはお昼ごはん、どうするんだろう。

「あの……、大塚さんもよかったらこれ、少しですがいかがですか？」

自分で購入したものだけど、誠司さんの目の前で自分一人だけが食べるのも何だか気が引けるので、目の前に並べられたパンを一つ差し出した。

誠司さんはそれを受け取ろうとせず、カフェの隣にあるコンビニを指差した。

「俺はあっちのがっつり系がいいんで、ちょっと買いに行ってきます」

そう言うと誠司さんはコンビニへと向かい、少ししてお弁当とお茶を購入して戻って来た。

「愛美先生、先に食べていたらよかったのに……」

私が食べ物に手を付けず誠司さんを待っていたことに表情を曇らせるけれど、そんなことできるわけがない。

「いえ。大塚さんと一緒にいるのに、一人だけ先に……ってわけにはいかないですよ。それに、一緒に食べるほうが美味しく感じるし」

私の言葉に、誠司さんはなぜか顔を赤らめる。きっと私が一人で不便だろうと急いで戻って来てくれたから、身体が熱くなったのだろう。

「……そうですね。じゃあ、いただきましょう」

私たちは、ここで昼食をとった。男性と二人きりで食事をするなんて、初めてのことに、私の心拍数が上がっていく。

本当は夕方に時間を取ってもらった時、ゆっくり話ができるよう食事に誘うつもりだったから、もしかしたらこれが実質初デートになるのかな。そう考えると、ドキドキが止まらない。

緊張のあまり、私は食事中、終始無言だった。誠司さんも話題に困っているのか、それとも単にお腹が空いているのか、食べることに集中している。

火傷のせいで左腕が上手く使えない私は、右手だけで食事をしなければならず、何をするにもいつも以上に時間がかかる。それに気付いた誠司さんが、ペットボトルの封を切ってくれたりパンの包装を剥《は》がしてくれたりと、色々気を遣ってくれた。誠司さんの厚意をありがたく思う反面、何だか申し訳なく思う。

何か私、迷惑かけっぱなしだ。こんな時に相談なんて言い出せないな……

誠司さんはとっくに購入したお弁当を食べ終えているのに、私はまだパン一つと冷めてふにゃふにゃになったフライドポテトしか食べきれていない。それに気付いた誠司さんは、私に優しく声を掛けてくれる。

「ゆっくり食べたんでいいよ。俺、昔から早食いだし、家でもよく注意されるんだけど、腹が減ってるとどうしても早食いになってしまうから」

「あ……、いえ。でも……」

気を遣わせてしまっていることに罪悪感を覚える。その時、遠くから看護師さんがこちらに向かってくる姿が目に映った。それは……

「あれ？　やっぱり愛美だ！」

「え？　……小春!?」

病棟に勤務している小春が、私を確認すると駆け寄って来た。

病棟や外来でユニフォームが違うのか、先ほど外来の看護師さんが着用していたジャケットは濃紺だったけれど、小春はワインレッドのジャケットを着用している。職場で規定があるのか中身が透けて見える透明のバッグを手にしており、スマホと財布とハンカチタオルが入れられている。

「え？　……ちょっと、その腕……！」

小春は目ざとく私の左腕に視線を走らせ、一緒にいる誠司さんへ視線を向けた。

「今日、職場で夏祭りしてたんだけど、ちょっと火傷しちゃってね。大塚さんがそばにいてくれたから、この程度で済んだの。小春は今から休憩？」

「うん。入院している患者さんの容体が急変して、休憩がずれこんじゃってね……。って、何？　愛美の付き添い？　いつの間に二人はそんな関係になったの？」

小春が揶揄い気味に私たちへ声を掛けると、誠司さんが口を開いた。

「俺はそういう関係になりたいから、今から時間をかけて愛美先生を口説こうと思っているところ」

ものすごい爆弾発言に、私は瞬間湯沸かし器のように顔が熱くなり、小春は悪代官のようにニヤリと悪い微笑みを見せる。

「あらあら、ついに愛美にも春が訪れる日は近いのね。日浦のこともちゃんと話して、力になってもらいなさいよ。ちょっとここで色々二人の話を聞きたいところだけど、お昼を早く食べないと。私、まだ仕事が残っているからまたね」

小春はそう言うとコンビニの中に入って行き、お店から出てきた時には、カップ麺とお茶を手にしていた。私たちにアイコンタクトを送ると、急いで病棟へと戻って行く。小春の後ろ姿を見送っていると、誠司さんが徐ろに口を開いた。

「で、さっき、山岡さんが言っていた『日浦』って……？」

先ほどまでの優しい表情から一転、真剣な表情を浮かべている。

私はペットボトルに手を伸ばし、一口お茶を含むとゴクンと飲み、深呼吸をする。そして、口を開いた。

「今日の夜、お時間を取ってもらうようお願いしたのは、そのことでご相談があったんです」

私はそう言うと、日浦くんのことについて話をした。

高校時代の同級生で、三年の時告白されたこと。恋愛感情なんてないから告白は断ったけど、友達としてと言われ、友達として交流があったこと。卒業して疎遠になっていたのに、一人暮らしを始めたアパートで隣人として再会したこと。昔も今も、日浦くんに対して恋愛感情なんて全くないのに、日浦くんの私に対する距離感がおかしいこと。私の出勤時間やアパートに帰ってくる時間にタイミングよく顔を合わせることなど全てを包み隠さず話した。

誠司さんは、ずっと黙って私の話を聞いてくれた。そして話し終えると、何やら考え込んで、しばらくたってからようやく口を開いた。

「俺はその日浦って奴じゃないから、そいつの考えていることはわからないけど……。多分そいつ、今でも愛美先生に恋愛感情を持っていて、自分の脳内で愛美先生との再会は運命的なものだと思い込んでいるんじゃないかな。で、勝手に自分の中で盛り上がって、想像の中で愛美先生と付き合っていることになってるんじゃないかな。そう考えたら、再会後の距離感の近さとか、納得がいくんだけど」

高校の頃日浦くんに告白された時、日浦くんに対して恋愛感情を持ったことがないときちんと伝えた上で、告白を断っている。でも誠司さんの言葉を聞いて、再会してからのまるで日浦くんが私の彼氏であるかのような発言や、距離感の近い言動など、思い当たることがあるだけに背筋が凍りそうになる。

「やっぱり……。私の自惚れた考えじゃないかと思ってましたが、他の人が客観的に見てもそう感じるんですね」

今朝も日浦くんと顔を合わせたけど、改めてこう考えると気持ち悪くなる。

そんな私を見て、誠司さんは私の右手を取り、口を開いた。

「こんな時に愛美先生の境遇に便乗するのはフェアじゃないのは重々承知の上なんですが……。俺、愛美先生のことが好きです。よかったら愛美先生の彼氏にしてもらえませんか？　俺が愛美先生のアパートに出入りしているところを見せつければ、そいつも現実を受け入れるかもしれない」

唐突な告白に、頭がついていかない。

美波ちゃんのお迎え遅延の件で、誠司さんの存在を知った。いくら独身とわかっていても、園児の保護者であって、保護者との交際について、周囲からどう見られるかが気になった。でもその半面で、今日の私の怪我にも咄嗟に反応して適切な処置を施してくれたり、仕事についてもまじめでとても頼りがいがある面や男らしさに惹かれていた。

初めて言葉を交わした異業種交流会の時から、グイグイ来る人だとは思っていたけれど、それはさておき美波ちゃんの叔父さんという先入観をなしにしても悪い人ではない。私のどこを気に入ってくれたのか、疑問に思うことはあるけれど、一緒にいて嫌な気はしない。

メッセージアプリで連絡を取り合うようになってからも、悪い印象はなかった。消防士という職業も、頼りがいがありそうだ。

でも、そんな打算的な考えで、お付き合いなんてしてもいいのか……

「追い打ちをかけるようで申し訳ないんですが、そいつは隣の部屋に住んでいるんですよね？　愛美先生と壁一枚のところに危ない男がいると思うと、俺、じっとしてられない。愛美先生、怪我してるし色々と不便ですよね？　返事は今すぐじゃなくて構いません。現時点で俺と付き合う付き合わないは別として、とりあえずそいつには俺が愛美先生の彼氏だと思い込ませることが大事だと思うんです。だから今日、俺、愛美先生の家へ泊まりに行きます」

こうして誠司さんがうちに来ることが決定した。後半のお泊まりについて最初は丁重にお断りしたけれど、それだけ私の身を案じてくれていると思い、彼氏になるという話は別として日浦くん対策で承諾した。

誠司さんはいい人だと思う。けれど、まだ知り合って間もないし、私はこれまで男性とお付き合いをしたことがないだけに、これが恋愛感情かと聞かれたら自分でもまだよくわからない。でも、きっと一緒にいたら、好きになりそうな予感がする。

「帰り、どうしよう。……ここから家まで結構な距離、ありますよね」

救急車で搬送されたので、帰りは路線バスを使うかタクシーを拾うしか交通手段がない。歩いて帰れない距離ではないけれど、今は七月、夏の盛りで気温が高く、私の左腕を冷やしてくれている保冷剤がすぐに溶けてしまいそうだ。

「大丈夫、姉に連絡して迎えに来てもらいます。美波も愛美先生のこと心配してると思うから、姉を呼べば美波もついてくると思うけど……」

誠司さんの提案に、私は驚きのあまり、右手に持っていたペットボトルを落としそうになる。

「え!?　そんな、美波ちゃんのお母さんにもご迷惑が掛かっちゃうじゃないですかっ」

ただでさえ、今日は誠司さんにも夏祭りに足を運んでもらった上に、病院にまで付き添わせてしまったのだ。申し訳なさで胸が苦しくなる。

「いや、迷惑だなんて考えないで。俺は、愛美先生の怪我が心配で、身内でもないのに勝手に付き添っただけで、逆に愛美先生に対して迷惑を掛けてるんだから」

「私は、大塚さんが付き添ってもらえて、すごくありがたかったです。大塚さんは仕事柄、私なんかより知識もあるし、火傷した時も迅速に処置して下さって、ものすごく安心できました」

本人を前にして、こんなことを言うのは自分が不甲斐なく思うし、とても恥ずかしい。けれど、きちんと感謝を伝えなければ。

「本当に、ありがとうございました」

お礼の言葉を口にすると、誠司さんの顔がほんのりと赤く染まった。

それから誠司さんが美波ちゃんのお母さんに連絡を入れ、病院へ迎えに来てくれることになった。車が駐車場に着いたら誠司さんのスマホに連絡が入るとのことで、それまでの間、病院のロビーで待つことになり、私たちはベンチに並んで座った。

私の荷物は、誠司さんが全部持ってくれている。

「荷物を持たせてしまってすみません」

左腕を負傷しているため誠司さんの厚意を素直に受けているけれど、火傷が治ったら、改めてきちんとお礼をしなければ。

「愛美先生はそんなこと気にしなくていいんです。俺がやりたくてやってるんだから」

彼氏のふりとはいえ、誠司さんはこうして細かいところまで気を遣ってくれる。

「で、『敵を欺くにはまず味方から』と言うように、俺が愛美先生の彼氏だってことを日浦って奴だけでなく、周囲にもそう思わせることが大事だと思うんです」

ロビーのベンチに並んで座る私の隣で、誠司さんがとんでもないことを口にする。そんなことをすれば、幼稚園の保護者たちから何を言われるかわかったものじゃない。

ギョッとして、思わず私の身体が仰《の》け反《ぞ》るのを、誠司さんが苦笑いしながら見ている。

「まあ、そうやって愛美先生の外堀を埋めて、俺から逃げられなくしたいって打算もありますけど。……妄想癖の強い奴は、全てを自分に都合よく解釈するから、それくらいやらないと愛美先生のことを諦めないかもしれない」

前半の言葉は冗談めかしていたけれど、後半の言葉に思い当たる節がありすぎて、考えただけで夏なのに寒気が走る。

そんな私を見て、誠司さんは左手で私の右手をそっと握った。

「だから今日は、愛美先生の家に泊まって様子を見ながら対策を考えようと思います。もちろん愛美先生の合意がなければ何もしませんから、ご安心ください」

握られた右手の感触が、とても頼もしく思えた。後半の言葉は、私の気持ちを尊重してくれているからこそ出た言葉だと信じたい。しばらく考えてみたけれど、それが最善策だと思えた。

「……狭い部屋ですがよろしくお願いします」

素直に甘えていいのか悩ましいけれど、日浦くんにこれ以上勘違いをされたままでは困ることが起こりそうだ。

「じゃあ、今日の晩飯は、俺が作りますよ。家に食材はありますか？」

「いえ、あったとしても一人分しか置いてないので……」

「わかりました。じゃあ、後で一緒に買い物へ行きましょう」

夕飯を作ってくれると言う言葉に、私の心が弾んだ。一人暮らしを始めてから、休日実家へ帰った時に母が持たせてくれるおかずやスーパーのお惣菜や冷凍食品など、疲れて何もしたくない時や今のように怪我や病気などで身体が自由にならない時に本当にありがたく思う。

「今晩、何が食べたいですか？」

私の右手は握られたままだ。これ、いつまで握っているんだろう。私は急に恥ずかしくなり、汗が噴き出して来た。

「今、揚げ物を食べたので、それ以外のものがいいですね。……あの、汗を拭きたいので、よかったら手を離してもらってもいいですか？」

勇気を出して口にすると、誠司さんは慌てて手を離す。

「ああ、すみません。ここ、エアコンついてるのに暑いですよね。俺も汗かいてきた」

私はポケットの中からハンカチタオルを取り出し、顔の汗を拭《ぬぐ》った。誠司さんも同じくジーンズのポケットからハンカチを取り出し、汗を拭《ぬぐ》っている。誠司さんの耳がほんのり赤く染まっている。

それから誠司さんのお姉さんが到着するまでお互い無言のままだった。

「愛美先生！　怪我は大丈夫ですか？」

病院に到着した美波ちゃんのお母さんが、病院のロビーで待つ私たちの元へ血相を変えて駆け寄ってくる。それは、まるで自分の身内が怪我をしたかのように見えた。

「背中は打撲だけで済みましたが、腕は……しっかり冷やさないと痕が残ると言われたので……」

私の言葉を遮るように、誠司さんが口を開く。

「だから今日は、俺が愛美先生の家に泊まって身の回りを世話しようと思う」

その言葉に、私の顔が瞬時に熱くなる。

唐突な発言に美波ちゃんのお母さんが目を丸くすると、私と誠司さんを交互に見比べ、笑顔を浮かべた。これはきっと、誠司さんと私が付き合っていると思ったに違いない。

私はさっきから恥ずかしさで体中が熱い。特に顔は、真っ赤になっているだろう。

「そうね、愛美先生に何かあった時、あなたがいたら安心だわ。明日はそのまま出勤するんでしょう？　着替えもいるから、とりあえず愛美先生も一度うちにいらして。それはそうと先生の浴衣、早く洗わないと汗が取れなくなるわ。美波の浴衣もこれから洗濯するので、よかったらお預かりするわよ」

「ああ、そのつもり。じゃあ、これ頼むわ」

そう言って誠司さんは、私の浴衣を入れている紙袋を手渡した。美波ちゃんのお母さんはそれを受け取ると、浴衣に目を走らせ、洗濯機で丸洗いＯＫかどうかをチェックする。

「あ、これ、洗濯機使えるやつだ。洗濯が終わったらまた誠司に預けるんでいいでしょ？　幼稚園で渡すとそれこそ人の目もあるし」

「だな。俺も浴衣を渡すことで、愛美先生に会う口実ができる」

私が口を挟む間もなく二人でどんどんと話が決まっていく。浴衣を洗ってもらうなんてとんでもないと口にしたくても、もうそれは決定事項だとばかりに、浴衣を入れた紙袋は美波ちゃんのお母さんがしっかりと握っている。私はオロオロと「え、あの……」と終始言葉にならない声を発していた。

「愛美先生、困った時はお互いさまですから、こういう時はうちの弟のこと遠慮なく使ってやってください」

「そうですよ、俺に遠慮は無用です」

二人の勢いに押し切られ、私は頷くよりほかなかった。

「車で美波が待ってますから、そろそろ行きましょう」

こうして私たちは病院を後にした。

病院から一歩外に出ると、まるで灼熱地獄のようだ。一瞬で汗が噴き出してくる。入口の正面にある駐車場は、午前中外来の患者さんも帰宅したのか車が少なくなっている。入口近くに停めてある車に到着すると、後部座席に美波ちゃんが座っていた。車の中はエアコンがよく効いており、とても心地よい。

「あ、まなみせんせい！　おけがだいじょうぶ？　いたくない？」

美波ちゃんが座席から降りようとシートベルトに手をかけた。それを制したのは誠司さんだ。

「美波」

誠司さんの声に、美波ちゃんが動きを止める。そして私の腕に視線が向いた。

「美波、愛美先生は背中と腕に怪我しているから、先生に触らないようにな」

「美波ちゃん、心配かけてごめんね」

美波ちゃんに声を掛けると、私の状況を理解してくれたようだ。私はゆっくりと美波ちゃんの隣に腰を下ろすと、美波ちゃんもシートベルトから手を外した。誠司さんが運転席に座ると、助手席に美波ちゃんのお母さんが座り、ゆっくりと車を進ませる。

車の中では、私たちが病院に運ばれた後のことを美波ちゃんのお母さんが教えてくれた。

「もうね、あの後すごかったのよ！　不謹慎だけど、愛美先生を抱き上げる誠司がめっちゃかっこいいって保護者たちは大騒ぎでね」

「みなみもね、おともだちからせいちゃんはみなみのパパなの？　ってきかれたよ！」

美波ちゃんの言葉に、園児たちに誤解が生じてないか不安になったけど、美波ちゃんのお母さんが即座にそれを否定する。

「保護者たちには、誠司が私の弟で『独身』の消防士って説明してるから、変な噂が広まることはないと思うけど、もし何か耳にしたら先生にもお知らせしますね」

変な噂どころか、私が独身なのは周知の事実なので、むしろ独身の消防士という餌に食いつく保護者ばかりな気がする。しかも、美波ちゃんのお母さんがやけに『独身』を強調するものだから、きっと私たちは幼稚園の保護者たちからそういう目で見られるだろう。

「変な噂ねえ……」

一方で誠司さんは、車の運転をしながら呑気に相槌を打つ。私は何と答えたらいいかわからず黙っていると、美波ちゃんがそばにいるからかこれ以上このことに触れず、別の話題へと移った。

しばらくすると美波ちゃんたちの家に到着し、私は勧められるがままに家の中にお邪魔させてもらうこととなった。

「とりあえず、腕は冷やさなきゃいけないんでしょう？　うちにある保冷剤、よかったら使って」

リビングに通され、美波ちゃんと一緒にソファーへ座るよう促されると、断ることは難しい。言われるがままソファーに腰を下ろすと、美波ちゃんのお母さんはキッチンへと向かい、お茶の用意を始めた。

冷凍庫から保冷剤を取り出し、トレイの上へグラスに注いだお茶を載せ、リビングへとやってくる。トレイをテーブルの上に置くと、私に保冷剤を手渡した。

「これ、返さなくていいから気にせず使ってくださいね。保冷剤って、外側の包装を外したら消臭剤の代わりにもなるって知ってますか？　いらなくなったら捨てる前に瓶にでも移して、臭いが気になるところへ置いておくといいですよ」

そう言ってから、お茶をテーブルの上に並べていく。美波ちゃんはグラスに手を伸ばすと、それを一気に飲み干した。

保冷剤って、そんなことにも使えるんだ。意外な活用法を知り、保冷材に対する見方が少し変わった。火傷が治まって使い道がなくなれば、ゴミ箱の消臭剤として使ってみようかな。

「ありがとうございます。では、遠慮なく使わせていただきますね」

保冷剤を受け取ると、早速今腕を冷やしている保冷剤と交換した。病院でもらった保冷剤は、すでに溶けて柔らかくなってしまい、さっきから腕にヒリヒリとした痛みが走る。

保冷剤を取り換えると、その痛みがすぐに和らいだ。

「ああ、これは痛そう……。しっかり冷やさないとね」

保冷剤を取り換える私の腕を見て、美波ちゃんのお母さんが顔をしかめた。水ぶくれこそできていないけれど、鉄板に触れた肌は、まだ赤く熱を持っている。しっかりと冷やせば今日、明日には痛みが取れるだろうとのことなので、言いつけは守らなければ。

「ですね、火傷の痕が残らなければいいんですけど……」

「この腕じゃ、しばらくは仕事にならないんじゃないですか？」

「後で幼稚園に連絡して、今後のことを相談しようと思います」

今は保冷剤で痛みは和らいでいるけれど、後から水ぶくれにならないかとか、背中の打撲もいつ治るか。これまでのように動けるかなど、色々考えると不安で仕方ない。

「うんうん。とりあえずは痛みが引くまでしっかり冷やして様子を見て」

私たちの会話を、美波ちゃんは黙って聞いている。そしてようやく口を開いた。

「まなみせんせい、しばらくようちえん、おやすみするの？」

美波ちゃんは不安げな表情を浮かべている。

「美波ちゃん、心配かけてごめんね。先生、怪我が落ち着くまではちょっとお休みしなきゃいけないんだ」

今日の出来事を目撃している美波ちゃんや他の園児たちに、トラウマを植え付けていないかと不安がよぎる。けれど、それを払拭するには、私が少しでも早く元気になった姿を見せることだと思う。だからこそ、数日はお休みをもらって早く怪我を回復させなければ。

「美波ちゃん、美波ちゃんの叔父さんのおかげで、先生の火傷もこの程度で治まったんだよ。美波ちゃんの叔父さんが適切な処置をしてくれて、病院にも付き添ってくれて。だからね、病院の先生の言いつけを守って、一日でも早く幼稚園に戻ってくるから待っててね」

「うん！」

私の言葉に、美波ちゃんは元気よく頷いた。

私たちのやり取りを見ていた美波ちゃんのお母さんは、リビングの入口に視線を向ける。ドアに埋め込まれている擦りガラスに人影が見えた。どうやら誠司さんのようだ。

「準備できた？」

美波ちゃんのお母さんが、誠司さんに声を掛ける。その手には、大きめのリュックが握られていた。その中身が二日分の着替えだと思うと、何だか申し訳ない気持ちになる。

「あれ？　せいちゃん、きょうはおしごとおやすみっていってたよね？」

誠司さんの荷物を見た美波ちゃんが口を開いた。

誠司さんがうちへ泊まりに来ることは、美波ちゃんがいないところでの話だけに、誠司さんはどう答えるのだろう。内心ハラハラしながら誠司さんの答えを待つ。すると、誠司さんもそこはきちんと考えているようだ。

「ああ、でもさっき職場から連絡があって、急遽出勤しなきゃならなくなったんだ。明日も仕事で連勤になるから、マロンのお世話、頼むぞ」

その言葉に、美波ちゃんは「うん」と頷いた。

誠司さんがマロンと言葉にしたので、廊下から大きなゴールデンレトリバーがリビングの中に入ってきた。

外は暑いから、家の中に入れてもらっているようだ。長毛の犬だから、人間よりも余計に熱さを感じるはずだ。

「マロン、お座り！」

私に飛びかからないよう、誠司さんが指示を出す。マロンは誠司さんの言葉に従い、その場にお座りをした。

「留守の間、美波と姉さんのこと、頼むぞ」

誠司さんがマロンの頭をわしゃわしゃと撫でると、マロンは嬉しそうに「ワン！」と吠えた。

「じゃあ、愛美先生、家まで送りますよ」

誠司さんの言葉にみんなが一斉に立ち上がり、美波ちゃんのお母さんが口を開く。

「運転に気を付けて。愛美先生、またいらしてね」

「まなみせんせい、またきてね！」

美波ちゃんからも熱烈な言葉をかけられ、私は笑顔で答えると、誠司さんの後を追って玄関へと向かった。マロンはエアコンの効いた部屋から動かない。

玄関で美波ちゃん親子に見送られ、私たちは誠司さんの家を後にした。

誠司さんの車は、先ほど乗せてもらった軽自動車ではなく、黒のセダンだった。普通車だから助手席もゆったりとしており、乗り心地がいい。私の実家は駐車場が狭いので、両親も私も軽自動車だ。普通車に乗る機会は滅多にないので、こうして乗車させてもらえると、ちょっとテンションが上がる。

車が発進する前に、幼稚園に電話連絡をしたいと申し出た。

「あの……、診察結果を幼稚園に連絡をしたいんですけど、いいですか?」

本当は診察が終わった時点で連絡すればよかったんだろうけど、色々とキャパオーバーしていて失念していた。ようやく一段落ついたこのタイミングで報告しておかなければ。

私が恐る恐る誠司さんに尋ねると、労災の申請に診断書の提出が必要なら、この足で幼稚園に向かってくれると言うので、素直に甘えることにした。

幼稚園に電話を架けると、受話器を取ったのは園長先生だった。

「もしもし、西川です」

『愛美先生!? 具合はどう?』

スマホのスピーカーから、園長先生の心配する声が響く。

「ご心配をおかけしてすみません。火傷はとにかく冷やして数日は経過観察とのことでして、それから背中は打撲でした」

医師から告げられた診断結果を伝えると、スピーカーからみんなの安堵する声が聞こえた。どうやら園長先生も、固定電話のスピーカーボタンを押して、みんなと一緒に聞いているようだ。

『そう……。火傷もだけど、骨に異常がなくてよかった……。しばらくは安静にしなきゃね。それで、診断書は取った？』

「はい、診断書、書いてもらいました。今から持って行くので、お手数をおかけしますが、労災の手続きをお願いします。それと、痛みが引くまでは、幼稚園をお休みさせていただきたいんですけど……」

『休まなきゃダメよ！　火傷もだけど、背中も強打してるんだから痛むでしょう？　今週いっぱいはお休みして養生したほうがいいわ』

園長先生から仕事を休むように促されたので、私はその言葉に甘えることとした。

「はい……。すみません、ご迷惑をお掛けしますが、今週は自宅療養させていただきますね」

『お休みの間、ばら組のことは私が担当するから心配しないで』

園長先生の言葉の後ろで他の先生たちが「そうよ、怪我を直すことに専念してね」と励ます声が聞こえた。

通話を終えると、誠司さんは車をゆっくりと発進させた。

車が幼稚園に到着すると、駐車場が宅配業者のトラックで塞がっていたので、正門前に横付けしてもらうことにした。路上駐車するわけにはいかないので、通行の邪魔になればすぐに移動できるよう誠司さんには車の中で待機してもらい、私は一人で職員室へと向かう。

職員室には先生たちが全員揃っており、みんなに病院での診断結果を報告と診断書の提出をした。園長先生から今朝洗濯をしたキャミソールを受け取り、今週いっぱいは療養で仕事を休むことを再度言い渡されて、幼稚園を後にした。

誠司さんの車に戻ると、ドラッグストアとスーパーに寄ってもらい、食材と氷を買った。氷は冷凍庫の中にもあるけど、腕を冷やすには足りないので、少し多めに購入した。病院の時と同様で、買い物の荷物も誠司さんが持ってくれる。

「さっきからすみません」

申し訳なさから謝罪の言葉しか出てこない。そんな私に、誠司さんは「謝らないで」と返されるばかりだ。

無事に買い物を済ませた私たちは、誠司さんが電器屋さんへ寄りたいと言うので、通り道にある量販店へと立ち寄った。私は車の中で待機して、誠司さんだけが店に入っていく。無事に買い物を済ませた誠司さんが車に戻ってくると、一緒にアパートへと向かう。

まだ時間は十五時にもなっていない。お泊りをするという誠司さんと、これから半日以上一緒に過ごすこととなるけれど、何をすればいいかわからない。

「あの……」

恐る恐る私が口を開くと、誠司さんが真剣な眼差しで私を見つめる。そして、とんでもないことを口にした。

「これから愛美先生の隣人を欺くわけですが、恋人のふりとはいえそれを見抜かれたら元も子もないので、今から俺は愛美先生に対して敬語なし、名前を呼び捨てにします。愛美先生も、俺のことは名前で呼んでください」

誠司さんの言葉にドキッとした。

苗字呼びや敬語でも、初々しいとは思うけど……、それじゃダメなのかな。

そう口を開きかけたその時だった。

「愛美」

唐突に名前を呼ばれ、再びドキッとした。

「は、はいっ」

思わず声が裏返る。そんな私に、誠司さんが甘い言葉を囁いた。加えて私を見る目にも甘さが加わっている。

「愛美、緊張しなくて大丈夫だから俺に任せて。何かあれば俺が必ず守ってみせる」

人生初のイケメンのドアップに、緊張するなと言われても無理に決まってる。そして、これまでの敬語から急に砕けた話し方に変わり、私の心臓はあり得ないくらいに心拍数が上がった。

「愛美のそんな表情見るの初めてだな。かわいい」

イケメンの発言の破壊力はハンパない。誠司さんから「好きだ」と告白をされているだけに、きっとこれは彼の本心だろうけど、そんな甘い言葉に慣れていない私は、すでにキャパオーバーだ。

車の中は肌寒いくらいに冷風が吹き付けてくるのに、私の顔だけ暑くて堪《たま》らない。

「えっと……、あの、私からは『誠司さん』とお呼びしても……？」

名前で呼んでと言われたけれど、さすがに呼び捨ては無理だと、先にこちらからさん付けでいいか聞くと、誠司さんも顔を赤らめて承諾してくれた。

「できれば敬語は取ってほしいけど、まあそれは、いずれ……」

「あ……、はい。それは、そのうちに……」

きっとこの場に誰かいたら、私たちに生温かい視線を向けるに違いない。この空気は、自分でも何だかむず痒《がゆ》い。

しばらくの間、私たちは無言だった。このままでは気まずいし、とても恥ずかしい。何か話題を振らねばと、私は必死に考えた。共通の話題は美波ちゃんか小春たちのことしか思い浮かばず、でも何を話せばいいか咄嗟に思い付かない。

すると私の気持ちが通じたのか、誠司さんが口を開いた。

「他に寄るところはない？　買い忘れとかもない？」

「はい、大丈夫です」

この季節で日持ちしないから、食材は今晩と明日の朝食分しか購入していない。明日は一人で過ごすのも不安なので、誠司さんが出勤する時間に合わせて、私も実家に帰ろうと思っていたのだ。

さっき、誠司さんと買い物をしながらそのことも相談すると、誠司さんもそのほうがいいと賛成してくれたので、今晩のうちに荷物をまとめなければ。

あ、それよりもっと肝心なことを伝えていない。我が家には娯楽になるようなものが何もない。

せっかく家に来てもらうのに、退屈させてしまうのは申し訳ない。

私は意を決してそれを伝えた。

「あの……、うち、娯楽になるものが何もないんですけど……」

「サブスクは何か加入してる？　俺、加入してるのがあるから、愛美の家にパソコンがあれば、それで映画とか見られるよ」

そう言って、大手のサービスを挙げる。私もスマホで動画を観るためサブスクに加入しているけれど、誠司さんが加入しているところのほうが観たい動画も多く、加入を迷っていたところだった。それを伝えると、じゃあ一緒に鑑賞してから加入を検討すればいいと提案され、その提案に乗ることにした。

アパートに到着すると、私が駐車しているスペースの隣に車を停めてもらった。このアパートはファミリー世帯も入居しているため、駐車場を借りる時、部屋に二台分のスペースが確保されている。田舎は交通の便が悪いため、どこへ移動するにも車がないと厳しい。そのため、賃貸物件は駐車場完備のところが多い。とりわけこの地区は過疎化が進んでいるせいか、私が住んでいるアパートは入居者確保のため、駐車場代も二台目は格安というありがたい物件だった。

そのうち両親や友達が遊びに来ることもあるだろうと、二台分の駐車場代を支払っていたけれど、早速役に立った。

車から降りると、誠司さんは自分の荷物と購入した荷物を両手に持ち、私も右手で自分の荷物を持つと一緒に私の部屋へと向かった。多分この時間、まだ日浦くんは寝ているはずだ。私たちは部屋に入るまで無言を貫いた。

玄関の鍵を開けている間、誠司さんは部屋の外側をキョロキョロと眺めていた。

部屋に入ると、室内はまるで温室のように蒸し暑い。日当たりのいい部屋だから、この時間はまだ陽射しも強い。私は窓を少しだけ開けると、エアコンと扇風機のスイッチを入れた。扇風機で部屋の中にこもった空気を外に逃がせば、部屋も早く涼しくなる。

誠司さんはその間、買ってきた食材などを冷蔵庫の中に入れてくれた。

空気の入れ替えを済ませると、窓を閉めた。遮光カーテンを使っているのにこんなに部屋の中が熱くなるのだから、カーテンがなかったらこの部屋は、もっと暑くなっていただろう。

「パソコンはないんですけど、タブレット端末があるのでそれで観ましょう。パソコンと比べて画面は小さいから、見づらくてすみませんなんですけど……」

私は、リビングのテーブル下に置いているタブレット端末を取り出すと、誠司さんが加入しているサブスクのアプリをインストールする。誠司さんがアプリにログインし、サムネイルをチェックしながら観たかったアクション映画を一緒に鑑賞した。

画面が小さいので、テーブルの上にタブレットを立て掛け、ソファーが背もたれになるよう二人並んで床に直で座ると、私の右腕に誠司さんの左腕が触れる。

私は背中に痛みが走るため、ソファーにもたれることはないけれど、誠司さんが途中、身体がしんどくなった時に背もたれがあればと思ってのことだった。

誠司さんとの距離が近付きすぎると少し腰をずらそうにも、背中に痛みが走るため、そう簡単に動けずにいると、誠司さんはソファーの上に置いていたクッションを手に取り私の背中に沿わせた。

じっとしていても打撲で背中が痛かったので、その気遣いがとても嬉しい。

誠司さんと過ごす時間はとても心地よく、映画を一本観終えると十八時を回っていた。

「ちょっと早いけど、夕飯の準備しましょうか」

私はそう言って立ち上がると、誠司さんが私を制した。

「愛美は怪我人なんだから、今日は俺が作る。と言っても簡単なものしか作れないけど。キッチン借りるよ」

誠司さんは私を再びソファーへ座らせると、立ち上がってキッチンへと向かう。私の腕の保冷材はすでに溶けてしまっているため、誠司さんが買ってきた氷と水を氷嚢袋に入れ、それを私に手渡した。

腕の痛みは、こうしてずっと冷やしていたのでかなり和らいだけれど、背中の痛みはそう簡単には引かない。私は誠司さんの申し出をありがたく受けることにしたけれど、一人暮らしをしているこの部屋に男の人がいるこの状況に慣れない。手料理を振る舞ってもらうのはありがたいけど、今さらながら恐縮してしまう。

あ、それに気が回らなかったけど、この部屋に来客用の布団がない！　この季節、布団がなくても風邪を引くことはないと思うけど、どこで寝てもらおう。

私の寝室に置いているベッドはシングルサイズだ。仮に彼にベッドを譲ったとして、誠司さんは身長が余裕で百八十センチ以上あるし、体格もいいからきっと窮屈だろう。

私も背中を打撲しているし、左腕を火傷しているので、仰向けで寝るのは困難だ。

それに、お風呂のこともある。

今日も日中とても暑くて、お互い汗だくになっていた。お風呂を使ってもらうことについては特に何も思わないけれど、私はどうすればいいのか……。今日は汗だくになっているのに加えて、思いがけないアクシデントに見舞われていつも以上に汚れている。火傷と打撲で負傷した身体を一人で洗うことって、結構困難なのでは……？

誠司さんがキッチンで夕飯を作っている間、私はあれやこれやと頭を悩ませていた。

「はい、お待たせ」

目の前に、器に盛られたパスタとサラダが並べられ、私は我に返る。

挽き肉をふんだんに使ったボロネーゼと、少し厚めに切られたキュウリとトマト、豪快にちぎられたレタスにゆで卵が添えられた食べ応えのありそうなサラダだ。

器のそばに、冷蔵庫の中から取り出した和風ドレッシングが添えられている。

「わあ……すごい、美味しそう」

ボロネーゼは、先ほどスーパーで買ってきた挽き肉を使ったものだった。市販のソースではなく、全て誠司さんのお手製だ。これだけの量を手作りするとなると、私一人ではなかなか食べきれない。そのため、最近はもっぱらレトルトや冷凍食品などに頼ってしまう。こうして自分のために手料理を振る舞ってもらうことに対するありがたみと、きちんと自炊ができることへの尊敬の念がこみ上がってきた。

「これ、実は俺の自信作。家族にも好評なんで、食べてみて」

誠司さんが自信ありげに勧めてくる。私は添えられたフォークを手に取ると、パスタをくるくると絡め取り、自分の口へと運んだ。

「ほんとだ……、美味しいです」

口の中にケチャップとトマトの甘味と酸味、肉の旨味が絶妙に絡まって、パスタとの相性が抜群だ。挽き肉の食感がしっかりとあるので、食べ応えがある。

サラダも彩りが良く、みずみずしい野菜がとても美味しい。野菜を丸ごと購入しても食べきれないから、いつもカット野菜を購入しているけれど、こうして新鮮な野菜を食べるとやみつきになりそうだ。

「ミートソースはたくさん作ってるから、パスタを茹でたらおかわりもすぐにできるし。もし食べきれずに余っても、冷凍できるから、後日解凍して食べてもいいよ」

魅惑的な言葉に、私の声が弾む。

「え、本当に？　じゃあ、また別の日に食べたいから、後で冷凍しなきゃ」

こんな美味しいボロネーゼが、また食べられるのはとても嬉しい。

「うちは人数が多いから、大量に作ってもその日のうちに食べきってしまうんだ。だから、次の日に残ったりすることが滅多になくて、今日はつい作りすぎてしまった……」

そう言って誠司さんは、申し訳なさそうにしゅんとした表情を浮かべた。

「いや、そんな……。一人暮らしだと、これはよくあることですよ。自分で作ったものが何日も続くのは苦痛ですけど、こうして人に作ってもらったものに対して文句を言うわけないですよ。それにこれ、美味しいし。冷凍で日持ちするの、助かります」

誠司さんが作ってくれたボロネーゼは、お世辞抜きで美味しかった。これもきっと、同じレシピでも少量を作るのと、大量に作るのとで味が全然違うだろう。

「ならいいけど……。今度来るときは、一緒に作ろう」

この言葉に、私の手が止まる。今度って……また来てもらえるの？

言葉に出さずとも、私の表情がそう物語っているようだ。誠司さんは左手で私の頭を軽く撫でる。

「俺、このままで終わるつもりないから。これを機に、本物の彼氏に昇格するつもりなんで、よろしく」

意表を突いた告白に、私は咀嚼中のパスタをうっかりそのまま飲み込んでしまい、盛大にむせ返る。

「うわっ、ごめん！　大丈夫か？」

誠司さんはそう言うと、私の顔を下に向けた。そうして、優しく背中に手を置くと、ゆっくりと背中をさすった。

「少し背中、痛むかもしれないけどごめんな。ゆっくり息をして、そう……上手だ」

誠司さんの落ち着いた低い声が、耳に心地よく響く。その声で冷静さを取り戻した私は、ゆっくりと呼吸をして少しずつ咳も落ち着いてきた。

ようやく咳も止まり、誠司さんが用意してくれたお茶に手を伸ばして、それを一口飲んだ後、私は誠司さんにお礼を伝えた。

「見苦しいところをお見せしてすみません……。ありがとうございました」

「いや、そんなの気にしてないけど……、落ち着いてよかった」

誠司さんがいなかったら、多分今もまだむせ込んでいた。こうしてそばにいてくれるだけで、安心できる。

「あの……、こんなこと聞くのもアレなんですけど、消防署って一一九番通報があれば、火事か救急かって最初に確認しますよね」

私は気になっていたことを、この機会に聞いてみることにした。私の質問に、誠司さんも耳を傾けている。

「誠司さんは通報があると、いつも消防車に乗られるんですか？」

「うん。基本的に通報があると消防車に乗るけど、俺はレスキュー隊員だからレスキューの要請があれば、レスキュー専用の消防車両に乗るよ」

消防士の中でも、色々な職種がある。異業種交流会の日に誠司さんがレスキュー隊員であると聞いてから、消防士について少しネットで調べてみた。

テレビでもよく見る消防隊員の中には、現在誠司さんが就いているレスキュー隊員やはしご隊員、救急隊員など色々な種類がある。お笑い芸人さんに、レスキュー隊員の格好をした人もいることもその時に初めて知った。

誠司さんはどうしてレスキュー隊員になることを選んだのだろう。

「どうしてレスキュー隊員になったんですか？」

消防士さんの仕事で真っ先に思いつくのが、火事の現場で火災を鎮火することだ。消防士という職業はただでさえ危険な仕事なのに、レスキュー隊員はその名の通り、人命救助がメインの仕事だ。

消防車と救急車の出動が消防署の管轄と知ったのは、恥ずかしながら社会人になって、幼稚園児と一緒に消防署へ見学に行った時だ。だから救急車に常勤するのが消防士さんなのだと、最初は思考が全然結び付かなかった。

だからこそ、聞いてみたかった。

そんな私の疑問に、誠司さんはポツリポツリと答えてくれる。

「そうだな……。昔、俺の親父がレスキュー隊員に命を救われたから、かな」

思わぬ話に、私は食事の手を止めた。

「親父は今でこそ元気なんだけど、俺が中学生の頃、事故に巻き込まれてさ。その時駆けつけてくれたレスキュー隊の人が親父を安全な場所に運んで、救命士の人が適切な処置をしてくれたおかげで、親父は障害が残ることなく元気になったんだ。病院までの搬送中、救命処置ができたから、救われた」

今から十四、五年くらい前の、当時中学生だった誠司さんや誠司さんのお姉さん、そして誠司さんのお母さんの心情は想像できないけれど、一家の大黒柱であるお父さんが病院へ運ばれた時は気が気じゃなかっただろう。

「もちろん、病院の医師や看護師、リハビリに当たってくれた療法士にも感謝してるけど、やっぱりレスキュー隊員が一番最初に助けてくれたことが印象に残っていて。俺も、こうやって誰かの命を助けることができる仕事をしたいと思ったのが、この仕事に就いたきっかけかな」

お父さんの命を救ったレスキュー隊員さんは、きっと誠司さんの目標とする人なのだろう。話をしている時の目が、とても輝いていた。

「そういう愛美は？　幼稚園教諭になったきっかけは？」

「私は……、小さい頃通っていた幼稚園に、とっても優しい先生がいたんです。その先生のことが大好きで、先生みたいになりたいって思ったのがきっかけです。滝沢仁美《たきざわひとみ》先生って言うんですけど、できることなら一緒に仕事がしたかった」

今はもう退職されているみたいで、仁美先生の消息は掴めない。けれど、過去の幼稚園の卒園アルバムなどを見れば、きっとどこかに仁美先生が写っているだろう。

「そっか。その人が、愛美の憧れの先生なんだな」

誠司さんの言葉に、私は素直に頷いた。

「誠司さんも、この仕事を志すきっかけになった方は……？」

「今は違う消防署で、現役のレスキュー隊員をしてる。いつか、一緒に仕事ができたらいいなって思ってる」

間髪を入れず返答があり、私たちは視線が合うと、どちらからともなく笑い合った。

「さ、早く食べよう」

誠司さんに促され、食事を再開した。

食事が終わり、器を下げようとする私の動きを先読みする誠司さんは、私の器と自分の器を重ねると一緒にシンクへと運んだ。

「誠司さん、これくらいやりますよ」

「今日は俺が何もかもやるつもりで泊まりにきたんだから、愛美は楽にしていて。それに火傷と打撲の痛みもあるだろう？　鎮痛剤を処方してもらってたけど、飲まなくても大丈夫なのか？」

「今はじっとしてるから大丈夫ですけど……。寝る時や、お風呂とかの時に痛んだら最悪ですよね」

今は誠司さんがそばにいるから気も張っていて、痛くても我慢しているけど、お風呂に入る時は、さすがにどうすればいいか。加えて就寝時は仰向けで寝ることができないし、左腕を火傷しているので、腕に負担がかからないよう右側を下にして横になるかうつ伏せで寝なければならない。でも、寝返りを打たずにずっとその姿勢で眠れるはずもない。きっと今日は、細切れの睡眠になりそうだ。

「鎮痛剤って薬や体質にもよるけど、飲んで大体三十分から一時間くらいで効き目があるんだよな、たしか」

私は処方された薬と一緒に渡された説明書へ目を通す。一日の服用は三回を上限に、服用後は最低四時間、間隔を空けるとあった。今が十八時半を回ったところだから、仮に今服用するとして、もし寝る前にもう一度服用するなら二十二時半以降となる。今晩眠れるか不安もあるけど、薬があるだけまだマシだ。

「じゃあ、私は薬が効いたころにシャワーを浴びるので、よかったらお先にどうぞ。お風呂で汗を流してさっぱりしてきて下さい」

私はそう言うと、鎮痛剤を服用した。

誠司さんは「じゃあ、遠慮なく」と、脱衣所へと向かう。脱衣所にタオルがあるので、それを使ってもらうよう伝えると、誠司さんは私の洗濯物を増やしたくないと言って、持参した荷物からタオルを取り出した。けれど、誠司さんは翌日仕事なのだから、洗濯物を溜めてしまうと後々汚れが取れなくなる。明日は私も実家に戻るつもりなので、洗濯物は実家に持ち帰り洗濯してもらうことを話すと、ようやく納得してくれた。

誠司さんが脱衣所に向かい、ようやく私は一人になる。

一人暮らしを始めて三か月が経つ。

最初の頃は、両親の干渉もなくのびのびとできると歓喜していたけれど、疲れていても家事を全て自分でやらなければならない現実に疲弊することもあった。ましてや今みたいに予期せぬ怪我を負うと、一人では何もできないことを痛感させられる。やっぱり誰かがこうして一緒にいるっていいな。いいや、誰かではなく、誠司さんだからそう思うのかな。

考えれば考えるほど、頭の中は誠司さんのことでいっぱいになる。

正直言うと、告白されて嬉しかった。幼稚園の保護者や先生たちが言うように、見た目はとても素敵だ。美波ちゃんの保護者だから恋愛対象として考えてはいけないと思っていた。けれど、メッセージのやり取りでも思いやりのある優しさが窺えるし、今日のアクシデントで病院からずっと一緒にいるととても頼もしいし、安心できる。

私も、誠司さんのことが好きだ。

でも、現状は幼稚園教諭と保護者という立場上、あまり関係を公にしたくない。けれど、今日の一部始終を目撃している保護者の中には、私たちのことを好奇の目で見る人もいるだろう。

どうすれば……

色々なことで頭の中がいっぱいになり、考えが上手くまとまらない。頭を抱えていると、シャワーを終えた誠司さんが姿を見せた。

「どうした？　気分悪い？」

その声に、私は顔を上げた。

誠司さんは首にタオルを掛け、Tシャツとハーフパンツ姿だった。きっとこれが彼の部屋着なのだろう。

薄着だからか、誠司さんの盛り上がった筋肉や、引き締まった肉体がはっきりとわかる。加えて整った顔立ちをしている。見た目も中身も全てが完璧だ。そんな人が私のことを好きだと言ってくれるなんて、私の人生でたった一度、あるかないかの奇跡に思える。

私は無言で誠司さんを見つめた。そんな私を、誠司さんは心配そうに覗き込む。

沈黙を破ったのは、私だった。

「誠司さん」

私の声に、誠司さんが優しく返事をする。

「うん、どうした？」

このまま自分の気持ちを素直に伝えてもいいだろうか。邪魔が入ることのない二人きりのこの空間で、好きだと伝えたら、きっと……

「お昼の件、お返事させてください」

私の声に、誠司さんの動きが止まった。緊張から私が深呼吸すると、誠司さんは生唾を飲み込む。

喉仏が上下に動くそのさまが、やけに艶《なま》めかしく見えた。

「私のこと、好きって言ってくださって嬉しかったです」

私を見つめたまま、誠司さんは無言で頷いた。私は一呼吸つくと、再び口を開く。

「私も、誠司さんが好きです」

お互い見つめ合ったまま、しばらく沈黙が流れた。

誠司さんは目を大きく見開き、少しして何度か瞬きをする。そして、頬が徐々に赤くなった。

「ほんとに……？　ゆっくり考えてくれていいんだよ？　こんなこと言うのも何だけど、無理してるとか、そんなことは――」

誠司さんの言葉を遮るように、私は被せ気味に返事をする。

「ないです。実は、幼稚園に美波ちゃんのお迎えに来られていた時からずっと素敵な方だと思ってました。ただ……、誠司さんは保護者だから。幼稚園の職員と保護者でこういう関係になるのって、どうなんだろうって色々考えていたら、素直になれなくて……」

この言葉に嘘はない。見た目も素敵で幼稚園の保護者たちが、アイドル並みにきゃあきゃあはしゃぐのも納得だし、今日のように迅速な行動は、誰にでもできるものではない。おかげで火傷もたいしたことなく、明日には痛みが引きそうだ。

園児の保護者とはいえお互いに独身なのだから、倫理上問題は何もない。ただ、職場に恋愛を持ち込むと、それを面白がられるのが嫌なだけで、美波ちゃんが卒園するまでお付き合いすることを内緒にできるのなら……

そう素直に伝えると……

「愛美の気持ちはわかった。俺が美波の迎えに行くのは非番の時や休日だけど、たしかに保護者が俺を見る目がな……」

やはり誠司さんも自覚があるようだ。幼稚園の保護者は既婚者ばかりだから、保護者とどうこうなるわけではないけれど、独身の私と噂になると、お互いやりにくくなるだろう。

「とりあえず、美波ちゃんが卒園するまでは、付き合っていることを公にしたくないんです。それでよかったら……私とお付き合い、してください」

自分の気持ちを口にすると、次の瞬間――

私は誠司さんの胸の中に抱き締められていた。

「い、痛っ……！」

勢いよく誠司さんの胸へと飛び込むような形になり、顔が誠司さんの胸板に直撃する。その衝撃で、背中に痛みが走る。

「あ、ごめん！　……これ、夢じゃないんだよな」

私は誠司さんに抱き締められたままだ。誠司さんの表情は見えないけれど、心臓の音が聞こえる。その音は、驚くほど速い。私の心拍数も相当上がっているから、一瞬自分の心臓の音と間違えたくらいだ。お互い心拍数がこんなに上がると、心臓が壊れてしまうのではと焦ってしまう。

「……ヤバい。めちゃくちゃ嬉しすぎて、キスしたい」

その声に、私は小さく頷いた。

「ありがとう。――愛美、好きだよ」

誠司さんはそう言うと、私の背中に回していた手を解《ほど》き、両手で私の頬を包む。キスをする時って、やっぱり目を閉じていたほうがいいのかな。初めてのことに、どうすべきかわからず誠司さんの顔を見つめていると、誠司さんが私に問いかける。

「もしかして、愛美、今まで誰とも付き合ったこと……」

「……ないです。こんなことするの、初めて……」

「そっか、愛美の初めてが俺か……。とりあえず、目を閉じて」

そう言って、私が目を閉じたのを確認すると、私の唇にキスをした。

人の唇って、柔らかいんだ……

最初は呑気にそう思っていたけれど、誠司さんの熱が、唇と私に触れる肌から直に伝わる。シャワーを済ませた誠司さんからは、シャンプーのいい匂いがするのに、私はまだ汗臭いまま……

急に恥ずかしくなった私は、身体に力が入り、それに気付いた誠司さんが唇を離した。

「もしかして、驚かせた……？」

私の様子を窺う誠司さんに、私はそうじゃないと首を横に振る。

「いや、そうじゃなくて……」

「じゃあ、まだキスしていい？　全然足りない」

熱烈な思いをぶつける誠司さんに、自分が汗臭いから恥ずかしいと素直に伝えていいものか悩ましい。けれど、これを伝えずにギクシャクするのもいやなので、意を決して伝えることにした。

「あの……っ、私、まだ汗臭いんで……」

ここまで言って、私が言いたいことを察してくれたようだ。

「汗なんて、全然気にならないけどな。俺の職場は男だらけだし、あいつらと比べたら、愛美の汗なんて全然臭くない」

「気になりますっ。誠司さんがシャワーで汗を流してるから、余計に自分の汗臭さが我慢ならないんです。だから私もシャワー浴びてきます」

お互いの気持ちが通じ合った途端、誠司さんはそれまでと打って変わり、私に対して甘々な空気を醸し出している。さっきまでは外でも普通に接することができたけれど、今の言動は、さすがに恥ずかしくて誰にも見られたくない。

シャワーを浴びて、一旦リセットすれば、この甘い空気から逃れられる。そう思ったのに……

「愛美、待って。その怪我で、一人でシャワー浴びるの？　背中、洗えないんじゃないか？」

何とかこの場を離れたい私に向かって、そう問いかけた。

たしかに左腕は冷やしていれば大丈夫だと思うけれど、問題は背中の打撲だ。レントゲンも撮影し、骨に異常はないとのことだったけれど、痛いものは痛い。支柱が当たったところは、内出血できっとすごいことになっているだろう。

今日のシャワーは短時間で済ませて、その間、患部が濡れないように工夫すれば何とかなりそうだけど、背中はどうだろう。下手に腕を動かすと、背中に激痛が走る。シャワーは数日の間、汗を流す程度で我慢するしかなさそうだ。

服に関してはこの時期、汗だくになったものを洗濯機の中に放置していると、いくら洗っても臭いが落ちないから下着以外は洗濯しよう。

裸になった私は浴室の扉を開けた。

浴室は換気扇をつけたままにしてくれていたので、そこまで熱はこもっていない。シャワーのコックを開くと、勢いよくお湯が流れ出す。私はまず化粧を落とし、それから髪の毛を洗った。身体に関しては、腕を高く上げるだけでも背中に痛みが走るので、背中は汗を流すだけにした。

誠司さんの手を煩わせることなく入浴を無事に済ませることができて、私は満足だった。

浴室から出て用意していた服に袖を通すと、身体や髪の毛を拭いたタオルを洗濯機の中へ入れ、ボタンを押してリビングへと戻る。

「あれ？　洗濯はしないいんじゃなかったのか？」

洗濯をする音を聞きつけた誠司さんが私に問いかけた。

「時間を置くと汗の臭いが取れなくなるので、下着以外は洗濯することにしました。下着は予定通り、明日実家に持って帰って洗濯してもらいます」

リビングに置いているハンガーラックは、洗濯物を室内干しする時に重宝する。ここに洗濯物を干し、エアコンの当たる場所に置いておけば、明日の朝には乾くだろう。生活感丸出しの部屋に誠司さんは呆れるかもしれないけど、女性の一人暮らしだから、用心するに越したことはない。

「洗濯終わったら、干すの手伝うよ」

「ありがとうございます」

普段なら、こういうことを手伝ってもらうことに抵抗があるけれど、事前に下着を抜いているせいか気が楽だ。

「髪の毛、乾かさないの？」

水分補給をしようとキッチンに向かう私の後ろ姿に向かって、誠司さんが声を掛ける。

「風呂上がりで暑いから、少し涼もうと思って」

冷蔵庫の中から冷やしていた麦茶を取り出すと、グラスに注ぎ入れる。もちろん誠司さんの分もだ。グラスに注いだ麦茶を手渡すと、誠司さんはそれを一気に飲み干す。私も風呂場の湿気と熱気でのぼせそうだったので、一気に飲み干した。空になったグラスへ麦茶を注ぐと、それも一気に飲み干す。ようやく喉の渇きが和らぎ、お風呂で汗を流してさっぱりした私は、リビングに戻ると誠司さんの隣に座った。

「次は何を観ましょうか」

私は、タブレットに表示されているリストをスクロールさせながら、それとなくさっきのような空気にならないよう違う話題を振った。

「幼稚園の園児たちの話題に合わせなきゃいけないし、アニメでもいいですか？」

極力甘い空気にならないよう、もっともらしい理由をつけて、子どもたちが大好きなアニメの中から最新版の映画タイトルを選ぶ。でも誠司さんが、その手を阻んだ。

「待って。映画もだけど、さっきの続き」

そう言うと、再び私の頬を両手で包み、私にキスをする。するとこの場は、あっという間に甘い空気に変わっていく。啄むような軽いものから、段々と深く、とろけるような甘いキスに、私の頭の中がぼんやりとし始めて何も考えられなくなった。

気持ちいい。驚くことに、全身がこの感覚に支配されていく。

いつの間にか、私の頬を包んでいた手は解《ほど》かれ、私はゆっくりと誠司さんの胸の中に閉じ込められる。背中に痛みが走らないよう、背後に回された誠司さんの右手は私の右肩を、左腕は私の腰を抱いていた。

キスは唇だけにとどまらず、頬から耳へ、顎から首筋へと縦横無尽に広がっていく。誠司さんが触れる箇所、全てにその熱が伝わる。自分の意思と関係なく、私の身体が『もっと触れて』とばかりに反応していることに驚きながらも、甘美な誘惑を断ち切ることができないでいる。

「……はぁっ………」

今まで発したことのない甘い声に、私は我に返った。その瞬間、身体がビクンと跳ねた。

何、今の声。こんなの、いつもの私じゃない！

そんな私の戸惑いをよそに、誠司さんは私の首筋にキスを続けながら、Ｔシャツの上から私の胸に触れた。

「愛美のかわいい声、もっと聞かせて」

こんなこと、本当なら恥ずかしいはずなのに、誠司さんの声が私の身体を歓喜で震わせる。

これから起こることは、私にとって未知の世界だ。女の子の初めては、痛みを伴うとも聞いた。

それでも、誠司さんになら……

誠司さんは私のTシャツの中に手を入れ、ブラジャーのカップに指を忍ばせた。そこから指を這わせて私の乳首をそっと撫でると、それまで以上に私の身体が大きく跳ねる。まるで、全身に電流が流れるような衝撃だった。

「あっ……、ああっ……！」

「愛美、気持ちいい？ もっと気持ちよくしてあげるよ」

誠司さんはそう言って、私の首筋から顔を離す。何をするのかと思えば、ソファーの上にクッションを敷き詰め、私を抱き上げるとその上に横たえた。背中に痛みが走らないための配慮だと思うけれど、自分の体重がかかるとやっぱり痛い。

誠司さんは私のTシャツをまくり上げ、ブラジャーのホックを器用に外すと私の胸を露わにした。下着の締め付けが一気になくなり、解放感に包まれる半面で、上半身の裸を見られることに羞恥心を覚えた私は、一気に顔が熱くなった。今日はどれだけ恥ずかしい思いをすればいいのだろう。

胸を露わにされた私は、Tシャツで胸を隠そうとするも、誠司さんがその手を阻んだ。火傷を負った左腕を動かすと背もたれに患部が触れた時に痛みが走るため、自由が利かないのはもどかしい。けれど、内心ではこれ以上のことを期待する私もいる。

「綺麗な胸を隠さないで」

私は両手を頭上で縫い留められ、抵抗する術がない。

「でも……、恥ずかしいです」

私は自分の気持ちを素直に伝えると、誠司さんも自身の気持ちを口にする。

「愛美が恥ずかしい気持ちは理解できる。でも……明るい場所でないと、愛美の怪我の場所が把握できない。暗いところでこんなことしてたら、気付かないうちに背中に触れてしまいそうだ」

誠司さんのその言葉で、私は抵抗することを止めた。

「怪我を負った身体に無理はさせたくないから、今日は少しだけな？」

熱のこもった声で、眼差しで、私に訴えかける。そんな誠司さんに流されたわけではないけれど、私も誠司さんと同じ気持ちであることをわかってほしかった。

「なら……、せめて少し、暗くしてください……」

部屋の照明はＬＥＤなので、明るさの調節は自由にできる。私はテーブルの上にあるリモコンを指差した。

誠司さんはそれを手に取ると、早速明かりを調節する。実家の常夜灯まではいかないけれど、それに近い色まで照明が落とされた。仄暗いけれど、このくらいの明るさならまだ耐えられる。まじまじと身体を見られることなんて初めてのことだし、きっと背中の打撲は内出血がすごいことになっていそうで、それを見られることで、これ以上心配を掛けたくない。

照明を落とすと、誠司さんは私の身体を起こして服を脱がせた。その時案の定、衣擦れで私の背中に痛みが走る。けれど、それを声に出すのをグッと堪《こら》えると、服を脱がせたときに背中を見たのだろう。打撲した箇所にそっとてのひらを当てた。

「こんなに内出血して……、痛かったな」

誠司さんのてのひらのぬくもりに、私の背中のこわばりが解《ほぐ》れていく。

「シャワーも浴びて清潔になったけど、多分今からまた汗をかくから、後で湿布を貼ろう」

そう言って、私にキスをした。

この短時間で数えきれないくらいのキスをされ、私は誠司さん以外のことが考えられなくなる。

ゆっくりと身体をソファーの上に倒されながら、再び首筋へと口付けが移り、誠司さんの手が私の胸元へと移動した。誠司さんの指が両胸の頂に触れたと思うと、指が優しくそれを撫で、それと同時に私の身体は大きく跳ねた。胸を突き出すように弓形にしなると、誠司さんは私の右の突起に口をつける。そして舌で、その先端を転がすように舐め上げた。

「あ……、あ、ぁあんっ……!!」

誠司さんは私の背中と左腕に気遣いながら、身体の至るところを愛撫し始めた。ハーフパンツとショーツをまだ身に付けているけれど、お腹の奥がさっきからキュンキュンしている。

誰も触れたことのない場所が、誠司さんに早く触れてほしくてたまらなく熱くなる。

こんなこと、生まれて初めての感覚だった。

この先いったい何が起こるのか、経験のない私には想像がつかないけれど、このままきっと、私は誠司さんから与えられる快楽の泉に溺れてしまうのだろう。

誠司さんは私の胸の先端を口に含ませながら、右手をお腹に這わせていく。まるで壊れ物に触れるかのように、その手付きは優しくて、私は全身に電流が走った。

「愛美の身体は敏感なんだな。……もっといっぱい感じて」

優しくお腹を撫でられ私の身体から少しだけ力が抜けると、誠司さんはここからが本番だと囁き、ハーフパンツのウエスト部分から右手を挿し入れた。そしてゆっくりと、ショーツの上から私の大切な場所を指でトントンとタッチする。

「愛美のここ、熱くなってる」

その言葉に、私の全身が一瞬で熱くなる気がした。

誠司さんが触れたそこは、今まで誰にも触れさせたことのない秘めたる箇所で、指が当たった瞬間、ものすごい快感が走ったのだ。

言葉にするのは難しいけれど、強《し》いて例えるなら、全力疾走した後に一瞬で下半身の力が抜けていくような感覚だ。

「ここ、直で触るよ」

誠司さんはそう言うと、私の胸から口を離して身体を起こし、ハーフパンツを脱がせた。ショーツはまだ、かろうじで私の身体を覆っている。けれど、これを脱がされるのも時間の問題だと悟った。

私がほぼ全裸に近い状態なのに、対する誠司さんはまだ服を着たままだ。風呂上がりだからとエアコンの温度はいつもより低めに設定しているはずなのに、お互いの肌はもう汗ばんでおり、誠司さんの着用しているTシャツは汗で肌に貼り付いている。

「俺も脱ご」

誠司さんはそう言うと、自らTシャツを脱ぎ捨てた。暗めの照明のおかげで、その筋肉質な体型の陰影がはっきりと映し出される。男性の裸を直で見る機会なんてなかった私は、普通だったら恥ずかしさで目を覆ってしまうところだけど、今日この瞬間は、なぜか目を離せなかった。

「きれい……」

男性に対する褒め言葉とは違うと思うけれど、この言葉しか浮かばない。

盛り上がった胸筋、肩から二の腕にかけての上腕二頭筋、しっかりと割れた腹筋。男性と女性は骨格からして身体の作りが全然違う。そのごつごつとした体型に見惚れていると、誠司さんが妖艶に微笑んだ。

「綺麗なのは、愛美の身体だよ。どこもかしこもすべすべで、ずっと触れていたい」

そう言うと、片手で私の胸の先端を弄《いじ》りながら、反対の手でショーツの上から大切な場所に触れた。

私の敏感な部位をショーツの上から触れた途端、再び身体中に電流が走る。胸と秘部、二か所同時に触れられると、先ほど以上の衝撃だ。身体がびっくりして大きく跳ねるけど、誠司さんはその手を止めようとしない。

「ここ、気持ちいい？　直接触ったら、もっと気持ちよくなるよ」

誠司さんはそう言いながらも、ショーツの上から突起を探り、なかなか直接触れようとしない。

私はあまりの気持ちよさに、頭がぼんやりしてきた。口から漏れる声が、自分のものではないと思いながらも止まらない。

「はぁ……っ、あっ、ああっ…………！」

快感が頭の先から足の先端まで駆け巡り、私の声は言葉にならない。

これ以上こんなふうにされたら、私はいったいどうなってしまうのだろう。

身体を捩《よじ》って誠司さんの手から逃れようにも、誠司さんはそれを許さない。

「ん……、んんっ……‼」

さらに身体を捩《よじ》って仰《の》け反《ぞ》った瞬間、私の背中に痛みが走った。打撲したところに、クッションカバーに縫い付けられているファスナーの持ち手が当たったようだ。

嬌声とは違う声に、誠司さんがようやく手を止める。

「ごめん、意地悪し過ぎた。……背中、痛む？」

痛みでうっすらと涙を浮かべながら頷く私に、誠司さんは両手で私のまなじりを撫でた。そして、こぼれ落ちた涙を唇で掬い取る。

「……ごめん。もうちょっとだけ頑張って」

誠司さんはそう言って私のショーツを脱がせると、自身もハーフパンツとボクサーパンツを同時に脱ぎ捨てた。

私の目に飛び込む誠司さんの下半身の雄の部分は、大きく勃《た》ち上がっている。

「愛美がかわいすぎるから、俺のこれがこんなふうになってるんだぞ」

誠司さんの身体の準備は整ったようだけど、私は背中と左腕を負傷している。この後はどうするつもりだろう。さっき、誠司さんは「今日は少しだけ」と言っていたけれど、これってもしかして、本当に今日しちゃうの？

このまま組み敷かれて、背中の痛みと破瓜《はか》の痛みに耐えられるのか……期待と不安が入り混じる私に、誠司さんがキスをする。私は本能的に口を少し開くと、そこから舌を挿し入れられた。ねっとりとしたキスに、再び私の頭はぼんやりとしていく。

胸の先端に刺激を与えられ、私の身体が敏感に反応する。ソファーから身体が転がり落ちそうになるところを、タイミングよく誠司さんが抱き留めてくれた。

「やっぱりベッドの上のほうが、愛美の身体に負担がかからないか……。寝室に移動する？」

リビングに続く隣の部屋が私の寝室だ。このアパートは全部屋陽当たりが良く、夏場は帰宅すると室内がサウナ状態になる。そのため、部屋全体の空気を入れ替えなければならず、トイレ以外の扉は開けっ放しにしていた。だから、リビングから寝室はまる見え状態だ。

誠司さんは私を軽々と抱き上げ、寝室へと向かう。寝室もリビングほどではないけれど、ほどよく冷えている。

私をベッドの上に横たえると、その側に置いているランプをつけた。こちらの部屋も仄暗く、誠司さんの肉体美が、筋肉の陰影がくっきりと浮かび上がる。

誠司さんは私の身体に跨がり、覆いかぶさった。私に体重をかけないよう、私の左腕に触れないよう両手を私の横について、愛撫をする。誠司さんが私に触れるたび、触れた箇所が熱を帯びる。と同時に私の下半身、手の届かない一番奥の部分が疼《うず》いて仕方ない。これを鎮めるには、きっと……私は誠司さんを見つめた。

誠司さんは私の視線に気付くと、私の両膝に手を掛け、ぐいっと割った。下半身が露わになり、私は恥ずかしさのあまり、両手で塞ごうとするけれど、それを許すはずがない。

「愛美、今日は挿《い》れないけど、本番ではここをたっぷり解《ほぐ》さないと愛美がつらい思いをするんだ。今日は少しだけ、ここを指で解《ほぐ》すけどいい？」

誠司さんの言葉に、私に対する気遣いを感じた。

本当なら、ここまでくれば、きっと最後までしたいだろう。なのに、私の体調を優先してくれる誠司さんの優しさに、心が満たされる。

私は下半身を隠すことをやめ、身体の力を抜いた。

「そう。力を抜いて」

誠司さんは、先ほどショーツの上から触れた箇所を、直に触る。

そこは花びらに覆われていた突起で、その下にある蜜壷からはいつの間にか大量の蜜が溢れ出していた。

「え……やだっ、いつの間に……」

「いつの間に、って、これのこと？」

そう言って誠司さんは、私の蜜を指で掬い上げると私に見えるように指を持ち上げる。

私は初めてのことで動揺してしまい、小刻みに頷くと、誠司さんは優しく教えてくれた。

「これは、愛美が俺の愛撫に感じてくれた証拠だよ。濡れてないと入らないし、何よりも愛美が痛いだけだ。愛美が少しでも痛みを感じないよう、今から愛美のここを解《ほぐ》していくから、恥ずかしいかもしれないけど安心して俺に委ねてほしい」

そう言って、誠司さんは私の蜜で濡れた指を口に含んだ。

「愛美の味」

わざと私に見せつけるように、ゆっくりと一本ずつ丁寧に舐め取る仕草に、私の下半身が反応した。何もされていないのに、私の身体の奥からじわぁっと蜜が溢れ出してくる。

「今のは味見。これからいっぱい堪能させて」

これから何が始まるのかドキドキしていると、誠司さんは私の股間に顔を埋めた。

「えっ⁉　ちょ、ちょっと待っ……、ああっ……！」

私の敏感な部分に誠司さんの舌が触れた途端、それまで以上の感覚が、全身を駆け巡る。

それまで感じていた快感が最大値だと思っていたのに、それ以上の感覚に飲み込まれたら、私はいったいどうなってしまうのだろう。

誠司さんは、舌で私の花びら奥に潜む芽を転がすように舐めながら、蜜壷の中に指を一本挿し入れた。

蜜穴の異物感に、不快な気持ちがないわけではない。でもそれ以上に、誠司さんから与えられる快感のほうが強かった。

「初めてだったらきついのは当たり前だけど、思ってたよりもきついな……。ここが解《ほぐ》れないと、愛美が痛い思いをするんだ……」

私の下半身から顔を起こし、私を見上げるその表情は、私の知っている誠司さんのものではなかった。そんな誠司さんに、私の全身が震えた。

「大丈夫。どんなに乱れても、そんな愛美を知るのは俺だけだ。だから、俺に全部見せて」

誠司さんは私に触れる手を止めようとしない。それどころか、もっと私の知らない場所を探しては、そこを攻めて私の反応を確かめている。

私はというと、誠司さんの指に翻弄されて、まるでまな板の上の鯉みたいに身体をしならせている。両足はがっちりとガードされており、下半身の身動きは取れない。

誠司さんは指で蜜穴をかき混ぜながら、舌で突起を舐めたかと思えば、溢れ出す蜜をすすり始めた。

「え？　やだ……、汚いからやめて」

こんなことをされて、私は恥ずかしさで泣きそうになっているのに、誠司さんはそんなのお構いなしだった。

「愛美の蜜が、溢れ出してシーツを濡らす前に、舐め取らなきゃな」

そう言って、お尻の近くにまで垂れている私の蜜を、綺麗に舐め取っていく。舌先の温かくて柔らかい感覚に、私は戦慄いている。

「舐められるの、気持ちいい？　……ここ、少し解《ほぐ》れたから、指を増やしてみる」

そう言って、蜜穴に指を追加した。

指を一本から二本に増やされ、再び違和感を覚えたけれど、それ以上の快感を再び与えられ、私は我を忘れて声を上げる。

「やっ……、あっ、ああっ……!!　っはぁ……!!」

室内には、私の蜜をかき混ぜる水音と、蜜をすすり上げる音が響き渡る。

どのくらい時間が経っただろう。指が二本から三本に増やされ、何も考えられないくらいトロトロに溶かされ、私の喘ぐ声も掠れてきた頃に、誠司さんがようやく顔を上げた。

「愛美、気持ちいい？」

誠司さんの声に返事をしたいのに、私の口からは喘ぎ声しか出てこない。

そんな私の様子を見ながら、誠司さんはさらに刺激を加えた。

舌使いがさらに激しくなって、私の腰が無意識に反応する。

「ああ……っ！　あん、んん……、くぅ……、ああ！」

下半身を愛でる誠司さんの熱が、私の全身を駆け巡る。

次第に目の前が白くなっていった。自分が高みに上り詰めていくような感覚に包まれた。

「あ、ああ……、せい、じ、さ……!!」

私の目の前が真っ白になり、全身が何度か痙攣する。

誠司さんはそれを見届けると、チュッと花びら奥の芽にキスをして、そっと私の蜜壺から指を引き抜いた。

「愛美、かわいい」

誠司さんはそう言って、私の唇にキスをした。

初めての絶頂の感覚に、私は心地よい全身の疲労で身体が動かない。

絶頂を迎えた後は、全力疾走した後の虚脱感に似た感覚が全身を襲う。すぐに身動きが取れない私とは正反対に、誠司さんはベッドから起き上がり寝室を後にした。

どこに行くの？　と聞きたいけれど、喉が枯れて声が出ない。起き上がるのも億劫で、ベッドに横たわったままでいると、手に濡れたタオルとグラスに注いだお茶を持って寝室に戻って来た。

「汗で気持ち悪いだろう。それと、喉も乾くよな」

痒《かゆ》いところに手が届くとはこういうことだ。

お茶をこぼさないよう先にグラスを受け取ると、それを一気に飲み干した。でもこれだけでは全然足りない。お代わりが欲しいと掠れた声で訴えると、すぐに持って来てくれた。お茶を飲み終えると、誠司さんは私の手からグラスを受け取った。反対の手に握られたタオルはそのままで、渡される気配はない。

「俺が拭いてあげるよ」

その言葉に、私は足元に蹴飛ばされたタオルケットを手繰り寄せる。

「そんな、さすがに恥ずかしいです……」

そう言って顔を隠す私に、誠司さんは「わかった」と言ってようやくタオルを手渡して、空のグラスを手に寝室を後にした。

誠司さんの心遣いに感謝しながら、私は胸元と下半身を入念にタオルで拭いた。

しばらくして、再び誠司さんが寝室に顔を出した。その手には、リビングで脱がされた服と下着が握られている。誠司さんは、すでに服を着用していた。

「動けそうか？　服着たら、一緒に映画の続きを観よう」

私が服を着終えるまで、誠司さんはベッドの隅に腰を下ろして待っていてくれた。そして服を着て立ち上がろうとする私を誠司さんは有無を言わせず抱き上げ、リビングへと連れて行った。

「ごめんな、無理させて。隣にも俺たちが仲良くしてたのは伝わってると思うから、後は顔を合わせた時にガツンと言えば問題ないだろう」

ソファーに腰を下ろし、タブレットを手に持ちながら、誠司さんがサラッと爆弾を投下した。

「……っ!?」

絶句して口をパクパクさせる私に、誠司さんはイタズラが成功した子どもみたいな表情を見せる。

「ここ、壁が薄いんだろう？　多分隣に一部始終聞こえてるよ」

その言葉に、私の顔は一気に熱くなり、背中に敷いていたクッションを手に取ると、思わず誠司さん目掛けて投げつけた。誠司さんはそれをキャッチすると、私の背中に戻し、私の肩を抱く。

「って、冗談だよ。でも、この部屋に愛美以外の人間がいるってのは、多分わかってるんじゃないかな。……さ、続きを観よう」

誠司さんの言葉に従い、私は一緒にタブレットを覗き込む。その時、ちょうど洗濯終了を知らせるアラームが洗面所から鳴った。

「ここに干すのでいい？　俺が取ってくるから、愛美は座ったままでいて」

私が反応するよりも先に誠司さんが立ち上がり、洗面所へと向かう。

そして少しして、洗濯籠の中に洗濯物を入れた誠司さんが戻ってきた。

「じゃあ、これを干して終わったら、愛美の髪の毛を先に乾かして続きを観よう」

私たちは揃って洗濯物を干した。

洗濯物を干し終えると、発言通りに誠司さんがドライヤーで私の髪の毛を乾かしたり背中に湿布を貼ってくれたりと、甲斐甲斐しく動いてくれる。腕の火傷は、いつの間にか痛みが引いていた。と言っても、翌日水ぶくれができてしまったら元も子もないので、薄手の長袖シャツを羽織り、念のためその上から氷枕を当てた。

映画を観終えたのは、二十二時半を回った頃だ。

就寝には少し早い時間だけど、今日は色々あったせいで身体が疲れているのか、さっきからあくびが止まらない。

「愛美、眠くなった？　痛み止め、飲んどく？」

私は素直に頷き、鎮痛剤を服用した。

「眠くなったらいつでも寝ていいよ、俺がベッドまで運ぶから」

誠司さんのその言葉で思い出した。

今日は誠司さんにどこで寝てもらったらいいだろう。

来客用の布団もないし、かといってベッドはシングルサイズだからめちゃくちゃ狭い。

「でも……」

私の言いたいことを理解したのか、誠司さんは私の頭の上にポンと手を乗せた。

「俺は雑魚寝でいいよ。今の時期なら風邪を引くこともないし、多分今日は嬉しすぎて眠れそうにないから」

そんなことを言われると私が気にしてしまうのだと、表情で訴えても効果はない。かといって、この状況はどうしようもないので、次回どうするかを考えなければ。

そんなことを考えながら一緒に動画を観ているうちに、私は案の定寝落ちをしてしまい、翌朝自分のベッドの上で目覚めた。

時刻は午前五時五十分。低血圧で朝が苦手な私にとって、目覚ましのアラームが鳴る前に目覚めるのは珍しいことだ。

鎮痛剤のおかげで夜中に目覚めることもなく、腕の火傷も初動の処置が的確だったおかげで水ぶくれにならず済んだ。ただし、下半身は筋肉痛で悲鳴をあげている。

昨夜の余韻に浸りたかったけれど、起き上がろうとすると背中に痛みが走り、現実に引き戻された。

打撲痛は湿布のおかげで幾分和らいでいると思うけど、身体を動かすのが億劫だ。でも、誠司さんは今日仕事だと言っていたので、朝食の準備をしなければ。

やっとの思いでベッドから起き上がり、着替えを済ませてリビングへ向かうと、誠司さんはソファーの上で眠っていた。当然のことながら、誠司さんの足はソファーからはみ出している。

私は顔を洗ってから朝食の支度に取り掛かった。

冷蔵庫の中には、買い置きの卵とベーコン、サラダ用の野菜がある。冷凍庫の中にも、作り置きのおかずが数品ある。私はお米を研ぎ、炊飯器にセットすると早炊きモードを選択し、ボタンを押した。

冷凍庫の中からひじきの煮物と焼き魚を取り出すと、電子レンジで解凍し、改めて火を通す。ベーコンエッグを焼きながら器の準備をしていると、どうやら物音と匂いで誠司さんが目覚めたようだ。

「おはよう……、今、何時？」

寝起きで声が掠れている。短い髪の毛も、寝癖が少しついている。無防備な姿にキュンとしたけれど、誠司さんは今日これから仕事なのだ。一分一秒を無駄にできない。

「おはようございます。今は六時二十分を回ったところです。シャワー使いますか？」

私の問いに、誠司さんは頷く。寝起きでまだ頭が働かないのか、ぼんやりとしている。私は、テレビのリモコンを手に取りボタンを押した。たまたまついた情報番組では、リポーターがロケ先で食レポをしているところだった。画面の左上に、現在時間が表示されている。

「誠司さんは何時頃出勤されますか？　今、朝ごはん作ってるので、よかったら召し上がってください」

誠司さんに朝の支度を促し、その間に私は朝食の準備を進めた。

器におかずを盛り付けテーブルの上に並べると、リビングへと移動する。昨夜干していた洗濯物に触れると、エアコンの風が当たっていたおかげでよく乾いている。

洗濯物を畳んで片付けが終わると、少しして炊飯終了を知らせるアラームが鳴った。

キッチンに戻ろうと立ち上がったタイミングで、誠司さんが洗面所から戻ってきた。シャワーを浴びて目が覚めたようで、すっきりとした表情だ。

「じゃあ、朝食にしましょう」

私たちは並んで朝食を口にした。

食事が終わると、誠司さんが食器を洗ってくれると言うので、お願いすることにした。その間私は、冷蔵庫の中の食材で日持ちしないものは実家に持ち帰ろうと、保冷バッグを取り出しそれに詰める。あ、洗ってない下着もまとめなきゃ。

テレビを見ると、時間はいつの間にか七時を回っていた。

「愛美は何時頃、実家に帰る？」

冷蔵庫のお茶をグラスに注ぎながら誠司さんが私に問いかける。

あ、お茶も飲み干して容器を洗っておかなきゃ。

「まだ時間は決めてないんですけど……」

あまり早い時間に帰っても母を驚かせるだけだし、どうしようかと思案していると……

「俺は始業時間が八時半だから、それに間に合えば、実家に連れて行くよ。数日実家で養生して、またここに戻る時に迎えに行くし」

思いもよらぬ提案に驚いていると、当然だとばかりに言葉を続ける。

「運転だって、背中に負担がかかるだろう？　今週いっぱい実家で過ごすなら、日曜日に迎えに行くよ」

とてもありがたい提案だった。でも、今からの通勤時間帯は交通渋滞が起こるため、きっと八時半の始業時間までに消防署に辿り着けないだろう。

実家の地区名を口にして事情を説明すると、誠司さんも納得したようだ。

「じゃあ、送ってやれないけど安全運転で帰ること。勤務中はスマホ触れないから、スマホ見るのが明日の八時半以降になるけど、帰宅したらメッセージ入れること。いいな？」

「わかりました」

「じゃあ、出勤するまでゆっくりするか」

誠司さんの言葉に私は素直に頷いた。

誠司さんが出勤するまでに、私も色々と準備をした。

燃えるごみの回収日が昨日だったので、量は少ないけれど実家に持ち帰らなければならない。臭いが出ないよう、ビニール袋を二重にして封をし、忘れないよう玄関に置く。他にも着替えや洗濯物も持ち帰らないと。私は洗面所に行って下着を包んだ衣類を袋に入れると、それを持って寝室へと向かった。旅行用の大きめなバッグを引っ張り出し、それに色々と詰め込んで、実家へ帰る準備は完了する。

改めて戸締りなどを点検していると、誠司さんがテレビ台の上に置いていた四角い型のコンセントタップを見つめている。

これは最近、日浦くんから「あげる」と言われて受け取ったものだ。量販店で購入したらしく、封も切られずそのままの状態で渡された。値の張るものではなさそうだしと受け取ったものの、捨てるに捨てられず目につくところに置いていた。

「愛美、準備はできた？　って、あれ、使ってないのか？」

テレビ横のコンセントは、電源タップが複数付いている延長コードを使っている。スマホやタブレットの充電も、これを使っているので、もらったコンセントタップの使い道がない。

「はい。最近、例のお隣さんからもらったんですけど、ご覧の通りこれを使ってるから、全然使ってなくて。そのうち使い道もできるかと思ってそのままにしてたんですよ」

日浦くんの名前を出した途端、誠司さんの表情が険しくなる。

「ふーん……。他にも何かもらったりしてるのか？」

「いえ、これだけです。どこにでもあるものだし、高価なものではないから受け取ったんですけど、今のところ使い道がなくて」

「そうか……。これ、少しの間借りてもいい？」

そう言って誠司さんはそれを手に取ると、パッケージを引っくり返して色々とチェックしている。

私は使うことないし、せっかくなら誠司さんに使ってもらおう。

「いいですよ。私、多分使わないと思うし、よかったら差し上げますよ」

「ん、ありがとう」

誠司さんはそう言うと、自身のリュックの中にそれを放り込んだ。

戸締りも終わり、することもなくなった私たちは、二人並んでテレビを眺めている。

「こんなこと聞くのも今さらなんだけど……、その……身体、大丈夫か？」

唐突の発言に、昨日の恥ずかしいあれこれを思い出し、私の顔は一気に熱くなる。

何と答えるのが正解かわからない。けれど、上手く言葉にできない私は、無言で小刻みに頷くことで早く話題を変えてほしいと切に願った。

「昨日の続きは、愛美の怪我が治ってからな。昨夜の愛美、かわいかった。俺、今日はいつも以上に仕事を頑張れそうだ」

話題が変わるどころか、誠司さんと私を包む空気がピンク色に染まっていくようだ。

私は恥ずかしさのあまり、俯いている。そんな私を見て、誠司さんはクスっと笑った。

「愛美、顔を上げて」

そう言って私の両頬に手を添えると、誠司さんがキスをする。濃厚なキスは、昨日の行為を思い出させる。段々と頭がぼんやりとしてきたその時、誠司さんはキスを止めた。

そして、ボソッと呟いた。

「……仕事、行きたくねぇな」

その言葉で、私は我に返った。

そうだ、誠司さんはこれから仕事なのだ。私とこんなことしてる場合じゃない。

「いやいや、ちゃんとお仕事は行かなきゃダメですよ」

「わかってるよ、言ってみただけ」

お互いに視線が合うと、どちらからともなく笑い出した。

そしていつの間にか、テレビ画面の時計は八時を回っていた。

「そろそろ行くとするか……」

誠司さんの声に、私も頷く。

「そうですね、私も一緒に出ます」

「車まで、荷物持つよ」

そう言って、誠司さんは自身のリュックを背負うと私の荷物を持つ。時間が迫っているので、私は余計なことを言わず素直に甘えることにした。

部屋を出る際、誠司さんはポケットから何かを取り出すと、日浦くんの部屋の電気メーターの上に置いた。それはメーターと似たような色で、そんなに大きくないせいか、全然目立たない。

何を置いたのか気になるところだけど、話し声を聞いて日浦くんが出てきたらと思うと何だか気まずくて、黙ったままでいた。

荷物を持って部屋を出てドアを施錠していると、案の定タイミングを見計らったかのように、日浦くんが部屋から出てきた。

「西川……その人……」

誠司さんの姿を見た日浦くんは、茫然としている。

「日浦くん、おはよう。紹介するね、こちらは……」

「はじめまして、愛美の同級生だそうですね。俺、愛美の恋人です。これからちょくちょく出入りしますので、よろしくお願いします」

私の言葉を遮って、誠司さんが口を開くと、今から仕事だからと断りを入れて部屋を後にする。

私もその後について行く。背後に日浦くんの視線を感じたけれど、私たちは振り返らなかった。

駐車場に到着した時、誠司さんが口を開いた。

「あいつ、何かヤバそうだな……。愛美、実家にいる間は安心だと思うけど、気を付けろよ」

「はい……」

「よし。じゃあ、そろそろ行こうか」

私たちはそれぞれの車に乗り込むと、車を発進させた。

私は交通渋滞に巻き込まれながら、ゆっくりと安全運転で実家へと向かった。


実家に戻ると、在宅していた母に昨日幼稚園で起こった出来事を説明した。ただでさえこんな時間に実家へ戻ってきた私に驚いた母は、怪我は大丈夫なのか、痕は残らないか、色々と質問攻めにあった。火傷は幸い痛みも引いており、見た目もそこまで目立たない。けれど打撲はしばらく治らないので、日曜日まで実家で過ごすことを伝えた。

そして持ち帰った洗濯物を洗濯機に入れ、食材を冷蔵庫の中に入れると、早速母が洗濯を始めた。

一人暮らしを始めて、母のありがたみが本当に身に沁みる。

背中に負担がかからないようにとクッションを用意してくれたり、いつもなら色々と用事を言いつけたりされるけど、今回に限ってはそのようなことは一切ない。

まるで小さい頃に戻ったように、全てを母に任せっきりだ。

私は無事に実家に到着したことを知らせるために、バッグの中からスマホを取り出した。

誠司さんに、なんてメッセージを送ろう……

色々考えたものの、結局はシンプルな文面になった。

『お仕事お疲れさまです。無事に実家に到着しました。日曜日まで実家で過ごすこと、母に伝えました。お仕事頑張ってください』

メッセージの後にスタンプを押して、スマホの画面を閉じる。

バッグの中にスマホを片付けると、洗濯機を回して戻ってきた母が私に声を掛けた。

「愛美、お昼ごはんはどうする？　暑いしおそうめんでいい？」

「うん。何でもいいよ、任せる」

「『何でもいい』が一番困るのよね」

「あはは、ごめんって」

私たちは、久しぶりにのんびりとテレビを観ながらお茶を飲んだ。

第五章　事件

何だかんだ言って、やっぱり実家は落ち着ける。打撲を言い訳に、私は今回上げ膳据え膳だ。

母は家事の手が空くと、急遽帰って来た私の分の食材が足りないからと買い物に出掛けた。

母が出掛けたので、私は一人。自分の部屋に戻ると、久しぶりに高校時代の卒業アルバムを手に取った。

高校を卒業して九年。同窓会をやろうという声が挙がらないので、特定の同級生と顔を合わせる機会はほとんどない。日浦くんが隣に引っ越してきたことはイレギュラーだ。

パラパラとページをめくる。小春も私も大人になって化粧を覚え、この頃と顔が多少なりとも変わっている。きっとみんなも顔が変わって、街中で会ったとしても気付かない子がいるんだろうな……

園児たちもそうだ。私は二十歳で幼稚園教諭になり、六年間、園児たちの卒園を見てきた。初年度に卒園した子たちは、今年中学一年生。街中で声を掛けられたとしても、成長とともに顔が変わって、すぐにわからない子もいるだろう。

急にノスタルジックな気持ちになったのは、怪我で仕事を休まざるを得ない状況になり、普段働いている時間にこうして暇を持て余しているせいだ。

私はアルバムを閉じ、ベッドの上に横たわって目を閉じると眠っていたようで、いつの間にかお昼をとっくに回っていた。

誠司さんとは一日置きにメッセージのやり取りをしている。

実家に戻った翌日、誠司さんからメッセージを受信した。

内容は身体を気遣うもので、日曜日、アパートへ戻ったら一緒に食事をしようと書かれてあった。

先日のように、アパートで一緒に料理をするのも悪くない。私は承諾の返事をして、その後は普通の恋人同士がするような、たわいないやり取りをした。

他にすることもなく、ダラダラと過ごしていると、あっという間に土曜日になっていた。

実家で安静にしていたことが功を奏したのか、はたまた鎮痛剤のおかげか、打撲痛はかなり和らいだ。

明日はアパートに戻るので荷物をまとめていると、スマホが鳴った。音からしてメッセージを受信したようだ。時間はまだ十五時を少し回ったくらいだ。いったい誰だろう……？

バッグの中に着替えを詰め終えてスマホを手に取ると、どうやら送信主は誠司さんのようだ。

ロックを解除して画面を開くと……

「……っ！　何これ……」

アパートの、私の部屋の前に、大量のごみが散乱している画像だった。

既読が付いたのを確認した誠司さんから、すぐにメッセージが届く。

『今、通話大丈夫か？』

私は返信する余裕もなく、通話ボタンを押していた。

「もしもし」

『愛美、画像、驚かせてごめん。この前預かったコンセントタップのことで気になることがあって、日浦の部屋を訪ねようとアパートに行ったんだ。そうしたら愛美の部屋の前があんなことになってたから、知らせようと思って画像を送ったんだけど……』

画像の衝撃で、私は上手く言葉が出てこない。

『これはさすがに悪質だから、警察に連絡しようと思うんだけど、部屋の主じゃない俺が通報しても取り合ってもらえないかもしれないから、今から愛美、こっちに来られるか？　動揺して運転が心配なら、俺が迎えに行く』

今はショックで運転なんてできそうにない。けれど、実家に車を置いて帰ると後々不便だ。

そのことを正直に伝えると、誠司さんが迎えに来てくれることになった。

到着まで二十分くらいかかるので、通話を終えると両親に画像を見せて事情を説明し、警察に通報することを報告した。

両親は、警察の事情聴取があるだろうから一緒に行こうかと言ってくれたけど、画像を送ってくれた人が一緒にいるからと断った。

誠司さんがここへ迎えに来ることから、両親と顔を合わせることになる。まだお付き合いを始めたことを話していなかったから、誠司さんの顔を見たら、きっと色々聞かれそうだ……

自宅の場所は住所を教えたので、カーナビを見てやってくるとのことだけど、いろんな意味で落ち着かない。

荷物をまとめて、玄関で誠司さんの到着を待っていると、思ったよりも早く到着したようだ。

駐車場が狭く、両親と私の車が場所を取っているため、誠司さんは車を路肩に寄せて停車した。

そして玄関にやってくる。

「愛美！」

数日振りに見る誠司さんは、彼氏フィルターがかかって、いつもより数倍素敵に見える。

私の背後から両親が姿を見せたので、誠司さんは二人に頭を下げた。

「はじめまして、愛美さんとお付き合いをさせていただいている大塚と申します」

誠司さんの挨拶に、両親も挨拶を返す。

「はじめまして、愛美の父です。上がってもらってゆっくり話をしたいところだけど、さっきの……」

父が言いたいことを汲んだ誠司さんが、頷いた。

「愛美さんから聞かれましたか。詳細は……改めてご報告させてください。とりあえず、アパートは中井に見張らせてるから、何かあれば連絡が入ることになってる」

誠司さんの配慮に、両親が頷きながら言葉を掛ける。

「大塚くん……でしたか。君に任せますので、愛美のこと、お願いします」

父と母が、一緒に頭を下げた。

「この件は、必ずご報告に上がります。……愛美、行こう」

誠司さんが両親に返事をすると、私を車に乗るよう促す。私は荷物を持って誠司さんの車の助手席に座ると、誠司さんは車を走らせた。サイドミラー越しに、両親が私たちを見送るのが見える。車が角を曲がって家から見えなくなるまで、両親はその場を離れなかった。

車が幹線道路に出たタイミングで、誠司さんが口を開いた。

「この前、愛美からコンセントタップを預かっただろう？」

「はい、それが何か……？」

車のカーステレオからは、ちょうど今流行っているドラマの主題歌が流れている。マイナーコードの、ちょっと切ない曲調だ。

誠司さんは深呼吸を一つついて、言いにくそうに言葉を続けた。

「あれ、実は盗聴器だったんだ……」

盗聴器……？

思いもよらない単語に、私は目を何度か瞬かせる。そして、ようやく言葉の意味を理解した私は、両手で自分の腕を抱きかかえた。

何で……？

恐ろしさのあまり、震えが止まらない。

「玄関の嫌がらせも、恐らく日浦の仕業だろう。事情聴取は俺も立ち会うから、警察に通報しよう」

誠司さんの言葉に、私は頷くだけで言葉を発することができなかった。

信号で車が停車するたび、誠司さんは左手で私の手に触れて、『大丈夫だから』と伝えてくれる。けれど、私の震えは一向に止まらない。アパートが近付くにつれ、恐怖で自然と涙が溢れてきた。

アパートの駐車場に到着すると、アパートの階段近くに中井さんの姿が見えた。

車から降りると、誠司さんは私の右手を握り、中井さんの元へと向かう。私はまだ震えが止まらない。

「中井、悪いな」

「いいってことよ。それよりも愛美ちゃん、災難だったな……。誠司、警察に連絡してもいいか？」

「ああ、頼む。愛美の部屋の隣人、動きはないんだろう？」

「今のところはな。でも多分、部屋からこっちの様子を窺ってるんじゃないか？」

中井さんはそう言いながらスマホを取り出すと、警察に電話を架ける。誠司さんは私の手を握ったままだ。

通話が終わり、そんなに時間が経たないうちに、パトカーがアパートに到着した。サイレンを鳴らすことなく到着したので、ちょっとだけ安心した。下手にサイレンを鳴らしていたら、何か事件でも起こったのかと騒ぎになる。

私の駐車スペースにパトカーを停めてもらい、みんなで一緒にアパートの外階段を上がって行くと……

さっき誠司さんから送られてきたように、私の部屋の入口に、ゴミが散乱していた。

「え……、待って……。これ、ずっと前に私がごみの日に捨てたやつだ……！」

送られてきた画像に見覚えのあるものが写っていた。

まさかと思って直視していなかったけれど、そこには幼稚園で園児たちと一緒に工作するため、自宅で試作していた作品や購入した服に付いていたタグ、使用済みの生理用ナプキンなどが散乱していた。

あまりの気持ち悪さに吐きそうになったけれど、私はかろうじてそれを堪《こら》えた。

それに気付いた誠司さんが私の肩を抱いて、大丈夫だからと励ましてくれる。

警察官が、デジカメで現場を写真撮影し、撮影が終わるとそれらを指紋がつかないよう手袋を着用して回収した。

それらを警察署に持ち帰り、犯人特定のため、鑑識に回すという。そして私たちも今回のことで事情聴取を受けることになった。

その話が終わったと同時に、誠司さんが動いた。何をするのかと思ったら、日浦くんの部屋の電気メーターの上に置かれていたものを手に取る。

そういえば、一緒にアパートを出たあの日、あそこに何かを置いていたことを思い出した。

事情聴取のために警察署へ向かう前に、私は部屋に荷物を置きたくて、警察官に断りを入れるとポケットから部屋の鍵とハンカチを取り出す。

気持ち悪さのあまり、吐きそうになる衝動を堪《こら》えるため、私はハンカチを口に当てがった。

玄関の鍵を開け、部屋のドアを開けたその時、部屋の違和感にすぐ気付いた。背後にいた誠司さんも、その異変に気付く。

「お巡りさん！　すぐ来て！」

ショックで言葉が出ない私の代わりに、誠司さんが警察官を呼んでくれた。

部屋の中が、荒らされていたのだ。

生ごみは実家に持ち帰っていたから被害はなかったけれど、部屋のごみ箱が引っくり返され、ごみが散乱している。

リビングに畳んで置いていた衣類も、ぐしゃぐしゃの状態で床に落ちている。

被害はリビングだけではなく、寝室のごみ箱もひっくり返されていた。

先ほどの警察官が部屋に入り、下手に触らないようにと私たちを制した。

ただし、私はこの部屋の住人なので、後で指紋を採取することを条件に、部屋の物を触ることを許可された。

私は盗まれたものがないか、もう一人の警察官立ち会いのもと、貴重品や下着などを入れていた場所を確認する。

通帳や印鑑を入れていた引き出しは鍵をかけており、普段から鍵を持ち歩いていたので被害はなかったけれど、下着を入れていたクローゼットの中の収納は、物色された形跡があった。

何でこんなことに……？　どうして？

私は恐怖で涙が止まらない。通報で警察官が来てくれて、ようやく治まった震えが再び私を襲う。

誠司さんは、泣きじゃくる私を抱きしめてくれるけど、涙は止まらない。

「すみません、本当は警察署へ出向いた時にお話ししようと思っていたんですが、ここで話をしていいですか？」

誠司さんはそう言うと、これは日浦くんの犯行ではないかと話を始めた。

私が以前、誠司さんに話をしたことを伝え、先日この部屋から持ち帰ったコンセントタップが実は盗聴器だったこと、たまたま使っていなかったから部屋を盗聴されていなかったけど、直接本人が私にそれを手渡したことなど話した。

そして極めつけに、先ほどまで日浦くんの部屋の電気メーター上に置かれていたあるものを取り出した。

「これは彼女の部屋に泊まった翌日に仕掛けておいた防犯カメラです。彼女、職場で怪我をして実家で療養するために数日部屋を空けることにしていたので、もしもの時のためにこっそり出入り口が映る角度で仕掛けていたんです。これに多分、犯人が映っているはずです」

そう言って、防犯カメラの録画データをスマホで再生させた。

そういえば、買い物帰りに電器屋さんに寄りたいと言って、何かを買っていた。私は怪我をしていて歩き回るのに疲れていたから車の中にいて、誠司さんが何を買ったか聞いてなかったけど、まさかそんなものを買っていたとは……

誠司さんが購入した防犯カメラは、動体検知機能が付いており、静止画の状態の時は作動しない。加えて優秀なのが、ＳＤカードにデータが記録されるので、後でこうして見直すことができる。

誠司さんがそれをこの場でチェックして、日浦くんが私の部屋の前でピッキングをしている画像、それで部屋の中に入っていくところや部屋から出てきた場面、部屋の前にごみをばら撒く瞬間がばっちりと収められていた。

「これ、証拠として提出しますので、こいつを逮捕してください。立派な犯罪の証拠ですから」

警察官はこの画像を住居侵入の動かぬ証拠として預かり、まずは部屋の前を荒らしていることについて任意同行を試みると、この場で約束してくれた。

「西川さん、恐い思いをされている時に申し訳ないですが、画像の男の顔をもう一度だけ確認してください。……犯人は隣の部屋の住人、日浦という男で間違いないですか？」

そう言って、再び玄関前の画像を見せられた。

そこには日浦くんの顔がはっきりと映っている。

「はい……間違いありません。……日浦和真《かずま》、私の高校時代の同級生です」

「わかりました。では、今から彼に任意同行を……」

その時だった。

部屋の外で、言い争う声が聞こえた。

みんなが慌てて玄関へ向かうと、中井さんが日浦くんの腕を掴み、日浦くんがそれを振り払おうとしているところだった。

「中井！　絶対に逃すな！」

「おうっ！　任せとけ！」

中井さんはそう言うと、日浦くんの腕を引き寄せ、反対の手で胸ぐらを掴み、柔道の技を掛けた。

私は柔道に詳しくないので、技の名前まではわからない。けれど、日浦くんの身体が一瞬宙に舞うと、中井さんがその上へ覆い被さるようにして日浦くんの身体を押さえつけた。

「柔道黒帯を舐めるなよ」

中井さんはそう言って日浦くんに圧を掛けると、日浦くんは観念したのか身体から力が抜けて、ダラリと横たわった。

「日浦和真さんですね？　西川愛美さんの部屋の前にごみをばら撒いた迷惑行為と不法侵入の疑いで、事情聴取を行います。署までご同行願います」

この場にいる警察官の中で、一番年配に見える人がそう言うと、日浦くんは力なく頷いた。

抵抗することを諦めた日浦くんは、中井さんが拘束を解《と》くと警察官に腕を取られ、パトカーへと連行される。その姿を誠司さんと中井さんが見送っている。私は日浦くんを視界に入れるのが怖くて、誠司さんの背後に隠れたままだった。

誠司さんの前を通り過ぎる際、日浦くんが私に向かって謝罪の言葉を告げたけど、そんなもの、素直に受け入れられるはずがない。

私たちも事情聴取のため、警察署に行かなければならないけれど、日浦くんと顔を合わすことになったらと思うと、恐くて動くことができないでいる。

「事情聴取ですが、俺も同席して構いませんか？　彼女、こんな状態なので、とてもじゃないけど一人にさせられないです」

誠司さんの申し出に、事情を汲んでくれた警察官が頷いた。

「わかりました。警察署内で被疑者と接触することは絶対にありませんので、ご安心ください。ただ……、今から鑑識を呼んで現場検証を行いますので、それが終わるまでは、この部屋の現状を維持しなければならないので……」

現場検証に立ち会うことも可能だけど、終わるまでは自分の部屋なのに、自由にものを触れないとのことだった。

自分が不在の間に、他人が自分の部屋にいることについて抵抗感は拭《ぬぐ》えない。けれど、これらのこと全てを一刻も早く終わらせたいので、素直に頷くしかない。

「わかりました……。じゃあ、鍵を預けますので、終わりましたらこの番号に連絡ください」

私はそう言って、キーホルダーからアパートの鍵を外し、スマホの番号を伝えた。

私たちは警察官に後のことを任せると、誠司さんの車で警察署へと向かう。警察署の受付で、空き巣と迷惑行為の件で事情聴取を受けに来たと言えばわかるようにしておくと言われたので、言われた通りにした。

私たちは取調室に通され、その時に日浦くんが先ほど緊急逮捕されたと聞かされた。

私たちより先に警察署に到着した日浦くんは、任意での事情聴取の際、犯行を全面的に否認したという。その際に誠司さんが警察に提出した監視カメラの画像を本人に見せ、これ以上言い逃れができないと観念したのか犯行を認め、住居侵入や部屋の前にごみをばら撒く迷惑行為、加えて私へのストーカー行為も供述したそうだ。

日浦くんは、これから警察で取り調べを受けるとのことで、それは四十八時間以内に終了するとのことだった。その後、日浦くんの身柄は警察から検察へと移され、そこで二十四時間以内に検察官からの取り調べが行われるという。

警察の話によると、通常は二十四時間以内に検察官の調査が終わることはないけれど、今回は日浦くんの行動範囲がアパート内にほぼ限定されているので、勾留されずに終わるのではないかとのことだった。

私たちの事情聴取が終わり、警察署を出た私はスマホを取り出した。まだ現場検証が終わっていないのか、着信はない。

「どうする？　連絡があるまでどこかで時間潰す？」

誠司さんが私に問いかけたその瞬間、タイミングよく私のお腹がキュルキュルと音を立てた。日浦くんが逮捕されて、張り詰めていた緊張の糸が緩み、気が抜けたせいだろう。

「よし、じゃあ、何か食べに行こう！」

誠司さんはそう言うと、私を車の助手席に乗せ、警察署を後にした。

車が向かった先は、海鮮が美味しいと評判のお店で、店内には大きな生け簀《す》がある。注文が入ると、生け簀《す》の中にいる魚を捌《さば》いてくれるのだ。

店内には観賞用の水槽もある。料理には使えないサイズの小さい魚はそちらに入れられていて、日頃見ることのない魚の生態が鑑賞できるのだ。

お店にいる子どもたちは、飽きることなく水槽の前で釘付けになっている。

私たちはテーブル席に通されると、誠司さんが今日のおすすめに書かれているアジのフライや鮎の塩焼き、鯛の刺身などを注文してくれ、一緒に旬の魚を堪能した。

ひと通り食べ終えたところで、ようやくスマホに着信が入った。見覚えのない番号だけど、多分警察官からだろう。

私は誠司さんに断りを入れ、通話ボタンを押した。

発信元はやはり警察からで、現場検証が終わったことを伝えられた。部屋の鍵は警察署で保管しているので、取りに来てほしいとのことだった。

通話を終えると、誠司さんに会話の内容を伝え、食後に警察署へ鍵を取りに行くこととなった。

現場検証と鑑識が終わったとはいえ、多分家の中は色々と物色されているだろう。それに日浦くんが現在警察に拘束されているとはいえ、勝手に部屋の中に侵入していた事実を思い出すと、気持ち悪くて仕方ない。

「あの……、警察で鍵を返してもらったら、今日はもう、そのまま実家に送ってもらってもいいですか？」

「ああ、もちろんそのつもりだったよ。……俺も、まさかこんなことになるとは思ってもみなかった。それに今日は色々なことが起こって愛美も疲れてるだろう。実家でゆっくり休むといい。明日、部屋の掃除や後片付け、手伝うよ」

誠司さんから、私の部屋に他人が入った痕跡をなくすことを手伝ってくれるとの申し出に、ありがたいやら申し訳ないやら情けないやらで、いろんな感情が込み上げてきた。

「ありがとうございます……」

「今あの部屋で、一人で過ごさせたくない。きっと俺だけでなく、ご両親もそう思ってるはずだ。

愛美を家へ送る時に、今日のこと、ご両親に説明しても大丈夫か？」

「はい……。お願いします」

「よし。じゃあ、これを食べ終わったら、鍵を取りに行こう」

私たちは、黙々と皿の上に残ったものを食べ進めた。

食事が終わり、会計を済ませて車に戻ると、ようやく夜の帳《とばり》が下りて辺りはすっかり暗くなっている。

警察署に立ち寄り、部屋の鍵を受け取ると、実家へ今から帰ることと誠司さんが今日これまでのことを説明に行くと連絡を入れた。遅い時間にもかかわらず、両親もそれを承諾してくれた。

私たちは一緒に実家へと向かう。その道中、お互い終始無言だった。

実家に到着すると、早速私たちはリビングへ通される。食事を済ませてきたことを通話中に伝えているので、テーブルの上には冷えた麦茶が出された。

両親は、今回のことをどう切り出したらいいか思案しているようだったので、私が口火を切った。

「お父さん、お母さん、心配をかけてごめんなさい。私もまだ動揺していて、うまく説明ができそうにないから、せい……大塚さんに説明してもらおうと思うけど、いいかな？」

私の言葉に両親が頷いた。それを見た誠司さんが、私の後を継いで両親に一から説明を始めた。

私の高校時代にも触れ、日浦くんが顔見知りだったこと、知らないうちに粘着されていたこと、夏祭りで私が怪我をしたあの日、誠司さんがわざとアパートに泊まって日浦くんを刺激したことが事件に発展したと考えられること……

両親は驚きながらも黙って誠司さんの話を最後まで聞いてくれた。

誠司さんが話を終えると、母が何かを思い出したのか、急に席を立つとリビングから出て行った。そして再び戻ってきたけれど、その手には何通かの封筒が握られていた。

「これ……、愛美、覚えてる？」

それは市販品のどこにでもある茶封筒だった。何の変哲もないそれを「覚えてる？」と聞かれても、特に何かあった記憶はなかった。

首を傾げる私に、母が、開封済みの封筒を差し出した。

私はそれを受け取ると、封筒の中身を取り出した。そこにはパソコンで入力してプリンターで出力された一通の紙と、もう一枚、別の紙が入っている。

それを見て、忘れていた過去の記憶が蘇り、一気に鳥肌が立った。

『西川愛美さま、僕と結婚してください』

同封されていたのは婚姻届だった。妻になる人の欄は何も書かれていないが、夫になる人の欄には、日浦くんの名前、本籍地などの個人情報が記載されている。

「もうやだ……、何でこんなこと……！」

一緒に封筒の中身を見ていた誠司さんは、私を抱き寄せる。

「大丈夫。愛美、もう大丈夫だから……！」

泣きじゃくる私とは対照的に、誠司さんは冷静に、母に質問を投げかけた。

「これは、いつ頃送られてきたものですか？」

誠司さんの質問に、母が返答する。

「実はこれ、愛美が二十歳になった年から、毎年送られてきてるの。一番最初の時は、まだ愛美も学生だったし冗談にしても気持ち悪いからって、夫と相談して書かれている住所に送り返したんだけど。でもそれ以降、毎年愛美の誕生日前後に届くようになったの……。個人情報が書かれているものを、勝手にこちらで処分するのもどうかと思って。愛美を恐がらせるわけにもいかないから、開封して中身を確認してから私がずっと保管していたの。二年目からは相手も送り返されることを用心したのか、差出人の欄に名前が書かれていないんだけど……で、これが今年届いた分ね」

私の誕生日は五月九日だ。私が知らなかっただけで、毎年こんな気持ち悪いものが送られていただなんて……今年届いた封筒は、中身がわかり切っているせいか開封すらされていない。誠司さんは両親と私に断りを入れてそれを開封した。

すると――

「ここ、見てください。……これはもう、徹底的にやり合うしかないな」

それまで日浦くんの住所欄には実家の住所が書かれていたのに、今回同封の婚姻届には、現在のアパートの住所が記載されている。

日浦くんがアパートに引っ越してきたのはいつだったろう。たしか誠司さんと会う前だから、六月の上旬だったはず……

私の誕生日の後に引っ越してきていたなら、この住所が記載されるのはあり得ないことだ。

「これも愛美へのストーカー行為の証拠になるんじゃないか？　お母さん、これらをお借りしてもいいですか？」

「ええ、それはもちろん構わないけど……。徹底的にやり合うって、どうするの……？」

「向こうは自分の罪を認めた上で、ストーカーについてすでに自白しています。身柄を警察から検察に移されて、検察で逃亡の危険がないとみなされて不起訴になれば、すぐに釈放されるはずです。釈放されたら、いつまた愛美の前に現れて、危害を加えるかわからない。そうさせないためにも、これをストーカーの証拠として提出するんです。この件で起訴されたら、勾留期間も延びるはずです」

そう聞いて、恐怖のあまり身体が勝手に震え始めた。

もし、本当に日浦くんが釈放されたら、その時私は……

考えただけで、息が苦しくなる。

指先が冷えて震えが止まらず、呼吸が荒くなる私に気付いた誠司さんが母にビニール袋を用意してほしいと声をかけ、手渡されたそれを私の口元にあてがった。

「過呼吸起こしてるから、落ち着いてゆっくり息を吐いて。……そう、上手だ。吸って、吐いて……、息を吐く時はゆっくり。……そう、吐いて」

誠司さんの言葉に従って、呼吸をする。しばらくすると、呼吸が徐々に楽になった。

「顔色もよくなったな。よかった……」

テキパキと動く誠司さんの姿に、両親は驚いている。

「大塚くん、君はいったい……」

父の言葉に、誠司さんが答えた。

「僕は消防士……、レスキュー隊員をしてます。現場で応急処置をしている救急隊員の見様見真似ですが、出過ぎた真似をしてすみません」

「レスキュー隊員！」

母が驚きの声をあげる。その後に、父が重い口を開いた。

「……人の命を預かる立派な仕事だ。今も愛美のことを助けてくれてありがとう。……これからも、愛美のことをよろしく頼むよ。大塚くん、もしよければ今度うちへ泊まりに来なさい」

父の言葉に驚きながらも、誠司さんは嬉しそうに快諾した。

「お父さん、今日アパートに戻るつもりだったけど、もう一日だけここにいていいかな……？　アパートの、部屋の片付けは、明日する」

「ああ、そうしなさい。この際アパートを引き払って戻って来てもいいぞ？」

あんなことがあったから、両親も私に対して家に戻ってくるように促している。でも、せっかく始めた一人暮らしをこんなことで終わらせたくない私は、首を横に振る。

「ううん。だって、ここから通勤は大変だから」

一人暮らしを始めた理由が理由だけに、両親も無理強いはしないけれど、しばらくは心配をかけてしまうだろう。

「まあ、帰ってくるのはいつでもいいから。くれぐれも無理するなよ」

父の言葉に私は頷いた。

「じゃあ、僕はそろそろ失礼します。愛美も今日のことで疲れていると思いますので……。愛美、明日部屋へ戻る時に連絡して。俺も片付け手伝うから」

「わかりました。今日は本当にありがとうございました。今日だけではなく、他にも色々と……」

他にも色々とご迷惑をお掛けしてすみませんと言おうとしても、最後まで言わせてくれない。

「何言ってるんだ、俺がそうしたくて勝手にやっているだけだから。……それでは、遅い時間まですみませんでした」

誠司さんがそう言って席を立つと、両親も立ち上がった。

「大塚くん、本当にありがとう。またいつでもいらしてね」

母の言葉に、誠司さんが嬉しそうに返事する。

「はい、ありがとうございます」

両親は玄関先で誠司さんの見送りを済ませ、私は誠司さんと一緒に玄関の外へ出る。

「いいご両親だな。優しくて、愛美のことを大事に思ってくれている」

「ちょっと過保護すぎる時もあるんですけどね……。でも、誠司さんの言うとおり、優しくて愛情深い両親です」

「うん。愛美とご両親を見ていたら、仲のいい家族だってよくわかる。……キスしたいけど、さすがにここじゃ無理だな」

誠司さんの爆弾発言に、私の顔が一瞬で熱くなる。

「半分冗談で半分は本気なんだけど……、後ろにご両親もいることだし、我慢するとしよう。じゃあ、また明日」

誠司さんはそう言うと、車に乗ってそのまま帰路へと就いた。

私は頬の熱が冷めるまで、しばらく車を見送るという大義名分のもと、外で立ち尽くしていた。

翌日十時過ぎにアパートへ戻った私は、誠司さんの到着を待って、一緒に警察署へと向かった。

昨日、母から預かった郵便物をストーカー行為の証拠として提出するためだ。

警察署に到着すると、誠司さんが受付で昨日の事情聴取を担当した刑事さんの名前を伝える。

少しして別の刑事さんが現れたけど、日浦くんの取り調べを担当しているとのことだったので、事情を説明した上で封筒一式を手渡した。

無事にミッションを遂行した私たちは、アパートに戻り、部屋の掃除に取り掛かった。

誠司さんは、部屋に盗聴器が仕掛けられていないか調べている。

先日持ち帰ったコンセントタップが盗聴器だと気付いたのは、以前テレビで似たような事例が放送されていたそうで、もしやと思い知り合いに調べてもらったのだという。

防犯対策に、男性用下着を干す程度のことしかしていなかった私は、今回のことで自身の危機管理能力の低さを改めて思い知ることとなった。

一通り掃除や洗濯が終わり、気が付けばお昼前だ。

自分が不在の時に、色々な人がこの部屋に入って部屋中のものを触ったということが、この先ちょっとトラウマになりそうだ。私が「引っ越そうかな」とボソッと呟くと、誠司さんは少し考えて口を開く。

「部屋の鍵、大家さんに言って交換してもらえないかな？　こんなことがあって、愛美も不安だろうから、交渉してみてもいいんじゃないか？　それから……、盗聴器は仕掛けられてないから、安心していいよ」

今回の空き巣を理由に引っ越すことも考えていたので、その提案に私は目から鱗が落ちる思いだった。

引っ越してまだ日が浅く、荷物も少ないからもう少しセキュリティの面でしっかりした物件を探すつもりだったけれど、引っ越しするには先立つものがいる。それまで実家で節約していたから、金銭的に少しは余力があるけれど、異動ではないのに引っ越すことに抵抗もある。

誠司さんの「盗聴器は仕掛けられていない」の言葉に安堵した私は、大きく息をついた。

「そうですね、大家さんに相談してみますね。盗聴器がないなら、引っ越す必要はなさそうだし……。それはそうと、お昼ごはん、どうしましょう？」

冷蔵庫の中はほぼ空っぽな状態で、何かを作るにも食材を買いに出掛けなければならない。

「昨日からずっと気が張っているから疲れてるだろう？　今はまだ感じないかもしれないけど、全てが終わったら力が抜けて動けなくなるから、今のうちにしっかり食べて力つけておこう。それに今年の夏も猛暑続きらしいから、ちゃんと食べないと夏バテするぞ」

誠司さんはそう言ってスマホを取り出すと、デリバリーでいいかと私に確認を取り、宅配ピザを注文した。

ピザが届くと、私たちはあっという間に食べ尽くした。

届いたピザは結構な大きさだったけど、誠司さんが美味しそうに食べるので、私も釣られてたくさん食べた。

昼食が終わり、痛み止めの薬を飲んで、することもなくなった私たちは、この前の夜みたいにタブレットで一緒に動画を観ることにした。

部屋の遮光カーテンを閉めて、エアコンが効いた部屋で動画を観ていると、お腹が満たされているせいか眠気が襲ってくる。それに気付いた誠司さんが、そっと私の肩を抱き寄せた。

「眠くなったらこのまま寝ていいよ」

その言葉に甘えて目を閉じると、しばらくして記憶が途切れた。

目が覚めると、私は寝室のベッドの上で横になっていた。今日はシーツ一式を洗濯していたので、目に飛び込んできたのは代わりに着けた見慣れない柄のシーツだ。

身体を起こしてベッドから下り、リビングへ向かうと、誠司さんが筋トレをしているところだった。

視線が合い、誠司さんが「もう少しだけ待って」と声をかける。私は無言で頷くと、キッチンへと向かった。

午前中沸かしたお茶は、まだぬるいけど、お互いに水分補給が必要だ。冷凍庫内の氷をグラスに入れ、その上からお茶を注いでほどよい冷たさになると、それをリビングへと運んだ。

筋トレを終わらせた誠司さんにグラスを手渡すと、誠司さんはそれを一気に飲み干した。お茶を飲むたびに、喉仏が上下に動く。額に浮かぶ汗が綺麗だ。

喉仏をまじまじと見つめていると、グラスをテーブルの上に置き、私をそっと抱きしめた。

「……少しは眠れたか？」

耳に直接響く声が心地いい。

肌が汗ばんでおり、Tシャツがしっとりしている。こうしていると、守られているという気になるのが不思議だ。

私は無言で頷くと、誠司さんの右手が私の頬に触れる。

顔を上げると、誠司さんの唇が触れた。

優しい口づけから、段々と深いキスに変わっていく。

バランスを崩して倒れかけた私を、誠司さんがしっかりと支えた。

「ベッド、行く……？」

私は再び頷いた。キスが気持ちよすぎて、頭が全然働かない。誠司さんは私の腋と膝に腕を通し、軽々と抱きかかえた。さっきウトウトしていた時に感じた感覚だ。ああ、こうやってベッドまで運んでくれてたんだ――

ベッドの上に運ばれると、誠司さんは私の上に跨った。着用しているTシャツを自ら脱ぎ捨て、床の上に落とした。そして、私が着用しているポロシャツの裾に手を掛ける。私も汗ばんでおり、ポロシャツの下に着用していたキャミソールが肌に貼り付いている。

誠司さんはデニムスカートのボタンを器用に外し、ポロシャツとキャミソールを一緒に脱がせると、私の上半身を覆うものはブラジャー一枚のみ。

続いてデニムスカートも脱がして、私は下着のみの姿にされた。さっきたくさんピザを食べたから、お腹がちょっとぽっこりしていて恥ずかしい。けれど、誠司さんはそんな私の姿を舐め回すように見ている。

先ほど見惚れていた誠司さんの喉仏が、生唾を飲み込んで大きく上下に動いている。

誠司さんは自分でジーンズを脱ぎ捨てると、ボクサーパンツ一枚になった。ボクサーパンツの中央部分は、しっかりと盛り上がっている。そして尖端部分は少し濡れているのか、布地の色が濃くなっていた。

「この前、本当はめちゃくちゃ愛美を抱きたかった。でも、愛美が不安に思っていることは、先に全て取り除く。だから日浦の件は、今後何か起こらないよう、奴を徹底的に追い詰めてやる」

そう言うと、再び深いキスをした。

飢えた獲物が餌に喰らいつくような激しいキスを、唇だけでなく、私の全身に刻み付けていく。胸元やお腹、背中といった、服で隠れる場所を狙って誠司さんは丁寧に吸い付いては、私の肌に真っ赤な痕を残している。

「愛美は俺のものだって、たくさん印をつけておかなきゃな。この痕が消える前に、また上書きしなきゃ」

そう言いながら、私の肌に誠司さんの痕を刻み込み、空いた手で胸の頂を指で摘まみ、クリクリとしごく。

誠司さんから与えられる刺激に、私は声を出さずにいられなかった。

「ぁあんっ……！　はぁ……っ、あっ、ああっ……!!」

先端を刺激されると、私の身体が大きくしなる。無意識に身体も動き、誠司さんの身体がその動きを制圧する。

「愛美、もっと声を出して。もっと……、俺を欲しがって」

誠司さんはそう言うと、私の下着を脱がせて両膝をグイッと割り、私の大切な場所へと顔を埋めた。そして花びらを指先で分け入り、奥に隠れた蕾に口を付けたかと思えば、そこに吸い付いた。

「あっ……、あぁっ……、ふあぁっ……！」

私の視界が白くなり、身体が数回痙攣しても、誠司さんの愛撫は止まらない。吸うのを止めたと思ったら、今度は尖端を舌で舐め始めた。

飴玉を舐めるように、舌先で転がされ、先端が固くなる。そこを今度は指で摘まんだかと思えば、軽く弾く。

刺激が強すぎて、自然と喘ぐ声が出る。

「はぁっ……っ、あ、ああっ……！　あ、ぁんんっ……!!」

「愛美の蕩けた表情、堪《たま》らないな……。早く挿《い》れたい」

愛撫の手が止まり、私の身体から力が抜ける。やっと休めると思って視線を誠司さんに向けると、誠司さんは避妊具を自身の昂《たか》ぶりに装着しているところだった。そこはもう、はち切れんばかりに大きくなっている。

避妊具を着け終えた誠司さんは、再び私の股間に顔を埋め、蜜穴から湧き出した蜜を啜《すす》った。わざと音を立てているのか、ジュルジュルとした響きが私の羞恥心を掻き立てる。

「や、あ、ぁ……、ぁあっ、あんっ……！」

誠司さんは蜜を啜《すす》りながら、指で花芽を指先で優しく撫でる。その刺激が快感として、全身を駆け巡った。

「愛美、腰が動いてるぞ。気持ちいい？」

与えられる官能が気持ちよすぎて、口から出る声はもはや言葉にならず、頷くだけで精いっぱいだ。

「もっと俺を欲しがって」

切なそうな声色と、私を見つめる熱い眼差しに、私の子宮の奥が切なくキュンとなる。

私は誠司さんだから、自分の恥ずかしいところも全てを晒しているの。全てをあなたに委ねているの。

どうすれば、私の気持ちが伝わるだろう。

私の蜜が湧き出す泉を誠司さんの指が掻き分けている。その浅瀬を指でかき混ぜると、クチュクチュと水音が室内に響く。そして私のいやらしい匂いが部屋の中に広がっていく。

「ああ……っ、……んんっ、は、あ……、ああ……っ!!」

私の口から甘い声が出る。

私の様子を見ながら誠司さんは指を増やしていくけれど、それだけでは私の欲しいところに全然届かない。

「もっと……」

無意識に動く腰に、誠司さんは空いた手を添えて私に尋ねる。

「もっと、何？　言ってくれないとわからないよ？」

私が誠司さんをほしいのがわかっているくせに、言わせようとする誠司さんは意地悪だ。でも、言葉にしなければいつまでもこの状態は続くだろう。

「もっ……、と、ほし……。んん……っ、せ……じさ、はっ……あぁっ、……し……。き、て……！」

快楽の沼に溺れて上手く言葉を発することができない私が、必死の願いをようやく口にすると、誠司さんは待ってましたとばかりに身体を起こし、自身の昂《たか》ぶりを私の蜜壷へあてがう。

どうやらその時が来たようだ。

私の蜜穴に、誠司さんが自身の熱い塊を密着させると、ゆっくりと私に体重をかけた。

大きな楔《くさび》が打ち込まれていく。みっちりと隙間のない蜜穴は、私の蜜と誠司さんの唾液が潤滑油のような役割を果たし、徐々に奥へと進んでいる。

痛みがないわけではない。でも、まだ我慢できる痛みだった。先日の打撲や火傷の痛さに比べたら……そう思っていたけれど、比べものにならない痛みが下腹部に走る。

「いたっ……！」

苦痛で顔が歪む私に、誠司さんは動きを止めた。

「ごめん。でも、ここまできたらやめられない。できるだけ、痛みを散らすから」

誠司さんはそう言うと、茂みの中の蕾に触れた。そしてそこを指で優しく撫で上げたかと思うと、指で押しつぶす。どうやら先ほどの快感で、痛みを散らすつもりらしい。蕾と同時に私の胸の頂に触れると、そこも指で摘まんで軽く弾いた。

「ぁあ……、あ、んんっ……！」

私に快楽という飴を与えながら、楔《くさび》を打ち込む鞭を与える誠司さんは苦悶の表情を浮かべている。

「待って……。誠司さんは、痛くない……？」

やっとのことで言葉を発した私に対し、誠司さんは私に覆い被さりキスをした。とても激しい、噛みつくようなキスだ。それまで余裕を浮かべていたはずなのに、今は全く余裕がなさそうだ。

「……愛美が痛い思いをしているところ、本当に申し訳ないんだけど、めちゃくちゃ気持ちいい。すぐに出てしまいそうなくらい」

そう言うと、私の最奥を一気に突き上げた。

「いっ………！」

あまりの痛さに、私の目の前が真っ白になり、チカチカと星が飛んだ。

「ごめん。でもこれで、全部入ったから」

力が抜けてだらりとする私を、誠司さんが優しく抱き上げた。もちろん下半身は繋がったままで、誠司さんの楔《くさび》は硬いままだ。

「しばらくこのままでいるから、痛みが引いたら教えて？」

誠司さんはそう言うと、私に優しくキスをした。背中に触れられると痛みが走るため、私は両手で誠司さんの首に手を回すと、誠司さんは私のお尻を支えてくれる。こうして抱き合ったまま、何度も唇を重ね合った。

しばらくしてまた頭がぼんやりとしてきた。キスだけでこんなに気持ちいいのに、これ以上のことを体験したら、きっと私は中毒患者のように、誠司さんから離れられなくなりそうだ。

そんな私の様子を見て、誠司さんは再び私をベッドの上に横たえた。そして私の上に覆い被さると、ゆっくりと腰を動かし始める。

「愛美、もう痛くない？」

私は無言で頷いた。両腕は、誠司さんの首に絡めたままだ。

「腕、外していいよ。これからもっと気持ちよくしてあげる」

そう言って私の手を解《ほど》くと、律動が始まった。私の腰を支えていた手は、腰から腋、胸へと這い上がる。乳房を包み込むように握られると、優しく揉みしだかれる。まだ下半身に痛みを感じるけれど、先ほどのような激痛から鈍痛に変わっていた。そして誠司さんが私の浅い位置で抽挿《ちゅうそう》するたびに、痛みが快感に変わっていくことに驚きを隠せない。

扉を開けっ放しにしているので、リビングから冷風が入り部屋は涼しいはずなのに、お互い汗だくだ。誠司さんの汗が、私の身体の上にぽとりと落ちる。誠司さんの汗がキラキラと輝いて見える。

抽挿《ちゅうそう》を繰り返しながら、私のいいところを指で弄《まさぐ》られ、私は段々と高みに昇っていく。それまでに散々啼《な》かされて、声もかすれていよいよ出なくなり、いろんな意味で限界を迎えていた。

誠司さんの表情から、段々と余裕がなくなっていく。同時に、腰の動きが徐々に早くなっている。

「愛美……。俺、そろそろヤバいかも」

私は無言で頷いた。私もと言いたかったけれど、言葉にならない。

誠司さんは私の腰に手を置くと、しっかり腰を掴み、激しく腰を動かした。お互いが繋がった箇所は、私の蜜と汗でぐしょぐしょになっている。誠司さんは私の最奥に自身を何度も激しく刻み付け、私はそれを受け止める。

「ああっ……!」

指よりももっと質量のある楔《くさび》に、目の前が一瞬真っ白になった。目の前にチカチカと星が飛んだけど、誠司さんはそんなのお構いなしで腰を動かした。ストロークを大きく取り、私の身体から抜けそうなギリギリまで腰を引くと、再び最奥を目掛けて打ちつける。

何度も私の中で抽挿《ちゅうそう》を繰り返し、すでに痛みよりも快感が優っている。

私の腟内は、隙間なく誠司さんでいっぱいになる。避妊具の薄膜越しに、誠司さんを感じる。

ここにこうして触れることができるのは、あなただけ……

私は自分の両手を動かすと、誠司さんの腰に回した。

大きな身体をしているから、ギュッとするには後ろまで手が回らない。けれど、こうして繋がっていたいという意思は伝えなければ。

「愛美……?」

誠司さんが私の中で留まったまま腰の動きを止めた。

「こんなことするのは、誠司さんだけだよ」

そう言って、私は自分の手に力を入れた。誠司さんの身体が私の中から出て行かないよう、ギュッと引き寄せる。

これで、私も誠司さんを欲しい気持ちが伝わるだろうか。

お互いが熱のこもった眼差しで見つめ合う。すると誠司さんは私に腰を擦《こす》り付けた。入口から中から、お互いが密着し、私の蕾が誠司さんの身体に押し付けられて、全身に電流が走った。

「あっ……、ああっ、きもちい……っ」

「これ、気持ちいい？　こうやって、擦《こす》り付けるの」

「うん……、んんっ……はぁ……あっ」

私の腰がひくついているけど、私の腕が誠司さんの腰を掴んでいるから密着したままだ。

腰が動くことで芯が擦《こす》れ、身体は今まで知らなかった快感を覚える。その時私の中で、誠司さんが少し大きくなった気がした。

「愛美、ヤバい。……出そうだ」

「いいよ、出して」

私の声に、誠司さんは私の手を自分の首へ回すように持っていくと、自身は私の腰を掴み、激しく突き上げた。

上下に動く身体が離れないよう、私は必死で誠司さんにしがみつく。誠司さんの動きに合わせて、ベッドが軋《きし》む。

「まな……、まな、み、……愛美……っ!!」

私の名前を呼びながら、誠司さんが爆《は》ぜた。私の中で、楔《くさび》がビクンビクンと動くのがわかる。

私が誠司さんの首に回した腕を解《ほど》かなかったせいで、誠司さんは私に覆い被さるように倒れ込んできた。お互いに肌は汗ばんでいる。汗を拭いてスッキリすればいいのに、こうしてくっついているだけでも幸せで、離れがたい。

誠司さんも同様に、私の腰を抱いたままでいる。

しばらくの間こうしてじっとしてくっついていたけれど、私の下腹部に違和感を覚えた。

私の中にいる誠司さんは、元気なままだった。ピクピクと動き、私の子宮を軽くノックする。

「愛美……、ごめん。まだ足りない」

誠司さんはそう言って私の中から外に出ると、慎重に避妊具を外した。その中には、誠司さんの吐き出した白い液体が溜まっていた。

取り外した避妊具を私の目の前にぶら下げる。

「ヤベェな……。結構な量出てるのに、まだしたい」

男性とこんなことをすること自体初めてなので、初めて見るそれの量が多いか少ないかなんてわからない。

けれど、もしもう一度身体を繋げるとして、私の体力が持つだろうか。

「誠司さん……、ちょっと休憩しませんか？　その……、足が……」

日頃、ここまで開脚することがないせいか、股関節が痛いし、前回の筋肉痛も残っている。

私に無理をさせていると気付いた誠司さんは、素直に頷いた。

「わかった。……また後でしような」

そう言って、避妊具内の精液がこぼれないよう縛ると、ティッシュで包んでごみ箱に捨てた。

誠司さんはベッドから降りると、洗面所へタオルを取りに行く。戻ってくると、わざわざ濡らして固く絞ったタオルで私の身体を拭いてくれた。

自身も汗を拭き取ると、ベッドの下に脱ぎ捨てた服を着用した。私も床に落ちた服を拾い、ゆっくり服を着て、リビングへと向かう。

その後はまったりと過ごし、夕方に洗濯物を取り込みそれらを片付けると、再び身体を重ね合った。

この日、誠司さんは私を一人にするのが心配だと言ってここに泊まってくれ、翌朝早くに部屋を出た。

一度家に戻ってから、出勤することになってしまい、慌ただしく支度する姿を見て申し訳ないと思う反面、一晩を一緒に過ごしてくれたおかげで、ものすごく安心して眠れた。

幼稚園に到着すると、先生方に労災とはいえお休みさせてもらったことについて謝罪とお礼を告げる。まだ無理はしないようにと気遣われたけれど、一日でも早く、日常生活に戻りたかった私は、いつも通り過ごした。

園児たちも大喜びで迎え入れてくれたことで、これまで以上に頑張ろうと心に誓った。

今日は誠司さんが仕事なので、明日の朝まで連絡が取れない。日浦くんがいないとわかっていても一人でアパートに帰るのが恐かった。

今日は実家に帰ることを事前に両親と誠司さんに伝えていたので、アパートに着くと、玄関先にまとめていた荷物を持って、駐車場へ向かった。

実家でのんびり過ごし、翌朝は早く家を出てアパートに戻り、荷物を部屋に置くと、その足で幼稚園へ向かう。今日は誠司さんが非番の日だから、美波ちゃんのお迎え時と、私の仕事終わりには会える。

今日はプール遊びの日だったけれど、打撲の痕を見せて子どもたちにトラウマを植え付けたくないと、他の先生たちにお任せすることになった。

というのは言い訳で、初めて身体を繋いだ日曜日に、誠司さんは服で隠れる場所へ大量の印を付けてくれていたのだ。

こんなの恥ずかしすぎて、誰にも見られたくない。

見られたら最後、何を言われるやらわかったものじゃない。

プール遊びがあることをすっかり失念していた私にも非があるけれど、これはきちんと誠司さんに説明して痕を付けないようお願いしなければ。

プール遊びの間、私は涼しい職員室で電話番をしていた。

小一時間くらいプール遊びに費やし、プールから上がった子どもたちの着替えを手伝い、お昼の給食を食べ、午後からも子どもたちは元気いっぱい走り回っている。

子どもたちの体力に私たちはどこまでついていけるか、これは永遠の課題だ。

十五時の降園時間に、誠司さんが美波ちゃんを迎えに来た。夏祭りの日に、誠司さんに助けてもらったことは周知の事実だ。それだけに、みんなの前でお礼を伝えなければと思うけれど、何だかちょっと気恥ずかしい。

でも、周囲は私たちが付き合い始めたことを知らない。だからここできちんとお礼を言わなければ、私はひどい人間だと思われるだろう。

ふと顔を上げると、誠司さんが正門からこちらに向かって歩いている。誠司さんに気付いた先生たちが、親切心から私に声を掛けてくれる。恥ずかしいだなんて言ってられる状況ではない。

「あ、あのっ、大塚さん。先日はありがとうございました」

勇気を出して声を掛けると、その声に反応したのは誠司さんだけではない。周囲の保護者みんなが、さりげなさを装いながらも興味津々で、私たちのこれからのやり取りを見守っている。

「いいえ、どういたしまして。その後、怪我はどうですか？」

「大塚さんの処置が適切だったおかげで、火傷は痕が残らずに済みました。背中の打撲も、痛み止めのおかげで何とか……。その節は本当にお世話になりました」

「ならよかったです。じゃあ美波、帰るぞ」

誠司さんは美波ちゃんを連れて、幼稚園を後にする。私は、お迎えに来た保護者に園児の引き渡しをし、通常通りを装った。

保護者たちは我々独身同士のやり取りを見て、勝手に盛り上がりたかったようだ。けれどそう簡単に思うようにはいかないところを見せたので、あっさりと会話が終わった私たちを見て、そそくさと園を後にする。

園児たち全員が降園し、我々も教室の掃除に取り掛かった。

掃除が終わり、職員室で一息ついていると、先生たちから質問攻めに合った。

「ねえねえ愛美先生、例の保護者と、その後何かあった？」

「連絡先交換とかしたの？」

「あの人、絶対愛美先生に気があるわよ。愛美先生を見る目がね、もう、愛しい人を見る目付きだったもん」

「あー、若いっていいわねぇ」

私が返事をするまでもなく、勝手に盛り上がっている。

私が呆れた表情を浮かべていると、園長先生が苦笑いしながら、この場を諌《いさ》めた。

「皆さん、そういうのって、度が過ぎるとセクハラになるのよ？　愛美先生が不快に思ったら、それはセクハラですからね？」

園長先生の声に、先生たちはピタリとその話題を止めて違う話に移る。園長先生に会釈すると、素敵な微笑みを返された。

定時になり幼稚園を後にすると、アパートの駐車場で誠司さんが待っていた。

誠司さんの車に乗って、一緒に買い出しへと向かう。

保護者たちの目が気になるので、幼稚園の通園圏外にあるスーパーで食材を買い、アパートへ戻ると、部屋の前に両親と同世代くらいの男女二人組が立っていた。

私の姿を見ると、深々と頭を下げた。

この二人、もしかして……

「西川愛美さんですね、この度は息子がとんでもないことをしでかして、ご迷惑をおかけしました。謝っても謝りきれないことは重々承知していますが、本当に申し訳ないことをしました……」

この二人は、日浦くんのご両親のようだ。

あの日の恐怖が蘇り、私は震えが止まらない。

見かねた誠司さんが、私を部屋の中に入るよう促し、日浦夫妻と話をしてくると言って、日浦くんが借りている部屋へと移動する。

私は一人、部屋に戻って、買ってきた食材が傷まないよう冷蔵庫の中にそれらを片付けた。

部屋は閉め切っているので、蒸し風呂状態だ。

いつもなら、窓を少し開けて空気を入れ替えるけど、今日はそんな気になれない。リモコンを手に取ると、すぐにスイッチをつけた。

恐くて自然と涙が出てくる。拭《ぬぐ》っても、なかなか止まらない。呼吸が少し苦しくなり、過呼吸を起こしそうになったので、私は口元にハンカチタオルを押し付ける。

そうすると、少ししてから呼吸が楽になってきたので、私は涙を拭う。化粧はすでに汗で流れ落ちており、ファンデーションで汚れることはなかった。

私は洗面所で顔を洗うついでに化粧も落としていると、その間に誠司さんが部屋に戻ってきたようだ。

そして私が部屋に戻ると、私を抱きしめる。

「もう、これで大丈夫だから」

誠司さんは、私の背中を優しく撫でた。

日浦夫妻が部屋の前にいたのは、家宅捜査が終わり次第部屋を引き払うとのことで、様子を見に来ていたのだという。

日浦くん自身も自分の行き過ぎた行為を反省しているとのことで、もし仮に有罪が確定して刑務所に入ることになったとしても、釈放されたら日浦くんの親戚が住む九州に移住し今後は二度と私の前に姿を現さないと言っているそうだ。

日浦くんには、これから法律で裁かれて、きちんと反省してほしい。

そして、約束通り、二度と私たちと関わり合うことがないように努めてほしい。

願うのは、それだけだ。

第六章　一難去ってまた一難

日浦くんの件は、名前を聞くだけでトラウマになってしまったため、その後彼がどうなったか知らないけれど、誠司さんが私の代わりに話を全て聞いてくれた。

誠司さんが私に「もう安心だ」と言うので、その言葉を信じることにした。

日浦くんの部屋はご両親の言葉通り、七月中に荷物を全て運び出され、無事引き払われた。

引っ越しの作業は平日、私が勤務中に行われていたようで、アパートに戻ると日浦くんが借りていた部屋のカーテンは取り外されていた。

これで全て終わったんだ……

私は自分の部屋に戻ると、安堵で身体の力が抜けてその場にへたり込んだ。


幼稚園が夏休みに入り、先生方も交代で年次休暇を取得されている。

私以外の先生は既婚者でお子さんもいらっしゃるから、家族旅行に出かけたり、お盆は旦那さんの実家へ帰省したりと予定が入っているようだ。

私たちも休日を合わせて遠出をしたりと、休暇を満喫した。

誠司さんが非番の日は、私の仕事が終わってから一緒に過ごすことが当たり前のようになっており、週末にはお泊まりもしてくれる。

お盆明けに小春と千紘さんから女子会開催の声が掛かり、その時に誠司さんとお付き合いを始めたことをようやく二人に報告できた。

その際、日浦くんのストーカー騒動の話も避けては通れなかったので、一部割愛しながらも話をしたけれど、小春も千紘さんも、真剣に話を聞いてくれた。

小春たちも、その後藤本さんや中井さんたちと定期的に飲み会をしていて新しい出会いがあったようだ。

誠司さんとのお付き合いは順調に進み、夏休みが終わる頃にはトラウマになっていた恐怖がようやく少しずつ和らいできた。


二学期に入り、誠司さんは非番の日には、必ず美波ちゃんのお迎えで幼稚園に顔を出してくれる。

特に会話を交わしたりすることはないけれど、私たちのお付き合いについて、どうやら職員たちや保護者たちも薄々気付いているみたいだ。

そこには暗黙の了解という空気が流れているのか、誰も何も口にしない。干渉されてあれこれ聞かれるのも気まずいので、みんなが大人の対応をしてくれるのはありがたい。

そして、十月に入ってから一人の人物が私を脅かすこととなる。

それは、今年六月の教育実習にやってきた短大生、大森苑子《おおもりその　こ》の存在だ。

大森さんは、六月の実習時にさつき先生の担当するゆり組で実習生活を送っていた。今回の実習も、同じくゆり組だ。ゆり組には、美波ちゃんがいる。

そう、大森さんは六月の実習時に、誠司さんに一目惚れをしたと公言していたのだ。

大森さんは今どきのキラキラ系女子で、顔立ちもかわいらしい。髪の色は明るく染めており、化粧にも気合いが入っている。実習中は動きやすい服装とのことで、前回はジャージを着用していたのに、今回の実習に限っては身体のラインがピッタリとわかるTシャツにパンツ姿という、明らかにお洒落がメインの服装ばかりだった。

実習中は邪魔にならないよう長い髪を一つにまとめているけれど、その髪型も園児顔負けの凝ったもので、見た目の女子力は誰よりも高い。

実習にはもう一人、同じ短大からやって来た子がいるけれど、そちらの子は前回同様、薄化粧にジャージ姿という、汚れても大丈夫な格好で好感が持てる。

大森さんは、幼稚園教諭よりも接客業などが向いているのではと思うし、本人も前回の実習時にそのようなことを口にしていたので、どうやら自覚があるようだ。

それでも再び幼稚園実習にやって来たのは、誠司さんにもう一度会いたかったからだろう。

だから私は、大森さんと接するのがちょっと苦手だ。

幸いにも私のクラスではないし、さつき先生が大森さんの実習担当になるので接点は少ないけれど、誠司さんに対して気があると公言している大森さんを視界に入れたくない。

誠司さんも、大森さんを相手にするような人ではないと信じているけれど、若くて綺麗な女性に言い寄られて悪い気はしないだろう。

大森さんの顔を見るたび、声を聞くたびに、嫌悪感を覚える自分がいた。

特に、今回の教育実習で目についたのは、美波ちゃんに対する明らかなえこひいきだ。さつき先生を始めとする他の先生にも指摘されていたけれど、大森さんは一向に改める気配はない。

しまいには、美波ちゃんをお迎えに来た誠司さんに、直接アプローチをするありさまだ。

ばら組とゆり組の教室はそれぞれ園の両端にあるため、私には降園時の引き渡しまで目が届かない。だからもも組の里佳先生とさつき先生から話を聞いて、園長先生にどうしたものかと指示を仰ぐ。

園長先生は、学校に提出する教育実習報告書に今回の一件を記入せざるを得ないと伝え、何とか収まりを見せたけれど、園内の空気はいいとは言えない。

お迎えに来る保護者も、クラスは違えどみんなが口を揃えて「今年の実習生は、何かすごいね」と呆れている。

今日も、誠司さんが美波ちゃんのお迎えにやって来た時に一波乱あったようだ。

誠司さんは、夕方会う時に大森さんのことは口にしないし、聞いても「今どきの若い子はすごいな」と言うだけで、何を言われたか教えてくれない。

気になるから教えてと言っても、「ヤキモチ妬《や》いてくれるの嬉しい」と言って、ベッドにもつれ込み、なあなあにされたままだ。

誠司さんに聞いても教えてくれないならと、意を決してさつき先生に探りを入れると……

「愛美先生、ちょっと聞いて！　大森さん、工作の時間に園児たちの手伝いをするふりをして、大塚さんへのプレゼントを作ってるのよ。それを美波ちゃんに断りも入れず登園バッグの中に忍ばせたりして。もし美波ちゃんが私物を持って来てたとして、紛失騒ぎにでもなったらどうするのって思うでしょう？」

さつき先生は裏表のない性格で、人に注意をする時は、オブラートに包まず何が悪いかをはっきり言う。それは園児に対しても同じで、何が悪いかを理解させた後、きちんとフォローする。飴と鞭の使い分けが上手な、とても頼りになる先生だ。

そんなさつき先生がここまで言うのは珍しいことだ。

普段なら、相手がきちんと反省を示していれば、私にここまで詳細を語ることはない。さつき先生の中でも消化しきれていないのだろう。

さつき先生だけではなく、里佳先生もお疲れの表情だ。

隣のクラスとはいえ、同じ年長さんの担任だから、年中さんより交流が多い。加えて今回の教育実習期間は、地域の秋祭りの準備が重なるため、外部の人たちとも触れ合いがあるのだ。

先生方も頭を悩ませている。せめて、今は自分が教育実習中で、幼稚園には勉強のために来ていることを自覚してほしいものだ。

園長先生も、最終手段で大森さんの実習受け入れを断る旨を短大側に申し入れると本人を前に伝えたおかげもあり、何とか大森さんもおとなしくなったけれど、これは前代未聞である。

厳重注意を受けた大森さんの態度は良いとは言えないけれど、何とか無事に最終日まで実習を終えた。

「はぁー……、ほんっと、疲れたわ……」

本日最後の実習を終え、大森さんたちが幼稚園の正門を出て行ったのを確認したさつき先生が、盛大に安堵の溜め息をつくと、沙織先生がみんなにお茶を淹《い》れた。

「さつき先生、本当にお疲れさまでした」

「沙織先生、ありがとうございます」

里佳先生も苦笑いしながら、みんなに個別包装されているお菓子を配った。

「アレはちょっとねえ。六月の実習の時はまだそんなひどくなかっただけに、ギャップがすごい。今回は私、何度ブチ切れそうになったことか」

「今回、本当に酷かったですね。特に美波ちゃんに対するえこひいきは目に余りましたね……。大塚さんも全く相手にしないから、大森さんのアピールもエスカレートしていくし。イケメンも大変ですよね」

数日前、美波ちゃんのお迎えにやって来た誠司さんは大森さんに声を掛けられ、連絡先を書かれたメモを渡されたのだ。

握らされたメモを返そうとしても大森さんはすぐにその場を離れ、美波ちゃんもこの日は予防接種の予約を入れていて時間が迫っていたため、そのままメモを持ち帰る羽目になったのだという。

帰宅して落ち着いてからそれを見て、これは受け取ってはいけないものだと察したらしい。

それまでは話しかけられても適当に流していたし、私が心配するようなことは何もないからと、詳細を語ることはなかったけれど、今回は違う。

メモを渡された日の夕方、誠司さんから相談を受けた私は、誠司さんから幼稚園に電話を架けて園長先生にそのことを伝え注意してもらうようにしたけれど、全然効果はなかった。

降園時の引き渡しでの申し送りは、全てさつき先生から話を聞くようにしているため、大森さんが何かアピールしていても、ほぼスルーしていたのだ。

だから大森さんも強硬手段に出たのだと思う。

その気持ちはわかるけど、ここは幼稚園だ。大森さんは実習に来ているのであって、出会いを求める場ではないのだから、そこの線引きは間違えてほしくない。

今日は誠司さんが非番で美波ちゃんのお迎えに来ていたから今晩はうちに泊まるだろう。

誠司さんは、美波ちゃんや美波ちゃんのお母さんに私と付き合っていることを話していないと言うけれど、どうやら私と誠司さんがお付き合いしていることを薄々感じているみたいだ。まあ、夏祭りの日のお泊まりや仕事以外でこうして頻繁に家を空けるのだから、当然といえばそうだろう。

だから美波ちゃんの卒園までは、近場でのデートも控えているし、出掛けたとしても一緒にいるところを見られないよう、時間差で移動したりと工夫をしている。

だからデートは私の部屋がメインになるし、私の体調が悪い日以外、ここで身体を繋げて愛を深めている。

私たちは肌を重ねることで、言葉では伝えられないことを教え合う。誰にも見せたことのない姿を、誰にも聞かせたことのない声を、誠司さんだけが知っている。そして私も、誠司さんの情熱的な一面を、熱を孕む一途な眼差しを独り占めしているのだ。

きっと今日も、眠りにつくまで誠司さんに愛でられる。

「愛美先生、大塚さんと付き合ってるって、大森さんに言っておいたほうがよかったんじゃないかな……」

沙織先生の言葉に、私は驚きのあまり手にしていた湯呑み茶碗を落としそうになった。

「え……っ、え？　あ、あの……？」

私の挙動不審さに、職員室にいる全員が、クスクス笑っている。

「何か二人、そうかなぁって思ってたんですよ。きっかけはやっぱり夏祭りですか？　あんなふうに颯爽と介抱されたら惚れるよねってみんなで話をしていたんです」

沙織先生の言葉を引き継ぐように、里佳先生が口を開く。

「二人ともそんなこと態度に出さないし、愛美先生も普段通りだからみんなで見守ってたんだけど、ちょっと大森さんの言動は、ねぇ……」

里佳先生の言葉に、一同が深く頷いた。

「先日の大森さんのメモ事件。あれ、愛美先生も気が気じゃなかったでしょう？　あの子、さつき先生の目を盗んで何やってんだか」

再び沙織先生が口を開くと、追い討ちをかけるようにさつき先生が言葉を発した。

「本当にねぇ……。前代未聞だわ、あんなこと。幼稚園に出会いを求めるなっての。……あ、愛美先生のことはそんなふうに思ってないからね！」

「そうそう！　きちんと大人の分別がついているからみんな何も言わないし、むしろ応援してるのよ。大塚さんがあんな子に落ちるわけないとは思ってたし、他の保護者たちも二人が付き合ってるって知ったら、きっとあの子に対して苦言を呈してたよ」

職員室内は、いつの間にやら私と誠司さんのことで大盛り上がりだ。

園長先生はただ一人、我々の会話に参加せず黙って話を聞いている。

そんな園長先生も、園の最高責任者として大森さんに対し、かなり頭を悩ませていたのをみんなが知っている。だからこそ、ここで我々の愚痴に同調しないのだ。

みんながひと通り、思っていることを口にしてスッキリした頃合いを見計らって、ようやく園長先生が言葉を発した。

「まあ、無事に教育実習も終わったことだし、また明日から気持ちを新たに頑張りましょう。さ、後片付けして私たちも早く帰りましょう」

その声に、我々も返事をする。

帰り支度はみんな早く、定時を待って降園した。

正門を出てみんなと別れると、私は足早にアパートへと向かう。

いつものように、駐車場で誠司さんが待っている。

「お帰り。今日もお疲れさま」

誠司さんのその声で、疲れや不安が一気に払拭されるのは我ながら現金だ。

「ただいま帰りました。お待たせしてごめんなさい」

私はそう言って、誠司さんと一緒に外階段を上がる。鞄の中から部屋の鍵を取り出し、玄関の扉を開けると、誠司さんも慣れ親しんだ我が家のように、部屋に上がる。

「今日は何が食べたいですか？」

洗面所で手洗いうがいをする誠司さんに向かって声を掛けると、少しして返事があった。

「んー、そうだな。……明日土曜日だし、今からちょっと遠出しないか？　遠出なら知り合いに会うこともないだろうし、たまには外で食べよう」

思いがけないデートのお誘いに、胸が弾む。

「そうですね……、それなら、誰かに会うこともないですよね……」

私の呟きに、そうと決まればと誠司さんが支度を促した。

そういえば、今日の誠司さんはいつもの普段着よりもちょっと畏《かしこ》まった格好をしている。いつもならTシャツやトレーナーにジーンズといったラフな格好なのに、今日は薄手のニットセーターにチノパンと、ちょっとカジュアルな服装だ。

私も誠司さんのテイストに合わせて長袖シャツの上にカーディガンを羽織り、膝下丈のフレアスカートをチョイスして、それに着替えた。

戸締りをきちんと確認し、部屋を出ると、誠司さんの車に乗り込んだ。

夏祭りの日以来何度も乗せてもらっているけれど、やはり普通車は私の軽自動車より乗り心地がいい。車体が大きくてタイヤも太い分、振動が車体に伝わりにくくて快適なのだ。

誠司さんが向かったのは、車で一時間ほど走った先にある飲食店だった。丸太の木をふんだんに使ったログハウスで、店の窓から夕陽が沈む海が見える絶好のロケーションが人気のお店だ。お店に到着すると日没を過ぎてしまっていた上に、夕食の時間帯のせいか、駐車場はいっぱいだった。

「残念、タイミング悪かったなぁ……。ここはまた今度にして、もうちょっと先まで行こうか」

どうやら誠司さんは今日、ここで夕陽を眺めるのが目的だったようだ。私は特に、どこへ行きたいという希望がなかったので素直に頷くと、誠司さんは店の前を素通りした。

次に向かった先は、商業施設が立ち並ぶショッピングモールで、私たちはウインドウショッピングを楽しんだ。

誠司さんは、今から美波ちゃんへのクリスマスプレゼントに頭を悩ませているという。

というのも、美波ちゃんはまだ六歳。サンタクロースの存在を信じている。美波ちゃんのお母さんから事前にプレゼントを購入するよう頼まれているのだ。

クリスマス商戦が始まるにはまだ少し早いけれど、欲しいものは決まっているらしく、サンタさんからのプレゼントは余裕で購入することができた。

でも、それとはまた別に、『誠司さんから』のプレゼントを用意しなければならないのだ。

外孫とはいえ大塚家の初孫に、家族中でメロメロになっているのがよくわかる。

こちらに引っ越してくる前までは、美波ちゃんが欲しがっているおもちゃをクリスマス前日に到着するよう送っていたそうだ。

昨年は、サンタさんからのプレゼントは誠司さんの車のトランクに隠し、美波ちゃんが寝静まった頃を見計らって枕元に置いていたらしい。

「本命のサンタ以外にもジジババからのプレゼントがあるんだから、俺からのプレゼントはいらないだろ」

そう言いながらもプレゼントに頭を悩ませるのは、昨年渡したものが不評だったからだそうだ。

ちなみにプレゼントしたのは、ゲームセンター内にあるクレーンゲームの巨大ぬいぐるみで、美波ちゃんの大好きな『うーちゃん』という、うさぎのキャラクターだった。それを渡した時は大喜びだったけれど、ぬいぐるみの上にジュースをこぼしてしまい、洗濯機で洗えない大きさだったため、大泣きして大変だったそうだ。

誠司さんのお母さんが染み抜きをして何とか治ったけれど、それ以来、美波ちゃんへのプレゼントのことを考えるのが憂鬱になっているらしい。

「じゃあ、来年小学生になることだし、小学校で使うものをうーちゃんグッズで揃えてプレゼントしてみてはどうですか？　うーちゃんは若い女性にも人気のキャラだし、流行り廃りもないから、長く使えると思いますよ」

一年クールで放送されるアニメなどは放送が終わってしまえば使わなくなってしまうから、キャラクターものをプレゼントする時は、できるだけ長く使えるものを選びたい。

私の提案に、誠司さんも納得したようだ。

「入学準備はまだ少し先になると思いますけど、鉛筆や消しゴムは、いくつあっても助かりますよ。自由帳や便箋もプレゼントすれば、字の練習を喜んでするんじゃないかなぁ」

幼稚園ではお友達にお手紙を書くことが流行っており、美波ちゃんもよくお友達にお手紙を書いたりもらったりするようだ。

「そうだな……、実用的なものでもいいかもな。それはそうと、そろそろお腹空かないか？　何か食べに行こう」

美波ちゃんへのプレゼントがようやく決まり、安心した誠司さんは、私の手を握るとレストラン街へ向かった。

地元から離れた場所で平日の夜だと、さすがに知り合いと会うことはない。私たちは繋いだ手が簡単に離れないよう、しっかりと指を絡ませて歩いた。

食事が終わり、私たちはショッピングモールを出ると、デートスポットの一つである空港近くの公園へと向かった。

この公園は滑走路が隣接しており、夜の時間の滑走路は飛行機の離発着がしやすいよう、滑走路脇に滑走路灯が等間隔で点灯している。タイミングが合えば、最終便の離発着も見ることができるのだ。

地方都市の空港は就航便数も少ないし、近隣に民家もあるため、騒音対策で二十四時間体制ではない。

飛行機のエンジン音は、車の中にいてもすごく大きいから、夜中だと音も余計に響くしたまったものじゃない。けれど、間近で大きな飛行機を見られるのは圧巻だ。

公園に到着すると、すでに先客がいて、駐車場もようやく一台分のスペースを見つけてそこに停車する。

目の前には、金網越しに長い滑走路が広がっている。

「すごい、きれい……」

私は助手席から滑走路を眺めた。

しばらく車内でたわいもない話をしながら時間を潰していると、上空から轟音が聞こえる。

「来たな」

誠司さんは車内のデジタル時計を見て、ボソッと呟くと、少しして目の前に大きな飛行機が降りて来た。

飛行機のタイヤが地上に着地する瞬間、摩擦で火花が出る。そして、エンジン音とはまた違う、タイヤが擦《こす》れる音がした。ブレーキのせいで急激に減速する飛行機は、それでも車よりもスピードが速い。

滑走路で減速を終えた飛行機は、空港職員に誘導され、所定の位置に移動する。

一部始終を遠目で見ていた私たちは、感嘆の声を上げる。

「すごいなぁ、あんな金属の塊が空を飛ぶんだもんなぁ」

「……だな」

誠司さんの声に、キレがない。非番でお休みだとはいえ、自宅で訓練をしているし、もしかしたら遠出で疲れたのかもしれない。

「疲れました……？　そろそろ帰ります？」

「あ、いや……、そうじゃなくて……」

何とも歯切れの悪い返事だ。ちょっと気になるけれど、あまりしつこく聞くのも何だし、私は口を噤《つぐ》む。

「まぁ、とりあえず帰ろう」

誠司さんはそう言うと、車を運転し、帰路に着いた。

アパートに到着すると、一緒にお風呂に入った。二人で浴槽に浸かると、お湯が溢れ出る。誠司さんは身体が大きいから、一人で浸かるほうがゆっくりできるのに、どうしても一緒に浸かりたいと甘えるので、私は誠司さんを背もたれにする形で浴槽に浸かった。

誠司さんのモノが、その存在を主張して私のお尻に当たっている。誠司さんの両手は、私の双方の胸をしっかりと覆っている。

「お風呂ではしませんよ。絶対のぼせるから」

先に釘を指すと、誠司さんは急いでお風呂から出ようとする。私は苦笑いするしかない。

お風呂から出て、やるべきことを全てやって、そのまま寝室へ向かうのかと思っていたら……

「愛美、話があるんだ」

改まって誠司さんが私を呼ぶ。

何かと思い、リビングのソファーに並んで座ると、誠司さんが荷物の中から何やら取り出して、私のほうへ身体を向けた。

「まだ付き合って日も浅いし、こんなこと言うのも気が早いって思われるかもしれないいんだけど……。俺と、結婚してくれないか？」

そう言って手に握っていた箱を開けると、そこに納められていた指輪を取り出し、私の左手薬指にそっと着けた。

金属特有の、ひんやりとした感触がする。でもそれは、すぐに私の体温に馴染んだ。

「きちんとした指輪は、またプレゼントする。これは、俺の決意表明だから」

私の指に着けられた指輪は、私の誕生石であるエメラルドがあしらわれたものだ。サイズもピッタリで、どうやって調べたのか気になるけれど、今はそれどころではない。

「返事は……」

本当に……？　私は、誠司さんの言葉を遮って抱きついた。

「嬉しい……！　私でよければ、結婚してください」

誠司さんの鼓動が直に伝わる。緊張から心拍数が多くなっているのはお互いさまだ。

「後から撤回するって言っても聞かないからな？」

撤回する理由なんてどこにある？　こうして一緒にいられるだけで幸せなのに。

でも、まだ付き合って三か月しか経っていないけれど、プロポーズって早くない？　何か結婚を急ぐ理由でもあるのだろうか？

私の疑問を無意識に口にしてみたいで、誠司さんは、私が納得いく答えをくれた。

「俺たちさ、夏祭りがきっかけで付き合うことになっただろ。あの時、隣の部屋の奴の話を聞いて、すぐに籍を入れたかった。愛美の不安を取り除くためだけでなく、俺自身が安心したかったんだ。愛美は俺のものだって」

私を抱きしめる腕に力がこもり、私も誠司さんの背中に回した腕から力が抜ける。

「で、今回の実習生の件で、愛美が心配してくれていたのを知って、お互い同じ気持ちなんだってわかって。急なプロポーズって思われても仕方ないけど、俺、実は数年前消防署に見学に来てた愛美に一目惚れしてたんだ。だから、こうして付き合えることがすごく嬉しかった。付き合ってる期間が短くても、一日置きにこうして会って、お互いを曝《さら》け出して。俺は、これからもずっと、こうして愛美と一緒に過ごしたい」

大森さんの存在に、私がどれだけヤキモキしたか、全てお見通しだったようだ。

「ただ……、俺は消防士だ。火災や災害が発生すれば、レスキュー隊員として現場に駆け付けるから、常に命の危機と隣り合わせの仕事だ」

その言葉にハッとした。

一一九番通報で出動するのは消防車と救急車だ。大規模な火災や災害が起これば、非番でも誠司さんは出動要請がかかるのだ。今のところ非番の日に緊急連絡はないけれど、そういうことも起こりうる。

「約束する。俺は現場では絶対に死なない。こうして、ずっと愛美のそばにいる」

「約束ですよ。……ずっと、そばにいてくださいね」

「ああ、だから愛美も俺のそばにいて」

私たちは熱い口づけを交わした。

せっかくお風呂で汗を流したのに、気が付けばお互い汗だくで肌を重ね合った。

肌寒い季節になりつつあるけれど、この部屋はそれを感じさせないくらい熱気に包まれている。

服を脱がされ、下着の上からの愛撫に、私の身体は敏感に反応する。

下着を脱ぐことなく敏感な部分が露出するよう指でずらされ、その部分に指で刺激を与えられると、私の口からは喘ぎ声が漏れた。

誠司さんの吐息が耳元で聞こえたと思うと、徐々に首筋へと伝っていく。そうして段々と胸元に届くと、先端の突起を舌先で転がすように愛撫する。

「はあ……、あ、あん……っ、んん……っ！」

「愛美、本当にかわいい……」

誠司さんはそう言いながら、愛撫の手を休めることなく私の身体をくまなく愛でる。その手つきは優しく、壊れ物を扱うようにそっと触れるときもあれば、自分のものだと確認するみたいに荒々しく触れることもある。

私の蜜がショーツを濡らす。誠司さんはゆっくりとショーツを剥《は》ぎ取ると、私の敏感な部分を指で直に触り、濡れ具合を確認する。

誠司さんの愛撫で敏感になった私の身体は、恥ずかしいくらいに濡れそぼり、その蜜はお尻にまで垂れ滴《したた》っていた。

誠司さんは満足そうな表情を浮かべながら、慣れた手つきで自分の昂りに避妊具を装着し、「挿《い》れるよ」と声を掛けて私の中へと侵入する。

私の切ない場所は、すっかり誠司さんの形を覚えてぴったりになっているのに、さらにその奥を突く。太くて熱い楔《くさび》が、私の子宮の入口を突いていく。

お互いの言葉にならない声が、部屋に響く。

私の一番最深部までくると、誠司さんと私の身体はこれ以上密着する場所がないと思うくらいぴったりと重なる。私はこの瞬間が、たまらなく愛おしい。

私は誠司さんの背中に腕を回すと、ぎゅっと力を込めて抱きしめる。

誠司さんもそれに気付き、同じようにぎゅっと抱きしめてくれる。

最高に幸せな瞬間だ。

お互いが抱擁を解《ほど》き、誠司さんは私の腰に手を添えると、ラストスパートをかける。私はあまりの快感に意識が飛びそうになるのを必死で堪《こら》え、誠司さんの手首を掴んだ。

「せ……、じさ……。い、イキそう……」

かろうじで発した私の言葉に、誠司さんも答えてくれる。

「いいよ、愛美。一緒にイこう」

そう言うと、誠司さんはますます腰を激しく動かし、私の中の最奥を目指して突き上げる。

私の目の前が真っ白に弾けた。

身体が数回痙攣しているのが自分でもわかる。

それでも誠司さんは腰を振ることをやめようとしないので、私は誠司さんの手を軽く数回叩き、小休止を申し出た。

部屋はいつの間にか熱気で蒸し暑くなり、私は疲労から身体を起こすこともままならない。汗だくになっている誠司さんは、堪《たま》らずエアコンのスイッチをつけた。

誠司さんが果てるまでに、私は何度も絶頂を迎えて体力をほぼ消耗し、腕を動かすのさえ億劫だ。なのに誠司さんはまだまだ余裕で、隙あらば二回戦に突入したい気満々だ。

私の身体は、お互いの汗と自分の蜜と、誠司さんの唾液でベトベトになっている。綺麗にしたいのに、全身が怠《だる》くて起き上がるのも困難だ。

「せっかくお風呂に入ったのに……」

横たわったまま不満を漏らす私に向かい、苦笑いを浮かべた。

「悪いな。愛美がそばにいたら、俺はずっとこうしていたいからな」

「全然悪いと思ってないでしょう？」

「あ、バレた」

誠司さんは私を軽々と抱き上げると、そのまま風呂場へ向かい、シャワーで全身を綺麗に流してくれた。

お互い汗を流してスッキリすると、身体を寄せ合って一緒に眠った。

翌日、少し遅い時間に起きた私たちは、朝昼を兼ねたブランチを食べながら、今後のことについて話し合った。

お互いの実家へいざ婚約の報告をとなると、誠司さんの実家へご挨拶に行くことについて、私は頭を悩ませた。

私の両親は、誠司さんとのお付き合いをすでに知っているけれど、誠司さんのほうは……

これだけ外泊や外出が多いから、ご両親も付き合っている人がいるのはわかっているとして、その相手が私だと知られたら、いったいどうなるやら……

　また、美波ちゃんがこのことを知って、卒園するまでの期間幼稚園で黙っていられるか、そこも微妙なところだ。

「顔合わせや結納は、俺と愛美、お互いの両親の六人だけでもいいんじゃないか？　結婚する時期にもよるけど、美波には結婚する当日まで内緒にするという手もあるぞ。姉貴にも協力してもらってサプライズって言えば、角も立たないだろうし」

「そうですねぇ……。今が十月だから、色々準備していたら、最低でも半年はかかりますかね？」

「四月か……、俺は多分異動にならないと思うけど、愛美は新年度で忙しいよな。ただでさえ、来年から幼稚園と保育所が合併するんだっけ？」

「そうなんですよ。こども園になったら、今の幼稚園と保育所の職員がそのままこども園にシフトしていくんだと思うんですけど、ひょっとしたら別のところへ異動になるかもだし……」

　これればかりは、三月末にならないとわからない。

　私も今年度異動の辞令が出たけれど、特に何かをしていなくても、一年で異動になることだってある。過去に園長先生とさつき先生が経験済みとのことなので、その話を聞いて他の先生たちと一緒に戦々恐々とした。

　年度替わりのことで頭を悩ませる私に、誠司さんが優しい言葉を掛けてくれる。

「式場や新婚旅行先とか、何か希望ある？　俺、そういうの全然わからないから、愛美の希望に沿う形で進めたい」

「嬉しい……。ありがとうございます。とりあえず今月末に秋祭りのイベントがあるから、それが終わってから両親を交えて話し合いましょう」

秋祭りは毎年この時期に行われるもので、幼稚園でも子どもたちが作ったお神輿を担ぎ、我々職員や保護者たちも一緒に幼稚園近隣を練り歩く。現在、幼稚園では自分たちが担ぐお神輿を、絶賛制作中なのだ。

「そうだな。まずはお互いの両親の都合を聞いてみないとな」

私たちのお付き合いは、一歩前進した。

秋祭りも無事に終わり、月が替わって十一月になった。

それまでにお互い両家へご挨拶に伺い、両家の顔合わせの日が今月の第一日曜日に決まった。

私の実家は、例の日浦くんの件もあり、挨拶に来てくれた誠司さんにひと言「返品不可でお願いします」と歓迎してくれた。

誠司さんの実家も、それまで全く女っ気がなかったという誠司さんが初めて連れてきた彼女ということで、熱烈に歓迎されたのは言うまでもない。

そして美波ちゃんには、この件はサプライズということにしてギリギリまで内緒にしてもらうこととなった。倫理的な問題はないにしろ、幼稚園の職員とその幼稚園に通園する園児の保護者という立場上、とやかく言う人がいないとも限らない。

両家の顔合わせ当日、美波ちゃんと美波ちゃんのお母さんは動物園へ行くことになっている。

二人が動物園に出掛けた後、料亭で結納を兼ねた食事会を行った。

食事会の場は終始和やかで、私たちはもちろんのこと、両家の両親たちも嬉しそうだ。

食事をしながら結婚式の日取りや場所などを話し合い、入籍は美波ちゃんの卒園を待って来年の三月下旬、結婚式は六月に行うこととなった。

年度明けのほうがゆっくりと準備が進められるのと、秘かにジューンブライドへの憧れもあったからだ。

誠司さん的には、私の誕生日が五月だからそれまでに式も挙げたかったようだ。けれど、先に入籍を済ませるから問題はない。念押しで「それで本当にいいのか？」と何度も聞かれても、逆に「そうさせてほしい」と返事をする始末だ。

日取りなども無事に決まり、食事会はお開きとなった。

食事会の後、着替えを済ませた私たちは、下見を兼ねた内覧会の申し込みをするためにアポを取り、その足で結婚式場へと向かった。

そこで、意外な人に出くわすこととなる。


式場の受付で、電話でアポ取りをしている旨を伝えていた時だった。

「あれ？　大塚さんじゃないですか？」

背後から、聞いたことのある声が聞こえた。振り返ると、そこにいたのは……

「え、大森さん……？」

先月、幼稚園の教育実習にやって来たお騒がせの大森さん、その人だったのだ。

ロビーには数件披露宴会場の案内表示が出ており、どうやら披露宴にお呼ばれしているらしく、綺麗に着飾っている。

私の声に、大森さんが反応する。一瞬、大森さんはこの状況が理解できずに固まってしまったけれど、受付の奥に待機していた式場のスタッフが、「大塚さまですね、先ほどはお電話ありがとうございました。この度はご結婚おめでとうございます」と元気よく言葉を発したため、大森さんの知るところとなってしまった。

「え、愛美先生……？　え、何で……？　え……」

大森さんは動揺して、同じ言葉を繰り返している。

そんな大森さんに対して、誠司さんは無視を決め込んでいる。

「さ、愛美、行くぞ」

誠司さんはそう言って私の肩を抱くと、担当者を促して個別のブースへと向かった。私は大森さんのことが気になり、何度も振り返りながら誠司さんと担当者の後に続いた。

大森さんはその場に佇んで、私たちのことをずっと見ている。

あれだけ誠司さんに対して露骨に好意を表していただけに、誠司さんと結婚する相手が私だと知って、どう思っただろう。

大森さんの誠司さんに対する気持ちを知っていたのに、私は誠司さんと付き合っていることを黙っていたのだ。大森さんは、私に対してきっといい感情を持てないだろう。

これが教育実習中だったら、いやでも顔を合わせなければならないのだから、教育実習が終わっていてよかったと思うべきか、それとも……

私の心配をよそに、私たちは席を勧められ着席すると、打ち合わせが始まった。

話は誠司さんと式場のスタッフが主導で進み、たまに私へ意見を求められることがあったけれど、ほとんどが確認事項ばかりだった。

式場内覧の日も決まり、同日行われる模擬披露宴の予約も無事に取れた。

挙式披露宴も、現時点で六月はほぼ予約が埋まっており、残り枠もわずかだったところへ何とかねじ込んでもらうことができた。

細々とした打ち合わせは年が明けてからになるとのことで、スケジュールなどをプリントアウトしてもらい、式場を後にした。

「次は、結婚指輪だな」

駐車場に戻ると、誠司さんは着々と結婚に向けて準備を進めていく。さっきまでは手放しで嬉しかったはずなのに、大森さんと会ったせいで、私のテンションは下がっていた。

もし自分が大森さんの立場だったとしたら、すごくショックだし、きっと大森さんもショックを受けているに違いない。かといって、これればかりはどうしようもない。誠司さんだって、大森さんに恋愛感情がない以上、どうしようもないことだ。

わかっているけど、心の中にできたモヤが晴れない。

「愛美、大森さんのせいで結婚やめるとか言うなよ？」

その言葉に、私は驚いて誠司さんのほうへ顔を向ける。

「俺が好きなのは愛美だ。悪いけどあの子には一切興味ない。大森さん以外の女性に対しても同じだ。俺は愛美以外の女性には全く興味がない」

誠司さんの口から出てくる言葉に、返事ができない。

ただ、このまま結婚しても大丈夫なのか、不安がよぎる。

「俺、大森さんから告白されたわけじゃないし、誤解をさせるような言動も取ってない。それは毎日お迎えに来ている他の保護者も見てるからわかってるはずだ。俺たちはやましいことをしていないし、堂々と胸を張っていれば大丈夫だ」

誠司さんの言葉に頷きながらも、私の心は晴れないままだ。

きっと大森さんは、教育実習中に自分が誠司さんにアプローチしていたことについて私は何も口にしなかったけれど、内心で馬鹿にされていたと思っているだろう。

決してそんなことはない。

いつだって不安だった。

誠司さんの気持ちを疑っているわけではないけれど、それでもやっぱり自分より若くて綺麗な女の子が、好意を隠さず堂々としているのを見ていると、誠司さんを取られてしまうのではないかと内心ではいつも恐れていたのだ。

「できれば一度、大森さんときちんと話をしたいと思うんだけど……」

私の意見に誠司さんは難色を示した。

「いや、それはやめたほうがいい。火に油を注ぎかねないぞ」

「でも……」

はっきりしない私に対して、誠司さんが珍しく真剣な表情を浮かべた。

「愛美、ちょっと冷静になろうか。俺たちはお互い好きで一緒になろうとしてるんだ。外野のことなんて関係ないだろう？　それとも何？　愛美と別れて俺は大森さんと付き合えばいいのか？」

その言葉に、私の頭の中が真っ白になる。

誠司さんと、別れる……？

嫌だ、そんなことあり得ない。

私は涙目になりながら、首を横に振った。

「そんな……っ、誠司さんひどいよ。何でそんなこと言うの？　私、そんなこと思ってない」

「俺はそんなに頼りないか？　愛美が不安になるような男か？」

誠司さんから目が離せなかった。

なぜなら、誠司さんの目にも、薄っすらと涙が浮かんでいる。

私は、再び首を横に振った。

「そんなことない」

「じゃあ、もう大森さんのことは気にするな。大丈夫だ、もし何かあれば俺に言ってくれ」

私は涙で誠司さんの顔が見えなくなった。

十二月に入り、幼稚園ではクリスマス会を開催するため、遊戯室で出しものの練習が始まった。男の子と女の子で、一曲ずつダンスを踊る。それに加えて劇もする。年長さんはダンスと劇だけでなく、カスタネットや鈴、トライアングルを使って合奏もするのだ。これまでの成長を見てもらおうと、クリスマス会当日は参観日形式で保護者へお披露目することになっているので、園児たちも職員も気合が入っている。

そして事件が起こったのは、クリスマス会を翌日に向かえたある日のこと。

この日も午前中、遊戯室でクリスマス会の通し練習をしていた。園児たちの衣装も、園児一人ひとりに合わせて職員が手作りしており、園児たちも本番でそれに袖を通すことを楽しみにしていた。

職員力作の衣装は、毎年遊戯室のステージ袖の倉庫に保管するのが慣例となっている。けれど明日が本番ということもあり、ギリギリまで教室で衣装を着て練習していたので、降園前に衣装をみんなから回収して、後で舞台袖へ運ぶ予定になっている。

倉庫には歴代の先生方が毎年制作された衣装もそこに数着ずつ保管してあり、我々もそれを見て、毎年衣装作りの参考にしていた。

そして舞台袖で保管していたサンプル衣装も、こども園へ引っ越しの際に持って行く予定だった。

給食が終わり、午後からは教室で練習をして、降園時間が訪れる。

いつものように、お迎えに来た保護者へ園児を引き渡していた時のこと。

通常なら、お迎えは正門から幼稚園に入ると、園庭を横断して各教室の前にやって来る。そのお迎えの保護者に紛れて、大森さんの姿が見えた気がした。黒いコートに黒いパンツ姿で、教育実習中の派手な服装とは似ても似つかない。

ちょうど園長先生が通りかかったので、園児の引き渡しをお願いして大森さんの姿が見えた正門へと急いだ。

ばら組の園児は、半数ほど引き渡しが終わっている。いつもなら園庭で遊んで帰る園児も多いけれど、クリスマス会を明日に控え、準備のためまっすぐ帰るよう事前にお知らせを出していたので、みんなまっすぐ家に帰っている。

もし大森さんがいたとしたら、何のためにここへ来たの？

正門近くへとやって来たけれど、大森さんらしき人物は見当たらない。

……もしかして見間違い？　いや、そんなことはない。あれは間違いなく大森さんだ。保護者の中に、あそこまで若く、華やかな顔立ちのお母さんはいない。

念のため、職員用の昇降口へと回ってみると、三和土《たたき》に見慣れない女性の靴があった。

やっぱり、あれは大森さんだったんだ。ここで靴を脱いで、どこへ行ったんだろう。

ふと目をやると、遊戯室の扉が開いている。

もしかして……

私は一度、上履きを取りに教室へ戻ると、そっと遊戯室へと入った。

遊戯室は出入り口が二か所あり、園児たちの教室側にあるドアは、明日の準備があるからとすでに施錠してある。今私が入った出入り口は、普段は園児たちが使わない職員室側の、出入口だ。

足音を忍ばせ、大森さんがいるであろう舞台袖の倉庫へと向かった。私の予想通り、大森さんはそこにいた。

「やっぱり、愛美先生が来ましたね」

私が舞台袖に入ったところで、奥から姿を現した。

「大森さん、私、あなたに話があるの」

私の発言に、大森さんは鼻で笑う。

「話って大塚さんのことですよね？　私のこと、ずっと陰で笑ってたんでしょう？」

やっぱり大森さんはそう思っていたんだ。誤解を解《と》きたくて、私の語気は強くなる。

「違う！　笑うわけがないじゃない」

「はっ、どうですかね」

大森さんは、始めから私の話に聞く耳を持とうとしない。私の言葉を全て否定する彼女に、どう言えばきちんと伝わるだろう。

「大森さん、私ね、大塚さんとお付き合いしていることを、後期の実習が始まった時、真っ先に伝えたかった。あなたが大塚さんに好意を持ってることを、六月の実習の時に聞いていたから……。独身とはいえ、大塚さんは幼稚園に通う園児の保護者で、私は幼稚園教諭。事情を知らない人が保護者と職員が付き合っているって噂を立てたら、みんなに迷惑がかかる。だから、言えなかったの。ごめんなさい」

私の言葉を聞いて、大森さんの表情が怒りに変わった。

「そう思うなら、そんな言い訳しないで堂々としていればいいじゃないですか。愛美先生がそうやってコソコソしているから、あらぬ誤解が生まれるんでしょう？　結局そうやって陰で私のことを笑いものにしてるじゃないですか！」

大森さんの言葉に、私は言葉を失った。

たしかにそう思われても仕方がない。

お付き合いを始めるときに、美波ちゃんが卒園するまでは、周りに知られないようにしようと決めていた。なのに、気が付けば婚約まで話が進んでいる。あの頃とは状況が大きく変わっているのだ。

「そう思われても仕方ないね……。でも、私だって大森さんに負けないくらい、大塚さんのことを想っているの。この気持ちだけは、誰にも負けない。大森さんはまだ若いし、きっとすぐにいい人が見つかると思うよ」

そういえば、誠司さんへの気持ちを他人にこうして堂々と言い切ったのは、大森さんが初めてかもしれない。小春たちにはお付き合いを始めたことは伝えたけれど、自分の気持ちまでは恥ずかしくて口に出せていない。幼稚園の職員たちは、私たちの態度で察したとのことで、色々ネタにされたけれど、私の口からは具体的なことを発していない。

そう思うと、こうして自分の気持ちを相手に宣言することって大切なんだと改めて思った。

そして大森さんに語った後半の言葉に嘘はない。実際大森さんはまだ二十歳だ。私よりも七歳も若いのだ。きっと、これからたくさん出会いがある。

「はあ？　やっぱり愛されているって余裕があると、違いますね。私に寄り添っているつもりでも、上から目線なのは、隠しきれていませんよ？　愛美先生、ちょっと失礼なんじゃないですか？」

どこまでも私を挑発する口調に、内心イライラしながらも、努めて冷静を装った。

「上から目線だなんて、そんな……。大森さん、それは誤解だよ。大森さんは綺麗だし、女子力高いし、その気になれば彼氏の一人や二人、すぐできるでしょう？」

同性の私が見ても、大森さんはいつ見ても頭のてっぺんから足の爪先まで完璧で、メイクもファッションも素敵で女子力の高さは一目瞭然だ。

性格はさておき、見た目だけなら大森さんはかなり有利だと思う。

「わかったような口を利かないでよ！　何であんたなのよ！　大塚さんはあんたなんかのどこがいいのよ！」

大森さんは元々精神年齢が低く幼いのか、それとも単なる癇癪持ちなのか、まるで自我を通そうとする子どものようだ。

「それは大塚さんに直接聞いて。私も、大塚さんがどうして私のことが好きなのか不思議でならないから」

その言葉を聞いた大森さんの動きが止まる。どうやら信じられないようだ。

「そうやって私にマウント取って嬉しいですか？　私の方が努力してるのに、何もしないで愛されるなんてズルい」

「マウントなんかじゃないよ。大森さんは美容やおしゃれに気を遣って、一生懸命自分を磨いてるよね。私は仕事柄、最低限のことしかしてないし、自分磨きにも手を抜いていると思われても仕方ない。私のことなんて、好きに言えばいいよ。でもね、大塚さんを貶めるような言葉だけは許せない。あなたが好きになったのは、『私のことが好きな大塚さん』だってこと、覚えておいてね」

『あなたが好きになったのは、私のことが好きな大塚さん』の言葉に、大森さんの顔が怒りでさらに赤く染まる。

「うるさい！　何なのよっ、いちいちムカつくわね」

大森さんはそう言うと、私の肩を思いっきり突き飛ばした。不意打ちを食らった私は、バランスを崩して後ろの棚に背中を直撃し、その拍子で大きな音を立て、衣装箱が棚から落ちてきた。それは、歴代の先生方が園児のために心を込めて作った衣装だった。

床の上に散乱する衣装の一枚を、大森さんが手に取った。

「ふーん、幼稚園の先生って、こういうのも手作りされるんですねぇ……。すごいですねぇ」

衣装を広げてしげしげと眺めている。私は背中を強打して、すぐに動けないでいると……

「私には、幼稚園の先生はやっぱり無理だわ」

大森さんはそう言って、力いっぱい両手で衣装を引っ張り、引き裂いたのだった。

「……っ！　ちょ、な……、やめて！」

立ち上がりたくても、背中が痛くて反応が遅れる。そんな私を嘲笑うかのように、大森さんは次々と衣装を破っていく。もはやこれは、正気の沙汰ではない。

「子どもたちに罪はないけど……、愛美先生、この私に恥をかかせてくれた分は、きっちりと利子をつけて返してもらわなきゃ気が済まないわ」

そう言って、次々と衣装に手を掛けていく。私は背中の痛みに耐えながら、何とか大森さんの足にしがみつく。

「ちょ……、何すんのよっ。放しなさいよ！」

「それはこっちの台詞よ！　やめなさい」

大森さんは自分の足に気を取られ、衣装を破る手が止まっている。

しばらくもみ合いをしていたけれど、大森さんが何を思ったのか、肩から下げていたショルダーバッグの中から何かを取り出した。それは、コンビニなどで売っているライターだ。

まさか……

「あーあ、これ、もう着られないですよね？　修繕するにも時間がかかるでしょうし。……もう、これってごみですよね？　ごみは燃やさなきゃ」

大森さんはそう言うと、衣装の一つに手を掛けて、火のついたライターを近付けた。

園児たちの衣装はナイロン素材のものが多く、熱に弱い。火をつけられたら終わりだ。衣装はあっという間に熱で溶ける。

熱で変形するのが面白かったのか、大森さんは続けざまに何枚か衣装を溶かしては、それを床へ放り投げる。

「やめて！」

「え、どうして？　ごみは処分しなきゃでしょう？」

大森さんはそう言うと、再び溶けた衣装を床へ放り投げる。そこには、先ほど破り捨てられた衣装が散乱していた。

「火事になるでしょう⁉　危ないからやめて！」

私の叫び声に、大森さんが笑いながらスマホを取り出す。

「ああ、おっかしい。泣き叫ぶ愛美先生、最高！　これＳＮＳにアップしたら、どうなるかな」

そう言いながらスマホで私の泣き顔や原型を留めない、ボロボロになった衣装を撮影し始めた。

……狂ってる。この子、本当にヤバすぎる。

大森さんが、ある程度画像を撮影すると、私に背を向けて写真フォルダでその画像を確認し始めた。

その時だった。熱で溶けた衣装が突然発火した。

直接ライターで火をつけたわけではなかったのに……？

驚いた私は、舞台袖で消火に使えそうなものがないか辺りを見回すけれど、使えそうなものは見当たらなかった。

私から目が離れたその隙を狙い、私は背後から思いっきり大森さんに体当たりをした。

「……ったあ、あんた、何すんのよ⁉」

体当たりをした拍子に、大森さんの手からスマホが落ちた。私はそれを奪うと舞台袖から飛び出し、一番近い出入り口、教室側のドアに手を掛けた。

施錠をしているから鍵を開けなければならないはずなのに、そのドアはすんなりと開く。

その瞬間、目の前に園長先生の姿が飛び込んできた。

「え？　愛美先生？」

驚く園長先生に詳しい事情を説明する暇はない。

「火事です、消防に通報してください！　あと警察にも！」

私は大声でそう言って、園長先生に大森さんのスマホを手渡した。

「逃げるな！　絶対に逃がさないんだから！」

私の背後から聞こえる声に、ただならぬことが起こっていると察した園長先生は、咄嗟にスマホをポケットの中にしまう。

騒ぎを聞きつけた園児や保護者は遠巻きにこちらの様子を窺っている。園児の引き渡しを終えた沙織先生が、園長先生の背後から顔を出し、私の後ろから鬼の形相をした大森さんを見つけ、急いで職員室へと向かった。

「大森さん!?　いったい何事ですか？」

大森さんは園長先生の声に耳を貸すどころか園長先生を突き飛ばし、私の腕を引っ張ってドアの鍵を閉め、遊戯室の中に立てこもった。

ドアの外は騒然としている。ドアが閉まっていても、多少の声は漏れるのだ。それに加え、先ほど入ってきた職員室側のドアの入口は少しだけ開いている。

外では、園長先生をはじめ、さつき先生と里佳先生が残っている園児と保護者を幼稚園の外に誘導している。

「みんな、前に避難訓練やったよね？　あの時みたいに落ち着いて、大丈夫だからね。さつき先生と里佳先生の言う通りにしてね」

出口前に立つ園長先生の声が聞こえる。

瞬く間に遊戯室の舞台袖は火の手が回り、近寄ると危ない状態だ。熱がこちらにも届くくらい、勢いよく燃えている。

衣装を直接燃やしていないのになぜ火事になったのか、大森さんは自分の行動と現状の理解が追い付かず、呆然としている。

「大森さん、このままじゃ怪我するから外に出て！　下手したらあなたもここで死ぬよ？」

私はそう叫ぶと、遊戯室の中に設置してある消火器を手に、火元へと走った。

これ一本で消火できるとは思わないけれど、何もしないよりましだ。

大丈夫、消火器の使い方はこれまでにも防災訓練で教わっている。

風上を確認し、ギリギリのところまで近付くと、安全栓を抜く。ノズルを持って火元に向けるとレバーを思いっきり握り、消火剤を放射した。消火剤は勢いよく噴射する。一時的に炎の勢いは弱まるけれど、鎮火するには消火剤の量が足りない。

気が付けば、炎は天井にまで届いている。この幼稚園は昭和の時代の建築物で、木造だ。十二月という季節柄、空気も乾燥しており、思っていたよりも火の手が回るのは速い。

消火器を一本使い切ってみたものの、やはり炎は消えない。たしか職員室の前にも消火器が設置されてたことを思い出した私は、使い切った消火器を放り投げ、出入り口へと向かおうとしたその瞬間、背中に鋭い痛みが走った。先ほど打撲したところだ。無理して動いたせいで、痛みが全身に走る。痛みを堪《こら》えかねた私は、その場に倒れ込んだ。煙や消火剤を大量に吸い込んだせいだろうか、呼吸も苦しくなってくる。

そうしているうちに、炎は私の足元にまで広がってきた。

もしかして、私、このまま死んじゃうのかな……

薄れゆく意識の中で、周囲の騒がしい声が耳に届くのに、誰が何を話しているかはわからない。

「……み、……な……、愛美！」

私を呼ぶ声が聞こえる。ああ、この声は誠司さんだ。誠司さんが来てくれたんだ……

私は誠司さんの声に安心して身体から力が抜ける。

ぼんやりとする視界に、オレンジ色のユニフォームを着用した誠司さんの姿が見えた。そういえば、レスキュー隊の制服姿を見るのって初めてかも。

「愛美！　俺がわかるか？」

私はその声に応えようと、口角を上げる。それが今の私にとっての精一杯だった。

「すぐに病院に搬送するからな、……愛美？　愛美っ！」

その声を聞いたのを最後に、私の記憶は途切れた。


目が覚めると、見慣れない天井が見えた。

ここはどこだろう……

視線を動かすと、点滴の入った袋が吊り下げられている。ということは、ここは病院？

部屋の広さからして、どうやら個室にいるようだ。

私は布団の上に出ている右手へ視線を移すと、肘の内側に点滴の針が刺さっていた。

「愛美!?　気が付いたのね？」

私の左側から母の声が聞こえる。

母がナースコールのボタンを押すと、ちょっとして医師と看護師が病室に現れた。

「西川さん、具合はいかがです？　話せそうですか？」

医師の声に返事をしようにも、上手く声が出ない。

「煙と消火剤を吸い込んだせいで、声が出しにくいようですね……。数日のうちには、話せるようになると思います。怪我のほうは、背中を強打していますね。カルテを見たら、夏にも同じ箇所を打撲されているみたいなので、傷みが通常より強く感じられるかもしれません。レントゲンを見たところ、骨や肺に損傷はありませんが、危ないところでした」

医師が、私の身体に負った怪我のあれこれを淡々と語る。私はそれを、まるで他人事のように聞いていた。

医師と看護師が病室を後にすると、意識を取り戻したとの知らせを聞きつけた警察官が、続けざまに事情聴取をするため病室へとやって来た。

まだ言葉が出せないと医師から説明を聞いているだろうに、それを再度確認すると、また後日改めて伺いますと言って病室を後にする。

「もう、無茶しちゃダメよ。お母さん、幼稚園から連絡があって心臓が止まるかと思ったわ」

母の言葉に、視線を落とした。声を発することができないので、表情で自分の気持ちを伝えるしかない。

「大塚くんも心配していたわよ。明日の勤務明けにここへ来てくれるって」

誠司さんの名前が出て、あの時火災現場に誠司さんがいたことを思い出した。

そう言えばあの時、誠司さんの声を聞いて安心したんだよな。安心して気が緩んで意識がなくなったけれど、搬送時に意識を失くせば救急隊員さんはもちろんのこと、現場にいた人たちは気が気じゃないよな。

そう思うと、とても申し訳ない気持ちになる。

「愛美も今日は疲れているでしょうから、お母さん帰るわね。とりあえず、今日はゆっくり休みなさい。また明日、着替えを持ってくるからね」

母も私を気遣って長居をせず、すぐに病室を後にした。

一人になって、何もすることがないのでぼんやりと天井を眺めている。

ベッドサイドに目をやると、通勤用のバッグが置かれている。その脇に、見慣れないスマホがあった。それはあの時、園長先生に手渡した大森さんのスマホだった。きっと園長先生が私のスマホと勘違いしたのだろう。これ、今度警察官が来たら、渡さなきゃ。

私は目を閉じると、いつの間にか眠っていた。

翌朝、病室のドアをノックする音で目が覚めた。返事をしたくてもできないし、背中も打撲しているから、痛みのせいで下手に動けない。

「愛美、具合どう？」

小春と千紘さんが一緒に顔を出してくれた。

「私たち、夜勤明けで今から帰るところなんだけど、昨日の申し送りの時に愛美ちゃんの入院を知って。びっくりしたよ」

小春と千紘さんは病棟勤務の看護師だから、誰が入院してきたとか、病状などの申し送りがあるのだという。

「まだ声が出ないんでしょう？　スマホ取ろうか？　って、これ、愛美のじゃないよね。バッグの中？　私が触っても大丈夫？」

小春の声に私は頷いた。身体は痛いけど、腕は動かせる。

スマホを手渡されると、私は小春と千紘さんの三人がメンバーのグループトーク画面を開き、文字を入力した。

『心配かけてごめんね』

二人もバッグの中からスマホを取り出し、すぐに既読マークがついた。

「ホントだよ。でも、助かってよかった……」

しばらくの間、私はスマホを使って二人と会話をしていたけれど、病室のドアをノックする音で、中断した。

小春が病室のドアを開けると、そこには息を切らせた誠司さんが立っていた。

「愛美……、よかった……」

そんな誠司さんの姿を見た二人は、そろそろ帰るねと言って病室を後にする。二人と入れ違いで、誠司さんは私の枕元にやって来る。

「愛美……、生きていてくれてよかった……」

誠司さんはパイプ椅子を手に取ると、椅子を広げてそこに腰を下ろす。私はスマホで誠司さんとのトーク画面を開くと、さっきと同じく『心配かけてごめんね』と入力した。

「煙を吸って、喉をやられたんだな。消火活動もしてくれていたんだって？」

誰かが火災現場に転がっていた消火器を見つけたのだろう。私は頷きながら再びスマホに文字を入力する。

『思いの外、炎の勢いが強くて、消火器一本じゃ全然足りなかった』

誠司さんは私が入力した文字を見て、うんうんと頷いている。

「そういう時は、迷わず逃げろ。火災は恐いんだからな」

誠司さんの言葉に、あの時の恐怖が蘇る。私は頷きながら、ふと思い出した。今日はクリスマス会だ。

『今日のクリスマス会、どうなるか聞いてる？　今年の衣装は無事だと思うけど、歴代の先生たちが作った衣装、燃やされちゃって……』

入力した文字を見せると、誠司さんは残念そうな表情を浮かべた。

「昨日あんなことがあったから、今日は臨時休園になったんだ。クリスマス会は……、残念だけど、遊戯室があんな状態だから、延期になったよ。来週の土曜日に、公民館のホールを借りてクリスマス会をするって」

延期と聞いてちょっと安心した。クリスマス会のために、みんな一生懸命振り付けや台詞を覚えて頑張っていたので、会場は違えどお披露目をする機会が持てて本当によかった。

「愛美はまだ安静にしてろよ？　無理するなよ？」

誠司さんが、心の底から心配していることが伝わる。誠司さんも火災が発生すれば、ああやって現場に駆け付ける。今さらながら、誠司さんのことが心配になる。

『誠司さんこそ、無理しないで』

「少なくとも、俺たちは訓練してるからな」

スマホと会話でやり取りをしていると、私のスマホのバッテリーが切れそうになった。

それに気付いたのは、もちろん誠司さんだ。

「後で充電器、持ってくるよ。……って、このスマホは？」

バッグの横に置いていた大森さんのスマホに気付いたようだ。誠司さんはそれを私に手渡そうとするけれど、私は首を横に振る。誠司さんは首を傾げながらスマホを元に戻すと、自分のスマホを私に手渡した。

『あのスマホ、大森さんのものなんです。遊戯室の舞台袖で揉み合いになった時、突き飛ばされて動けなくなっていた私の前で、歴代の先生方が作られた衣装を力任せで破ってライターで溶かされて……それを止めようとしたら、私のその姿をそれで撮影していたの。ＳＮＳにアップするって』

私が入力した文字を見た誠司さんは、途端に怒りの色を露わにする。

「これ、預かってもいいか？　警察に証拠品として提出する。あと、今のやりとり画面も見せていいか？」

誠司さんの問いに、私は頷いた。誠司さんは、その足で警察に行くと言って、病室を後にした。しばらくして、回診に来た医師と看護師に怪我の具合を見てもらい、午後からは母がお見舞いにやって来た。

誠司さんが母に連絡してくれていたのか、スマホの充電器を手渡され、すぐに充電した。

翌日にはなんとか声も出るようになり、病院から知らせが届いたのか警察官が病室に訪れて、事情聴取を受けた。

私が渡した大森さんのスマホと、本人の自供、現場にいた人たちへの聞き込みと、ほぼ内容が一致したとのことで、大森さんは逮捕されることとなった。

取り調べ中、火事を起こすつもりなんてなかったけれど、結果的にそうなってしまった自分の未熟さを反省しているとのことだった。

大森さんには、きちんと罪を償ってほしい。私たちが願うのは、それだけだ。

エピローグ

年末に無理を言って退院した私は、現在実家で療養中だ。

背中の打撲が思っていたより重傷で、一月いっぱい休職することとなった。七月の夏祭りの時と同じ箇所を打撲しているとのことで、あの時よりも激しく背中を打ち付けたせいか、まだまだ痛み止めの薬は欠かせないでいる。他にも身体のいたるところに小さな傷や火傷を負っていたけれど、これらは軽傷で、痕も残らずに済みそうだった。

アパートをずっと空けておくのも不用心だから、誠司さんにお願いして、たまに部屋の空気を入れ替えてもらっている。四月からの新居も引き続きこのアパートに決めているので、足りない家具など、そろそろ買い足さなければならないけれど、きっと一番最初に買うものはダブルベッドになるだろう。けれど、果たしてこの部屋に入るのか疑問が湧く。

年が明けて医療機関が通常診療となると、復職に向けて少しずつリハビリをしようと、病院へ相談に行った。

改めて外科を受診すると、無理をしなければ二月から復帰してもいいとの許可を得た。

外科の後にリハビリテーション科を受診すると、理学療法士の先生とカウンセリングを行うこととなり、待合スペースで自分の名前が呼ばれるのを待っていると……

「西川さん、西川愛美さーん」

看護師さんに名前を呼ばれ、カウンセリング室へ足を運ぶ。

中に入ると、そこにいたのは……

「え、藤本さん……？」

「西川さん……って、ああ！」

夏の異業種交流会以来となる、思わぬ再会となった。

遊びに来たわけではないので、早速本題のカウンセリングに入る。その結果、自宅で少しずつ身体を動かすことがリハビリに繋がるので、今日は特にリハビリ通院の必要性はないとのことだった。

けれど、友人として相談に乗ることは可能だから何かあった時のためにと、名刺を手渡された。

私はありがたくそれを受け取ったけれど、直接連絡をすることはないと思った。もし連絡を取ることがあるとすれば、きっと誠司さん経由になるだろう。

カウンセリングが終わり、少しだけ世間話をした。その流れで三月末に入籍することを報告すると、藤本さんは「はやっ！」と驚きながらもおめでとうと言ってくれた。そして、彼の性格を裏付けることを口にした。

「仮に怪我の痕が残ったり、後遺症があったとしても、誠司はよそ見する余裕がないくらい西川さんのことが好きだから、大丈夫だよ」

藤本さんのその言葉に、私は力強く頷いた。

病院を後にすると、その足で幼稚園へ向かった。

あの日以来、自宅と病院以外の場所へ行くことはなかったから、本当に久しぶりだ。

ちょうどこの時間は給食の配膳準備中だろう。今はただ、幼稚園のみんなに会いたくてたまらない。

私は来園者用の駐車場に車を停めると、ゆっくりと幼稚園に向かって歩き出す。

正門はもちろん閉まっているので、職員用の通用口を通って幼稚園の敷地に足を踏み入れる。すると、私に気付いた園児が、次々と私の名前を呼びながら廊下へと出てきた。

「まなみせんせー!!」

その声を聞いた他のクラスの園児たちも、釣られて廊下へと出てきてくれる。

園児たちと一緒に、先生たちも廊下に出てきてくれた。

「愛美先生！　お帰りなさい！」

幼稚園は、私のせいで収拾がつかない状態になってしまった。でも、それを取りまとめる園長先生はさすがだ。

「はい！　みんな、静かにしようね。愛美先生のお話を聞きましょう。さ、愛美先生、どうぞ」

園長先生のひと言で、園児たちは静かになり、私の発言を聞く姿勢を取る。園児たちの成長に、驚きを隠せない。

「今日は病院の日だったから、帰りに寄ってみたんだけど、みんな元気そうでよかった。先生も頑張って怪我を治すから、みんなも風邪引かないように、怪我しないようにね」

私が話し終えると、再び園児たちがざわついている。

「愛美先生、いつ頃復職できそうですか？」

園長先生の問いに、園児たちが再び静かになった。

園児たちはもちろんのこと、先生たちも私のことを待ってくれている。そのことがとても嬉しかった。

「無理をしなければ、来月には復職の許可をもらいました。お遊戯や、リトミックとか激しく体を動かすことはまだ難しいかもしれませんが……。できれば、二月から少しずつ、身体を慣らしていければいいなと思います」

私の言葉に、園児たちが歓声を上げる。

「じゃあ、卒園式には間に合いそうね」

園長先生の言葉に、私は力強く頷いた。

入院中はもちろんのこと、休職中も卒園式だけは出たいとずっと思っていたので、私の考えを完全に理解してくれていたことが嬉しかった。

「はい！　もちろんです。それまでに、少しでもよくなるよう、養生します」

私の返事に、園児たちも大喜びだ。

「じゃあ、復職に向けての詳細はまた後日連絡しますね。さ、みんな、そろそろ教室に入って給食食べようか。早く食べないと、お昼休みの時間がなくなるよ」

私の体調を気遣って、園長先生が話を早めに切り上げた。園児たちは名残惜しそうに教室へと戻って行く。

本当なら、この場に私もいるはずだった。残り僅かな幼稚園生活を、みんなと一緒に過ごせるはずだった。

みんなが教室に戻って行く姿を見送り、私も幼稚園を後にしようとして顔を上げると、焼け落ちた遊戯室が目に入った。

四月からこども園に移設するため、遊戯室の改修は行われないと聞き、何とも言えない気持ちになる。四月以降、幼稚園は取り壊しになるのだから、仕方ないと言えばそれまでだ。

私は遊戯室から目をそらすと、幼稚園を後にした。

二月に入り、私は予定通り職場復帰を果たした。

園児たちはもちろんのこと、保護者の皆さんにも歓迎の声を掛けてもらい、嬉しくて涙がこぼれた。

仕事については、お遊戯など身体を動かすことは、他の先生たちが私の代わりにフォローしてくれて、私も園児たちと混じってゆっくりとリハビリに励んだ。

そして三月、いよいよ今日は卒園式の日だ。

卒園式は、クリスマス会を行った公民館で執り行うこととなった。

四月からこども園が開園するので、それに合わせて工事も完了したと聞いているけれど、施工業者から市への引き渡しがまだということで、こども園の遊戯室は使えないのだ。

先生たちとの打ち合わせを終えると、園児と保護者の受け入れのため、公民館のホール前でお出迎えだ。

本当に、これで最後なんだな……

休職していた分、みんなとの思い出が少なくて、寂しく思う。

感傷に浸っていると、ぽつぽつと園児たちが会場にやって来た。

会場入り口で、卒園する年長さんと幼稚園最後の年中さんへ、色違いの造花を胸に着ける。

卒園式が始まり、会場は静まり返る。

いつもなら、卒園する園児たちが入場する流れだけど、今回は幼稚園自体がなくなるのでそれを取りやめた。

全員着席からのスタートに違和感はあるけれど、この一年でみんな本当に成長した。

クラス担任の先生が、園児一人一人の名前を読み上げる。園児は一人ずつ園長先生の前に立ち、卒園証書を受け取る。今回はそれを年中さんも受け取るのだ。

年長さんの卒園証書授与が終わり、いよいよ今度は年中さんの番だ。沙織先生がきく組さんの園児の名前を読み上げると、園児たちは元気よく返事をして、園長先生の元へ向かう。そして、きちんと自分の席に戻る。それだけのことなのに、見ているだけで涙が込み上げて来る。

まだ泣いちゃだめ。私の仕事は終わっていない。

きく組さんの卒園証書授与が終わり、いよいよ最後はばら組の番だ。

沙織先生からマイクを受け取ると、私は打ち合わせ通り園児の名前を一人ずつ読み上げる。

涙声になりそうなのをグッと堪《こら》え、最後の一人まで読み上げるとマイクのスイッチをオフにして、里佳先生へ渡した。

卒園式が無事に終わり、この後はホールで最後の終わりの会をする段取りとなっている。

ばら組の園児一人ずつ声を掛け、記念品を手渡すと、保護者たちから私宛てにサプライズという名の毎年恒例オリジナルアルバムが手渡された。

そこには、入園式のときの写真から始まり、園での行事の写真が保護者目線で撮影されている。

完全にオリジナル、世界に一冊しかないアルバムだ。ページをめくっていくと、あの火災の時の写真が収められていた。

「これ、載せるか迷ったんですけど……。この消防士さん、ゆり組の美波ちゃんの叔父さんでしたよね？　お付き合いされていると聞いて、ご本人にも許可を取って、載せました」

そこには、消防活動中の消防士さんに混じって誠司さんの姿が収められていた。

一通り目を通し、保護者全員にお礼を伝えると、急に数人の保護者が立ち上がった。

「さあ、じゃあそろそろ行きますか」

そう言って私の両サイドに立ち、私に起立を求めるので立ち上がった。そしてそのまま私はなぜか公民館の中にある和室へと連れて行かれた。意味がわからず挙動不審となる私とは正反対に、そこにはいろんなクラスの保護者の一部が私の到着を待っていた。

「さ、愛美先生。子どもたちに最後のサプライズをしますよ！」

そう声を発したのは、私が受け持っていたばら組の園児、まみちゃんのお母さんだ。

「美波ちゃんのお母さんからお話を伺いました。大塚さんとのご結婚、おめでとうございます。私たちも二人がくっつけばいいなって思っていたから、本当に嬉しくって。愛美先生、あの事件で休職されて、園児たちとの思い出も少ないでしょう？　最後に子どもたちへとびっきりの思い出を作ってあげてください」

突然のことに、理解が追いつかない。

だって、壁に掛けられている白い布の正体は、どう見てもウエディングドレスだ。

いったいどういうこと……？

呆然としている私に、美波ちゃんのお母さんが、勝手なことをしてごめんなさいと謝罪の言葉を口にする。そして、和室の奥から出てきたのは、なんとモーニング姿の誠司さんだった。

「黙っていてごめん。年明けから姉貴にこのことを相談していてさ。愛美は俺たちのこと黙っていてほしかったと思うけど、今日で幼稚園生活も最後だし、せっかくだからみんなに祝福してもらおうぜ」

びっくりし過ぎて言葉にならないけれど、みんながその気になっている以上、私が嫌だと言っても聞かないだろう。

私が頷くと、保護者たちはキャーと歓声を上げ、早速支度に取り掛かった。

もちろん誠司さんは部屋から追い出され、納得がいかない表情を浮かべるけれど、仕上がりを楽しみにしていると言って隣の部屋で待機することとなった。

そして私は、保護者たちに着せ替え人形のごとく身ぐるみ剥《は》がされる。背中の打撲を考慮してか少しゆったりめのドレスが用意されていた。髪の毛は美容師をしているお母さんが、メイクは美容部員経験のあるお母さんが担当し、あれよあれよという間にウエディングドレス姿が完成した。

様子を見に来たさつき先生が、私の姿を見て歓喜の声をあげる。

「愛美先生……、すごく綺麗！　そろそろ園児もしびれを切らしているから、行きますよ」

さつき先生はそう言って誠司さんを呼びに行き、みんなと一緒にホールへと向かう。

ホールの扉は閉まっており、中から園長先生の声が聞こえる。どうやらお楽しみ会をしているようだ。

さつき先生が通話アプリで里佳先生に連絡を取り、里佳先生が園長先生に準備が整ったことを伝えたようだ。

「さあ、これからみんなお待ちかねの愛美先生がやって来るよ！　扉が開いたら、拍手でお出迎えしてね！」

ホール内からＢＧＭが流れ、タイミングを見計らって扉が開くと、そこには驚くことにバージンロードができていた。その両サイドには園児と保護者たちがいて、みんなが「おめでとう」と言葉を掛けてくれる。

正面には、先ほど卒園式で使ったテーブルがあり、園長先生が神父さんに扮している。

「愛美先生、みんなの前で幸せになることを誓いましょう？」

さつき先生の声に、私はどう反応していいかわからず誠司さんを仰ぐと、誠司さんは笑顔で頷いた。

私たちは、バージンロードをゆっくりと歩き、園長先生の前に並んで立つ。

「新郎、大塚誠司さん。あなたは、西川愛美さんを生涯愛することを誓いますか？」

「はい、誓います」

園長先生の問いに、誠司さんは照れることなく答えた。

「新婦、西川愛美さん。あなたは大塚誠司さんを生涯愛することを誓いますか？」

「はい、誓います」

私も誠司さんに倣って、はっきりと返事をする。

「じゃあ、誓いのキスを……と言いたいところなんだけど、それは本番までのお楽しみということで、みんなで記念撮影をしましょう！」

園長先生を始め、みんなからの温かいサプライズに、私は涙が止まらない。

みんな、本当にありがとう。誠司さんと二人で、幸せになります。

番外編

幼稚園最後の思い出に

除夜の鐘が鳴り、新年が幕を開ける。

俺は、新年を消防署の仮眠室で迎えた。

婚約者の愛美は、今頃家族と一緒に新年を迎えていることだろう。

スマホで新年の挨拶を送りたいところだけど、勤務時間中につき私物のスマホは触れない。

俺は新年早々、溜め息をつく。

愛美、早く会いたいな……

勤務が明けたら二人で初詣に行く約束をしているけれど、現在愛美は療養中なので、人混みの中を連れ回すなどあまり無理はさせたくない。

愛美は年末、幼稚園での火災に巻き込まれ、背中を強打して休職中だ。夏祭りの時にも同じ場所を打撲しており、身体へのダメージが思ったよりも酷かったのだ。

骨折していなかったのが不幸中の幸いだけど、幼稚園児相手の仕事は思いの外、身体を使う。完全に大丈夫だと医師が太鼓判を押すまでは、無理をしないのが一番だ。

勤務が明けたらまず、愛美の借りているアパートへ行こう。

愛美は怪我をしてから実家で療養しており、ずっとアパートを空けていると不用心なので、時折俺が愛美の部屋へ行って、部屋の空気を入れ替えたりしている。こうして人の出入りがあれば……特に男が出入りしていると思わせておけば、空き巣に狙われる心配も多少減る。

昨年は、愛美の借りている部屋の隣の部屋へストーカーが住み着いていただけに俺も心配だったけれど、大家さんも事の重大さを理解してドアの鍵を付け替えたり防犯カメラを設置してくれたりしたので、とりあえずは一安心だ。

愛美が職場に復帰できるまでどのくらいの期間かかるかわからないけれど、今の俺にできることは、こうやって愛美が気にしていることを一つずつ解消することだ。

夜明けまでまだ充分時間がある。

俺はベッドの上で布団に包まりながら瞼を閉じた。


翌朝、次の班への引き継ぎが終わり、俺は早々に着替えを済ませ消防署を後にした。

向かった先は、愛美のアパートだ。

郵便ポストから溜まっている郵便物を取り出し、ポケットから預かっている鍵を取り出して玄関のドアを開ける。

主のいない部屋は、静まり返っている。加えて人がいない部屋は、外と同じくらい寒い。

俺は玄関のドアを閉めると、部屋のカーテンを開けた。部屋に自然光が差し込み、ようやく明るさを取り戻した。

続いて部屋の窓を開け、しばらく室内の空気を循環させるため、キッチンの換気扇のスイッチを入れた。俺以外にも、愛美のご両親が時折部屋に訪れては、同じように空気の入れ替えをしてくれているると聞いた。貴重品も実家に持って帰ってもらっているらしく、荷物も片付いている。

特に何もすることはないけれど、俺はしばらくの間、テレビをつけてぼんやりとしていた。

空気の入れ替えも終わり、換気扇のスイッチを切り、部屋の窓を閉め、再度戸締りを確認する。

そういえば、愛美がここに引っ越してきた当初、新品の男性用下着を一緒に洗濯して外干しし、防犯対策を取っていたと言っていたことをふと思い出す。

俺の服、先に何枚か持ってこようかな。

三月末に入籍し、それからここで一緒に暮らすこととなっているけれど、それまでの防犯対策として、俺の服も加えておいていいかと思った。

本当なら今すぐにでもここに住みたい。

けれど、幼稚園の保護者の目があるから結婚するまではきちんとしたいという愛美の気持ちに応えて、はやる気持ちをグッと堪《こら》えている。

あと三か月、それまでの辛抱だ。

俺は気持ちを新たに、窓のカーテンを閉めると施錠を再確認し、アパートを後にした。

家に戻ると、出迎えてくれたのは美波とマロンだ。

「せいちゃん、おかえり！　あけましておめでとう！」

美波の言葉に、今日が元旦だったことを思い出す。そうか、これはお年玉をもらうための出迎えだと気付いた俺は、ポケットの中に入れていたポチ袋を取り出した。

「ただいま、あけましておめでとう。はいこれ、お年玉。落とすなよ？」

「わーい、ありがとう！」

幼稚園児へのお年玉の相場なんてわからないので、事前に母と姉貴に聞いてみた。

美波はスーパーやドラッグストアに設置しているガチャポンに夢中になっている。それがやりたいから、高額なお年玉よりも百円玉五枚くらいで充分喜んでくれるとのことだった。

安上がりで俺は嬉しい。

とはいえ、四月からは小学一年生だ。入学祝いにいくらか包むつもりでいるので、結局のところそれなりの出費にはなる。

マロンにもドッグフードとは別に、こっそりと唐揚げを用意している。みんなの前で食べさせるとまた注意されるので、玄関に置いてあるリードと散歩セットを手に取ると、マロンと散歩してくると言って家を出る。そして案の定、匂いを嗅ぎつけたマロンは、俺のそばから離れようとしない。

玄関を出て、俺は自分の車の中から唐揚げを取り出すと、マロンは大喜びだ。

俺は唐揚げを手に、マロンと散歩に出掛けた。

いつもの散歩コースを通り、途中休憩の公園に到着すると、マロンは唐揚げが欲しくて俺にじゃれついてくる。俺は唐揚げを取り出すと、その中でも一番大きなものをマロンにお裾分けした。

これが俺からマロンへのお年玉だな。

そう思いながら、俺は残りの唐揚げを口に入れる。

唐揚げを食べ終えると、俺たちは帰宅の途に就いた。

帰宅して、母が用意してくれていたおせち料理や雑煮をみんなで食べる。先ほど唐揚げを食べたけれど、それはまた別腹だ。毎日訓練を重ねている身体だから、代謝も良く全然太らない。

俺と同じ量を愛美が食べようものなら、愛美はすぐに根を上げるだろう。

「ねえ、せいちゃん。すごろくしよう！　いっしょにあそぼう！」

食事を済ませ、席を立とうとした瞬間、美波からお誘いを受けた。

かわいい姪と遊ぶのは楽しいけれど、これから愛美と初詣の約束がある。

美波を傷つけないよう上手く断るにはどうすればいいだろう。

そう思った時だった。

「あ！　美波、大変！　今晩パパが帰ってくるって！　パパが好きなもの、一緒に用意しよう？」

姉貴の思わぬ助け舟に、美波は大喜びだ。

「ほんとう？　やったー！　パパ、これからもうずっとこっちにいるの？」

「どうだろう？　そうだったら嬉しいけど、帰ってきたら聞いてみようね」

義兄は現在海外に単身赴任中で、本当なら大晦日の日に一時帰国予定だったけれど、天候不良で飛行機が欠航し、今やっと成田に到着したそうだ。

乗り継ぎ便の都合で、夕方の便でこちらに戻ってくると連絡があったという。

これにはもう、姉貴はもちろんのこと美波が大喜びだ。

両親も、義兄の帰国に改めて客間の掃除をしなきゃと大張り切りだ。

俺は持って帰った荷物の中から洗濯物を洗濯機に放り込むと、「出掛けてくる」と声を掛けて、家を後にした。

車に乗って、愛美の実家へと向かう。

ご両親に新年の挨拶を済ませると、俺たちは愛美の家の近所にある神社へ初詣に出掛けた。

お参りを済ませた後、俺たちはおみくじを引き、俺は大吉を、愛美は中吉を引き当てた。

初詣の後、ドライブを楽しんだ。どこへ行っても県外ナンバーの車が多い。年末年始あるあるで、あと数日はどこへ行ってもこんな調子だろう。

久しぶりのデートを楽しんでいたところで、今朝愛美のアパートに届いていた郵便物の存在をふと思い出した。今日、直接手渡そうと車の中に積んでいたものを手渡すと、愛美は「ありがとう」と言ってそれを受け取った。

俺がポストの中から取り出した郵便物は年末までのものだけど、もし年賀状が届くなら、それ以降の時間帯だ。新しい住所を知らせている人がいるなら、きっと年賀状が届いているはずだ。

時間はまだ充分あるので、俺たちは愛美のアパートへと向かった。

アパートへ到着すると、ポストの中に数枚の年賀状が投函されている。きっと光南幼稚園の職員からのものだろう。ポストから郵便物を取り出して愛美に手渡すと、愛美がそれをチェックする。

すると、愛美が「わあ……」と声を上げた。

俺は愛美の手元を覗き込む。するとそこには、受け持っているばら組の園児からの年賀状があった。愛美は今日一番の笑顔を浮かべている。

「よかったな」

俺の言葉に、愛美は大きく頷いた。園児たちが一生懸命書いた年賀状は、愛美の宝物になるだろう。

アパートの部屋に入ると、愛美は慣れた手つきでお茶の準備を始める。俺はエアコンのスイッチを入れて部屋のカーテンを開けた。

愛美は怪我をして以来ずっと実家で過ごしていたため、久しぶりのアパートにやっと帰ってくることができたと喜んでいる。新年を笑顔で迎えることができて嬉しいと言う愛美に、俺も釣られて笑顔になる。

二人でお茶を飲みながら、テレビをつけてのんびりと過ごすひと時に、俺は幸せを感じていた。

四月以降、こんな毎日が続くんだな……

そう思うと、自然と笑みがあふれてくる。

しばらくアパートで一緒に過ごした後は、夕飯に間に合うよう愛美を自宅に送り届けると、一緒に夕飯をとの誘いを受け、俺も一緒に西川家の食卓を囲んだ。

食事の席でお酒を勧められたけど、今日は義兄の帰国を理由に、丁重にお断りした。

明日は休みなので、義兄の帰国がなければ両親公認のお泊まりだったけれど、今回ばかりは仕方ない。

後ろ髪を引かれる思いで愛美の家から帰宅すると、リビングで宴会が繰り広げられていた。

美波も父親と久しぶりの対面なだけに、今日だけは夜更かしを公認されて大はしゃぎだ。

リビングから聞こえる美波たちのにぎやかな声を背に、俺は冷蔵庫の中から缶ビールを取り出して、グラスに注いだ。

義兄の土産話を聞きながら、ビールを口にする。

母の話によると、義兄は三月末で今の会社を退職し、四月からはこちらに戻って起業するらしい。

今の会社のノウハウを活かせる仕事らしく、在宅での仕事なので、そうなれば美波も大喜びだ。

美波は久しぶりの父親との再会でテンション爆上がりだったけれど、気が付けば電池が切れたかのようにその場で動かなくなった。そう、寝落ちしてしまっている。

義兄がそっと美波を抱き上げると、姉貴の部屋へと運び、そのまま一緒に就寝してしまった。長距離の移動と久しぶりの日本で気が緩んだのだろう。姉貴はそのまま二人を寝かせておいてと言うので、俺はビールのお替わりをする。

明日は休みなので、今日はいくら飲んでも大丈夫だ。

父は早々に部屋で就寝している。母も片付けが済むと、風呂に入ると言って部屋を後にした。

姉貴も久しぶりに酒を飲むと言うので、新しいグラスを出し、ビールを注ぎ入れる。

思えばこうして二人、差しで飲むのは初めてのことだ。

「ねえ、あなた今日、愛美先生の実家にお邪魔したの？　きちんとあちらのご両親に新年のご挨拶した？」

こいつは俺を何だと思っているんだ。そこまで常識がない人間だと思っているのか？

「ああ、当たり前だろう？」

グラスの中のビールを飲み干すと席を立ち、再び冷蔵庫へと向かう。

「まだ飲むだろ？」

俺の声に、姉貴は頷く。都度席を立つのが面倒なので、冷蔵庫の中から五百ミリリットルの缶ビールを三本取り出すと、テーブルの上に置いた。

缶ビールを手にした姉貴がプルタブの封を切り、俺のグラスに注ぎ入れる。

「おう、サンキュ」

姉貴は続いて自分のグラスにビールを注ぎ入れた。

改めてお互いのグラスをカチンと鳴らし乾杯すると、グラスに口を付ける。

お互い無言でビールを飲んでいたけれど、俺は意を決して口を開いた。

「なあ、姉貴。ちょっと相談があるんだけど」

俺のマジトーンな声に、姉貴が反応する。

「んー？　どうした？」

「卒園式の時に、愛美にサプライズで何かしてあげたいんだけど、どう思う？」

昨年の火災のことは、姉貴の記憶にも新しい。あの日は珍しく姉貴の仕事が休みで、美波のお迎えで姉貴も現場に遭遇したのだ。

「あの事故のせいで、愛美は現在休職中だろう？　いつ復職になるか今の時点ではわからないけど、園児のことを一番に考えている愛美に、何か特別な思い出を作ってあげたいんだけど……」

俺の言葉に、姉貴が頷いた。

「そうね、愛美先生の怪我のこと、年長クラスの保護者たちも心配してるのよね。卒園式までには復帰できるのかな？」

「今日の様子だと、卒園式までには多分大丈夫とは思うけど、やっぱりまだ背中は痛そうだったな。幼稚園の先生って、案外肉体労働だろう？　無理して復帰して怪我が悪化したら、マジで洒落にならないからな」

俺の言葉に、姉貴は頷きながらつまみのナッツを口に入れた。

「そうよねえ、今年度で幼稚園が閉園になるから、愛美先生も四月には異動になるでしょう？　そのこともあるから、きっと無理してでも卒園式には間に合わせるでしょうね……」

姉貴の言葉に、俺も頷いた。

「で、そこで相談なんだけど、もし愛美に何かサプライズをするとしたら、幼稚園の保護者も協力してくれるかな？」

「多分そこは問題ないと思うよ？　ただ、サプライズと言っても園児たちも巻き込むことになるなら、子どもたちが黙っていられるかな？　サプライズって、本人に気付かれないようにしなきゃならないのが一番だけど、あの年代の子どもたちってこういう言い方はあれだけど、嬉しいこととかすぐ口に出ちゃうでしょう？」

最大の難関を突き付けられ、俺は頭を抱えた。

「そうだよな……。俺たちの婚約のことも、それがあるからまだ美波にも内緒だし……」

「ちなみに、どんなサプライズを考えてるの？」

姉貴の言葉に、俺は再び頭を抱える。

「いや、まだ具体的なことは何も考えてなくて」

「じゃあさ、それこそ卒園式の日に愛美先生との結婚報告してみる？　どうせ卒園式が最後になるんだから、園児たちにも祝福してもらえるでしょう？」

結婚報告か……、それなら一層のこと模擬結婚式でもいいかも……？

「もし仮に、卒園式の後に模擬結婚式をするって言ったら、協力してもらえるかな」

ポツリと呟いた俺の声を聞き逃すわけがない。

「いいじゃん、それ！　多分、保護者全員賛同してくれると思うよ。とりあえず、幼稚園が始まったら、さつき先生に相談してみる？」

「お迎えの時に話をしていたら、他の園児や保護者に聞かれるだろう？」

「じゃあ、園長先生に相談してみたらどう？　園長先生もお忙しいでしょうから事前にアポ取って、いつものお迎えより早い時間に行けば、ゆっくり相談できるかもよ？」

姉貴の提案に、俺は大きく頷いた。事前に園長先生へ話を通しておけば、何かと安心できそうだ。

「よし、そうと決まれば飲もう！」

姉貴は久しぶりの宅飲みで、テンションが高い。

「飲みすぎるなよ、明日二日酔いなんて最悪だからな」

「そこまで馬鹿な飲み方はしないわよ」

そう言いながら、手にしたグラスのビールは一気に減っていく。

俺はこれ以上のことは言うまいと、つまみのナッツを手に取ると、口に運ぶ。

テーブルの上に置いた三本の缶ビールは、あっという間に二人で飲み干していた。

幼稚園が再開し、俺は園長先生宛てに電話を入れた。

そして事前にアポを取り、美波のお迎えに行く日の三十分前に、幼稚園の職員室を訪れた。

「大塚さん、お待ちしてました。ここは応接室がないので、すみませんが愛美先生の席へお掛けになってください」

園長先生に迎え入れられた俺は、休職中の愛美の席に座ることとなった。

園長先生が言うように、幼稚園には応接室がなく来客の応対は職員室で行っているようだ。職員室自体が元々狭いせいもあり、応接セットを置くスペースがない。建物の構造上仕方のないことだし、三月末で閉鎖される建物だ。外部の人間に見られてまずいものを、普段から職員室の目に見える場所には置かないのだろう。愛美の机の上は、他の先生の机同様、綺麗に片付けられていた。

俺は「失礼します」と声を掛け、愛美の席に座った。愛美がいない、愛美の職場にいることは、不思議な気分だ。

「で、お電話で伺っていたご相談の内容とは……？」

園長先生がお茶を淹れ、俺の前に出してくれながら、そう話題を切り出した。

そうだ、ここには遊びに来たのではない。

俺は意を決して口を開く。

「もしかしたらもうご存知かもしれませんが、僕と愛美先生はお付き合いをさせていただいておりまして、六月に結婚式を挙げる予定なんです」

俺の言葉に、園長先生は驚きの表情を見せ、それはおめでとうございます！　とお祝いの言葉をもらった。俺もありがとうございますと返し、いよいよ本題に入った。

「愛美も年末の火災で休職することになり、幼稚園での思い出が少ないので、卒園式の日にサプライズをしたいのですが、ご協力お願いできないでしょうか？」

俺の言葉を聞いた園長先生は、俺の相談を快諾してくれた。

「もちろんですよ！　サプライズ、いいですね。で、具体的に何か考えがおありですか？」

園長先生も乗り気のようだ。俺は現時点での考えを声に出してみた。

「はい。愛美は園児たちが大好きだから、本当なら結婚式当日にみんなを招待したいところなんですが……。現実的にはそれが難しいので、卒園式が終わったタイミングで、模擬結婚式をしたいんです」

式場見学に行った際、色々シミュレーションしてみたけれど、園児のみの参加は無理だろうし、保護者の都合も考えると実質的に不可能だ。

それなら、みんなが集まる最後のタイミングで、お祝いしてもらうのがベストだろう。

事情を察した園長先生は、なるほどと頷いている。

「ただ……愛美は僕とのことで、周囲に色々言われるのを避けたいみたいでして……」

俺の言葉を聞いた園長先生も、思い当たる節があるのか「ああ……」と頷いている。

「実は美波にも、まだ僕たちの結婚の話をしていないんです」

俺の言葉に、園長先生が驚きの声を上げる。

「え？　そうなんですか？　それはまたなぜ……」

「本当は美波にも事前に話をしたいところなんですが、子どもって『内緒』って言っていても思わず口を滑らせてしまいますよね。なので、卒園式の日まで黙っていようと思って」

俺の言葉を聞いた園長先生はすべてを納得したようだ。

「わかりました。では、このことは職員に情報共有しても構いませんか？　その上で、ご協力させていただきます」

「もちろんです。どうぞよろしくお願いします」

園長先生は多忙だ。今日はたまたまタイミングが合ったけれど、出張や雑用で外出する日もあるし、俺みたいな予期せぬ来客もあるだろう。

とりあえず、愛美へのサプライズの協力者を得ることができた今日の収穫は大きい。

次回のアポを取りつけると、ぽつぽつと園庭にお迎えの保護者たちの姿が見え始めた。

俺は園長先生にお礼を伝え、職員室を出ると、他の保護者に紛れて美波が園庭に出てくるのを待った。


次回のアポの日、俺は通常のお迎え時間より三十分早く到着するよう準備をしていたところ、幼稚園から連絡があった。幼稚園の全職員を交えて話し合いたいとのことで、園児が全員降園後、再度幼稚園へ出向くこととなった。

美波を家に連れて帰り、母に美波のことを任せると、俺は再び幼稚園へと向かう。

職員室で、サプライズについて打ち合わせをすることとなった。

当日まで、愛美や園児たちにこのサプライズがバレないよう、徹底してもらうことも念を押した。

先生たちもそれには同意してくれた。けれど、模擬結婚式を行うにあたり、問題があった。

ドレスなどの衣装やアクセサリーなどの小物は、式場と提携している貸衣装店でレンタルできるので問題はない。

けれど、愛美のヘアメイクを担当してくれるスタイリストに心当たりがない。

卒園式が終わってすぐに取り掛かるとしても、時間は限られている。

そのことについて相談してみると、先生たちもしばらくの間思案していた。

けれど口を開いたのは、美波の担任であるさつき先生だ。

「あの……この件をＰＴＡ会長さんに相談してみるのはいかがでしょう？　今回の卒園式は、全ての園児の保護者が参列されます。会長さんにもこの件は園児や他の保護者に口外しないとお願いした上で、保護者の中に、美容師さんやメイクのできる人がいないか聞いてもらうのはいかがでしょう？」

目から鱗の提案に、俺は即答した。

「ぜひお願いします」

俺の言葉に、職員全員から歓声が上がる。

「私たちも精いっぱいお手伝いします！」

「当日が楽しみですね」

「みんな、当日まで秘密厳守でお願いしますね」

「じゃあ、早速会長さんにはこちらから連絡を入れておきますね」

この場にいる先生たちの言葉に、俺は胸が熱くなる。

ここまで親身になってくれる同僚に恵まれて、愛美は幸せ者だ。

俺は、改めてお願いしますと深く頭を下げた。

その後、愛美が職場に復帰してからも、着々と打ち合わせは進んだ。

ＰＴＡ会長を通じて、卒園式の当日お世話になる保護者を紹介された。愛美の着るドレスの写真を渡すと、それを元にそのドレスに合わせたメイクや髪形をどうするかを決めると言われ、以降この件について俺は蚊帳の外となった。

あのー、俺、一応当事者なんだけど……

心の声が表情に出ていたのだろう。

「大塚さんは当日、ドレスアップした愛美先生の姿を見て、惚れ直してくださいね」

保護者たちにそう言われてしまったら、俺は何も言えなくなる。

この件はもう、保護者に任せるしかない。

本番の結婚式の打ち合わせと同時進行なので、自分が愛美にうっかり漏らしてしまわないよう気を引き締めなければ。

そして、サプライズ当日。

俺はこの日仕事があると言って、卒園式の参列を姉貴と母に任せた。

もちろん仕事というのは嘘で、卒園式開始時刻に公民館へと向かう。

事前の打ち合わせ通り、幼稚園が控室として事前に借りている和室へ入ると、用意している衣装へと着替えを済ませる。

俺は男だから、着替えさえ済めば特にすることはない。

卒園式が終わるまで、ここで待機だ。

刻一刻と、その時が迫っている。

愛美の驚く顔が目に浮かぶ。

そして、愛美と園児たち幼稚園生活最後の時間が、最高の思い出になりますように——

〜大人のための恋愛小説レーベル〜

ETERNITY エタニティブックス

エタニティブックス・赤

お見合いで再会したのは初恋の彼!?

幼馴染のエリートDr.から一途に溺愛されています

小田恒子《おだつねこ》

装丁イラスト／亜子

優花《ゆうか》は父の病院で働く傍ら「YUKA《ユカ》」の名で化粧品メーカーのイメージモデルを務めるお嬢様。素顔はとても控えめなので誰も優花があの「YUKA」と同一人物とは気付かない。そんなある日、縁談で初恋の君・尚人《ひさひと》と再会する。当時と変わらず優しく、さらに男らしく成長した彼の一途なプロポーズにときめく優花だが、思いがけず彼の出生の秘密を知らされることとなり——!?

※エタニティブックスは大人の女性のための恋愛小説レーベルです。ロゴマークの色で性描写の有無を判断することができます（赤・一定以上の性描写あり、ロゼ・性描写あり、白・性描写なし）。

詳しくは公式サイトにてご確認ください。
https://eternity.alphapolis.co.jp/

この作品に対する皆様のご意見・ご感想をお待ちしております。

おハガキ・お手紙は以下の宛先にお送りください。

【宛先】

〒150-6019 東京都渋谷区恵比寿4-20-3 恵比寿ｶﾞｰﾃﾞﾝﾌﾟﾚｲｽﾀﾜｰ 19F
（株）アルファポリス　書籍感想係

メールフォームでのご意見・ご感想は右のＱＲコードから、
あるいは以下のワードで検索をかけてください。

アルファポリス　書籍の感想　検索

ご感想はこちらから

本書は、「アルファポリス」（https://www.alphapolis.co.jp/）に掲載されていたものを、
改題、改稿、加筆のうえ、書籍化したものです。

一途《いちず》なスパダリ消防士《しょうぼうし》の蜜愛《みつあい》にカラダごと溺《おぼ》れそうです

小田恒子（おだ つねこ）

2024年 11月 25日初版発行

編集－木村 文・大木 瞳
編集長－倉持真理
発行者－梶本雄介
発行所－株式会社アルファポリス
〒150-6019 東京都渋谷区恵比寿4-20-3 恵比寿ｶﾞｰﾃﾞﾝﾌﾟﾚｲｽﾀﾜｰ19F
TEL 03-6277-1601（営業） 03-6277-1602（編集）
URL https://www.alphapolis.co.jp/
発売元－株式会社星雲社（共同出版社・流通責任出版社）
〒112-0005 東京都文京区水道1-3-30
TEL 03-3868-3275
装丁イラスト－荒居すすぐ
装丁デザイン－AFTERGLOW
（レーベルフォーマットデザイン－hive&co.,ltd.）
印刷－中央精版印刷株式会社

価格はカバーに表示されてあります。

落丁乱丁の場合はアルファポリスまでご連絡ください。

送料は小社負担でお取り替えします。


ISBN978-4-434-34836-5 C0093